마지막 재즈 콘서트

SEOUL, 2007

마지막 재즈 콘서트

초판 제1쇄 발행일 2007년 8월 27일
초판 제6쇄 발행일 2017년 5월 30일
지은이 조단 소넨블릭 옮긴이 김영선
발행인 이원주 발행처 (주)시공사
주소 서울시 서초구 사임당로 82
전화 영업 2046-2800 편집 2046-2821~4
인터넷 홈페이지 www.sigongsa.com

ISBN 978-89-527-4976-5 43840
ISBN 978-89-527-5572-8 (세트)

*홈페이지 회원으로 가입하시면 다양한 혜택이 주어집니다.
*잘못 만들어진 책은 구입하신 서점에서 바꾸어 드립니다.

마지막 재즈 콘서트

조단 소넨블릭 지음
김영선 옮김

시공사

차례

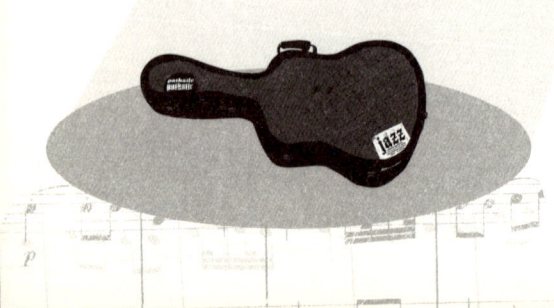

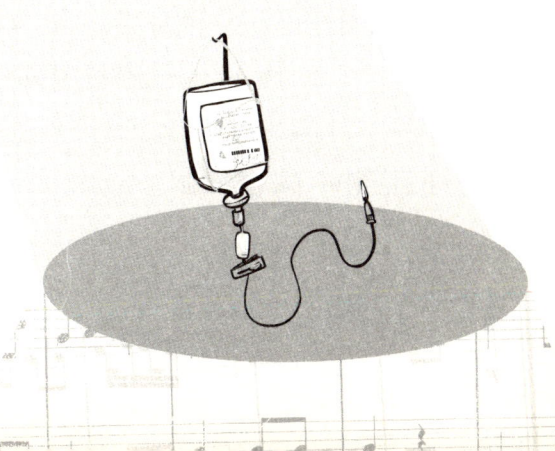

독자들에게

　이 책은 깊은 밤에 쓰여졌습니다. 깊은 밤에야 저는 작가가 됩니다.

　환한 낮에는 뉴저지 주 필립스버그에 있는 중학교에서 영어 교사로 일합니다. 저는 학생들을 사랑합니다. 그래서 보통은 아이들의 갖가지 별난 행동을 즐겁게 바라보지요.

　제가 학교에 결근한 어느 날, 3학년 우리 반 학생들이 종이 뭉치 던지는 싸움을 지나치게 벌여서 임시 교사를 괴롭혔습니다. 다음 날 저는 그 이야기를 듣고 화가 치밀어 학생들에게 반성문을 써서 엄마에게 내라고 했습니다. 하지만 학생들은 누구 하나 빼놓지 않고 반성문 대신 변명의 편지를 썼더군요. 편지 내용은 저마다 달랐지만 핵심은 하나같이 '네, 엄마, 종이 뭉치를 던지는 끔찍한 잘못을 저질렀습니다. 하지만…….'이라는 투였지요. 학생들의 편지를 읽은 뒤 제 머리에는 흰머리가 한 움큼 늘어났고, 그 다음으로는 이 책을 써야겠다는 생각이 들었습니다.

집으로 돌아왔을 때 한 가지 생각이 마음속에서 소용돌이 쳤습니다.

'아주 훌륭한 아이가 정말로 나쁜 짓을 저지르고도 책임을 지려 하지 않는다면 어떻게 될까?'

거기에 재미를 줄 수 있는 요소로 싸움을 잘하는 예쁜 소녀, 엄한 판사, 내가 생각할 수 있는 한 최고로 심술궂은 할아버지 그리고 잔디 도깨비를 생각해 냈습니다. 이렇게 해서 여러분이 손에 들고 있는 이 책이 만들어졌습니다.

지금도 제 머리에는 흰머리가 있고, '교사용 비밀 서랍'에는 반성문이 잔뜩 쌓여 있습니다. 그 덕분에 제가 이야기를, 그것도 꽤 좋은 이야기를 쓸 수 있었다고 생각합니다. 여러분도 저와 같은 생각이기를 바랍니다.

즐겁게 읽으세요!

조단 소넨블릭

5월

뚜. 뚜. 뚜.

나는 할아버지의 침대 옆에 앉아 심장 모니터 화면에 밝은 초록색 선이 위아래로 뾰족한 꼭지를 만들며 오르내리는 것을 지켜보고 있다. 이틀 전만 해도 모니터에 나타나는 작은 산들은 왼쪽에서 오른쪽으로 질서 있게 움직였다. 그러나 지금은 귀에 거슬리는 소리를 내며 미친 꼭두각시처럼 요동치고 있다.

나는 안다. 머지않아 '뚜뚜' 소리가 '뚜우' 하고 한 번 길게 울리고, 산들은 무너져 내려 평평한 선이 되리라는 것을. 그리고 이곳에서 내가 할 일도 끝나리라는 것을.

그럼 난 자유다.

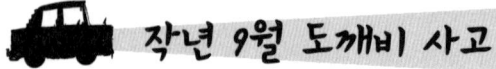

그때는 그게 좋은 생각인 줄 알았다. 뭐, 다들 이런 식으로 말한다는 걸 나도 잘 알지만, 진심으로 하는 말이다. 돌이켜 보면 정신 나간 짓이지만, 금요일 저녁 나는 엄마 차를 훔쳐 타고 아빠 집으로 돌진하는 것이 훌륭한 계획이라고 믿어 의심치 않았다. "오늘 스페인 어 시간에 네 대답은 정말 훌륭했어."라고 말할 때의 '훌륭한'이 아니라, "우아! 아인슈타인, 당신이 상대성 이론을 발표해 시간과 공간에 대한 개념을 혁명적으로 바꾸고, 다른 한편으로는 인간을 핵 시대로 이끈 것은 정말 훌륭한 업적이에요!"라고 말할 때의 '훌륭한'처럼 말이다.

또한 그 계획은 군더더기 하나 없이 단순하기도 했다. 아빠의 오래된 보드카를 반 리터쯤 마신다. 엄마 자동차의 열쇠를 낚아챈다. 차에 올라탄다. 시동을 건다. 달빛 비치는 황량한 거리를 질주한다. 자동 유도 장치가 있는 미사일처럼 정확하게, 똑바로. 아니, 최소한 운전을 할 줄 아는 멀쩡한 사람처럼 정확하게, 똑바로. 아빠 집 앞까지 위풍당당하게 미끄러져 간다. 차에서 민첩하게 내린다. 현관문으로 뛰어간다. 초인종을 아주 거칠게, 초인종으로서는 좀처럼 겪어 보기 어려울 만큼 거칠게 누른다. 그리고 한때, 즉 이제는 잊힌 과거의 삶에서 나의 초등학교 3학년 담임 선생님이었던 못되고 음탕한 가정 파괴범과 함께 있는 아빠를 덮친다.

좋다. 만약 이 계획을 세운 사람이 술에 완전히 취하지 않았더라면 이론적으로 훨씬 그럴싸한 계획이었을 것이다. 나는 그때까지 술에 취해 본 적이 한 번도 없었다. 그러니 내가 그렇게 빨리 엉망진창이 될 줄 어떻게 알았겠는가? 그리고 솔직히 말해, 우리 엄마가 면허증도 없는 열일곱 살싸리 아들이 음주 운전을 하지 않기를 진심으로 바랐다면, 집에 차와 술과 차 열쇠를 둔 채 나만 달랑 남겨 두고 데이트를 하러 가면 안 되지 않는가.

이상이 나의 변론이다.

그래서 나는 술을 병째 들고 몇 모금 더 마시고는 열쇠 고리 쪽으로 뛰어가 나무 숫자 1 옆에 걸린 차 열쇠를 낚아챘다. 나무 숫자 1은 내가 보이스카우트 유년 단원이었을 때 '일등 엄마'를 위해 만들어 주었던 거다. 그리고 양키즈(미국 뉴욕의 프로 야구 팀 : 옮긴이) 점퍼를 후다닥 걸치고는 쏜살 같이 집을 빠져나가, 차에 올라 시동을 걸었다. 그런 다음 내 기억으로는, 기어 손잡이와 사이드 브레이크를 붙잡고 법석 을 조금 떨고, 액셀로 장난을 쳤던 것 같다.

정신을 차리고 보니, 나는 조수석 문밖으로 몸을 내밀고 보드카와 초코파이를 토하고 있었다. 그런데 눈에 힘을 주고 보니, 차가 잔디밭 위에 있는 게 아닌가. 눈에 힘을 더 주고 보니, 반짝반짝 빛나는 새까만 물체 두 개가 내가 게워 낸 구 토물로 완전히 더럽혀져 있었다. 그 물체는 골이 잔뜩 난 경 찰관이 신고 있던 깨끗한 구두였다. 경찰관은 머리채를 잡아 끌다시피 하여 나를 차에서 끌어내 똑바로 서게 했다. 경찰 관이 한 말이 지금도 생생히 기억난다.

"저것 봐! 네가 저지른 짓을 보라고!"

그리고 내가 뭔가를 가리키는 경찰관의 손가락 끝을 보려 고 했던 것도 기억난다. 마침내 내가 차 앞에 누워 있는 물체 에 눈의 초점을 맞추었을 때, 정말로 믿기지 않는 장면이 펼 쳐졌다. 차 범퍼 3미터쯤 앞에 사람 머리가 덩그러니 있는 게 아닌가!

경찰관은 마치 꼭두각시를 걸리듯이 나를 그 끔찍한 장면

앞으로 데려갔다. 그러고는 내 머리를 억지로 숙이게 해서 살육의 현장을 자세히 보게 했다. 심각한 부상을 입었다는 것을 한눈에 알 수 있었다. 뒤통수만 보인 채 나무 밑동에 처박혀 있었으니 말이다. 다른 사람은 하나도 보이지 않았다. 나는 경찰관이 하마터면 놓칠 뻔할 정도로 몸부림을 쳐서 바닥에 웅크리고 앉은 다음 차 밑을 살폈다. 아니나 다를까, 팔 하나와 다리 하나가 왼쪽 앞바퀴에 깔려 있었다.

"경찰관 아저씨, 제가 정말로…… 저 사람이…… 저……
어……."

두 눈에 눈물이 차오르는 것을 느낄 수 있었다. 눈이 따가웠고, 뱃속에서는 신맛이 다시 요동치며 올라왔다.

"그래, 얘야. 너는 내 새 구두를 망쳤고, 네 차를 들이받았고, 윌슨 부인의 프랑스풍 '잔디 도깨비(잔디밭에 세워 놓는 인형. 땅속 보물을 지킨다는 난쟁이 도깨비 할아버지 모양 : 옮긴이)'의 머리통을 날려 버렸어. 넌 심각한……."

"잔디 도깨비요? 잔디 도깨비라고요?"

이제야 좀 더 자세히 보니 머리에서 피가 나지 않고, 귀가 사람 귀라고 보기 어렵게 깨끗이 떨어져 나가 있었다. 나는 바보처럼 웃음을 터뜨렸다. 그러나 안도감이 너무 늦게 오는 바람에 구토를 멈출 수 없었다. 코로 내뿜듯이 구토물이 나오더니, 경찰관이 왼쪽 허리에 차고 있던 워키토키를 뒤덮었다.

제정신이 아니었던 나는 "워키토키오바이트, 워키토키오바이트"라고 중얼대기 시작했다. 경찰서까지 가는 동안 줄곧 그렇게 말하면서 까불거렸다. 여러분은 아마 이때쯤 내가 꽤나 겁을 집어먹었으리라고 생각할 것이다. 하지만 나는 보드카를 너무 많이, 너무 급히 마신 탓에 갈수록 점점 더 취해가고 있었다. 두 손을 등 뒤로 한 채 수갑까지 채워진 상태였는데도 말이다. 참고로 수갑은 **진짜** 꽉 채워졌다. 순찰차 뒷좌석에서 작은 원맨쇼를 펼치고 있는 셈이었으니 경찰관이 나를 곱게 볼 턱이 있겠는가. 내가 기억하는 마지막 일은, 경찰관의 무전 연락에 싫증을 느껴 이렇게 소리친 것이었다.

"채널 좀 바꿔요! 록 음악 좀 틀어 봐요!"

이 말이 떨어지기 무섭게 운전자는 정말로 급하게 차의 커브를 틀었다. 그러자 창문이 비스듬히 기울어지는가 싶더니 내 얼굴로 돌진해 왔다.

책상 앞에 앉아 일하는 경찰의 업무 가운데 가장 흥미진진한 일이 무엇인지 아는가? 바로 술 취한 상태에서 붙잡힌 사람들을 처리하는 일이다. 푸른색 제복을 입은 사람들이 몇 명 나와 반쯤 의식을 잃은 채로 나를 경찰서 안으로 끌고 갔다(반쯤 의식을 잃었다는 말은 내가 그랬다는 것이다. 그 사람들은 아주 빠릿빠릿했다.). 그런 다음 칠이 벗겨진 낡은 의자에 수갑을 채우고는 가 버렸다. 의자 맞은편에는 배지를 단, 나이 지긋한 남자가 앉아 있었다. 나는 그 사람 이름이 '사즈(Sarge, '경사'라는 뜻의 sergeant를 구어체에서 줄여서 부르는 표현 : 옮긴이)'라고 내 마음대로 정해 버렸다. 이제 사즈 씨는 내 지문을 채취하고, 나한테 질문을 한 보따리 해 대겠지. 그는 시간을 허비하지 않고 곧바로 행동에 들어갔다.

"자, 오른손 엄지."

나는 눈앞에서 흐릿하게 흔들흔들 왔다 갔다 하는 두 손을 물끄러미 바라보며, 어떤 손이 오른손인지 알아내려고 애썼다.

"오른손이 어느 건지 모르겠어요. 손이 피로 범벅이 됐어요."

아니나 다를까, 두 손에는 피가 흐르고 있었다. 내 왼쪽 눈 위가 찢어졌던 것이다. 더벅머리에 가려 아무도 그 상처를 보시 못한 모양이었다. 사즈 씨는 분명 피를 본 것 같은데, 어디에서 나는지까지는 신경 쓰지 않은 것 같다. 사즈 씨는 긴 한숨을 지었다. 진짜 일다운 일을 할 수밖에 없을 때 공무원들이 내는 화 섞인 긴 한숨 말이다. 그러고는 책상 서랍에서 물휴지 한 봉지를 꺼냈다.

"이런, 코를 제대로 처박았나 보네. 이걸로 손 깨끗이 닦고 있어. 난 1분 안에 다시 올게. 그나저나 천재 학생, 책상에

묶여 있지 않은 손이 오른손이야."

사즈 씨는 커피를 가지러 갈 생각인지 걸어 나갔다. 나는 손을 닦고 자유로운 오른손을 들어 눈을 덮고 있는 머리카락을 닦았다. 그러자 다시 피가 철철 흐르기 시작했다. 이 동작을 적어도 세 번은 반복했다. 시뻘건 피가 묻어 있는 물휴지가 보란 듯이 가득 쌓였다. 그때 곧바로 이마의 피를 먼저 닦으면 되겠다는 멋진 생각이 떠올랐다. 사즈 씨가 책상 위에 있는 압지(잉크나 먹물 따위로 쓴 글씨가 번지거나 묻어나지 않도록 위에서 눌러 물기를 빨아들이는 종이 : 옮긴이)에 마실 것이 들어 있는 컵을 내려놓는 순간, 나는 이마가 훤히 드러나도록 머리카락을 올리고 알코올이 들어 있는 물휴지를 상처에 댔다. 그러자 술이 **확** 깼다.

"으아아아아아!"

나는 비명을 지르며 펄쩍 뛰어올랐다. 동시에 펄쩍 뛰어오른 내 팔. 덩달아 뛰어오른 수갑. 덜컹거린 책상. 공중으로 날아오른 커피.

"으아아아아아!"

사즈 씨가 비명을 질렀다. 커피를 뒤집어쓴 것이다.

결국 종이, 피, 물휴지, 커피가 뒤범벅이 된 축축한 쓰레기를 치우기 위해 한 남자가 고무장갑을 끼고 와야 했다. 사즈 씨는 새 바지로 갈아입고 다시 나타났다. 그는 한참 동안 내

이마를 보고, 피와 콧물과 눈물이 뒤범벅되어 제멋대로 흐르는 내 얼굴을 보고, 추상화처럼 변해 버린 축축한 압지를 보더니 우리 아빠가 즐겨 쓰는 방법을 쓰기로 결심했다. 바로 나를 '다른 사람에게 떠넘기기'.

사즈 씨는 방에 있는 모든 사람이 들을 수 있도록 큰 소리로 외쳤다.

"누구 구급차 좀 불러 줘!"

이 상황에서도 나는 장난기가 발동했다.

"아저씨, 어디 아프세요?"

나는 구급차에 실려 갔고, 그 와중에 구급차 대원이 실수로 내 머리를 응급실 출입문에 들이받았다. 나는 한동안 의식을 잃었다.

 깨어나다

다음 날 아침, 새로운 경험 두 가지를 했다. 둘 다 고통스러웠다. 내가 뇌진탕에서 깨어난 것은 태어나서 처음이었다. 그런데…… 우아!…… 마치 모든 게 처음 같았다.

내가 퉁퉁 부은 까칠한 눈을 뜨기 전에 그림자 하나가 다가왔다. 나는 도움을 청했다.

"사즈 씨, 사즈 씨, 물 좀 마실 수 있을까요? 물 좀 주세요. **아, 하느님, 물!**"

그림자가 어찌나 다정하게 대답했던지, 나는 보지 않고도 누구인지 알 수 있었다.

"잘 잤니, 알렉스? 축하한다. 넌 체포되고, 사람들은 잠을 설치고, 차는 엉망진창이 되고. 그나저나 사즈 씨는 누구

18

냐?"

"안녕, 엄마."

내가 쉰 목소리로 말했다.

마침내 무거운 눈꺼풀을 겨우 떴을 때, 병실 창으로 들어오는 눈부신 햇살 때문에 하마터면 기절할 뻔했다. 그러나 평화롭게 의식을 잃을 틈도 없이 엄마가 갈비뼈가 으스러지도록 나를 꼭 안았다.

"오, 알렉스. 오, 내 새끼야!"

"엄마, 전 괜찮아요. 정말로요."

나는 죽어 가는 연어처럼 헐떡거렸다.

엄마는 내 눈을 빤히 쳐다보더니 눈가에서 눈물을 훔쳤다.

"넌 안 괜찮아, 이 바보야!"

엄마는 이렇게 쏘아붙이고는 내 팔을 진짜 세게 때렸다. 바로 그때 아빠가 성큼성큼 들어왔다.

내가 이두박근의 동맥이 터지지 않았나 하고 찬찬히 팔을 살피는 사이, 아빠는 목청을 한껏 높여 말했다.

"좋아요, 재닛. 이 자리에서 아이를 죽도록 패지 그래. 아주 편리하잖아. 바로 아래층에 시체실이랑 다 있으니까."

"나한테 '좋아요, 재닛'이라고 말하지 마요, 사이먼. 얘가 여기에 누워 있는 건 모두 당신 탓이야. 완전히…… 완전히…… 완전히……."

"만신창이가 된 채로?"

내가 끼어들었다.

"입 닥쳐!"

엄마와 아빠가 입을 모아 소리쳤다. 보았는가? 이혼한 부부도 자식 문제라면 이렇게 죽이 짝짝 맞는다는 것을.

"그런데 이게 어떻게 내 탓이란 말이지? 애를 집에 놓고 간 사람은 당신이잖아. 술 취한 애를 말이지. 자동차 열쇠도 놔두고. 그동안 당신은 시내에 나가 빈둥빈둥 뭘 하고……."

"**내가** 애를 술 취한 채로 놔두고 나갔다고?"

"그래. 당신이 애를 술 취한 채로 두고 갔어."

"집에 아직도 남아 있는 술이 **누구** 건데?"

"**아직도**라니? 나한테 '공동 재산'을 가져가면 안 된다고 한 사람은 바로 **당신** 변호사라고."

나는 이 굵은 글씨 싸움을 더는 참고 보기 어려워 그만 눈길을 돌려 버리고는 때마침 가려운 왼쪽 팔을 긁기 시작했다. 그런데 손가락 끝에 이상한 물건이 닿았다. 내가 점적 장치(링거를 맞을 때처럼 약이나 영양제 등을 한 방울씩 떨어뜨려 넣는 장치 : 옮긴이)를 맞고 있다니! 이게 어떻게 된 일인가? 당장 알아야 했다. 나는 침대 옆으로 손을 뻗어 필사적으로 도움을 요청하는 버튼을 눌렀다. 간호사 한 명이 아직도 열을 내고 있는 엄마와 아빠 사이를 헤치며 들어와, 무슨 일인지 궁금하다는 표정을 지으며 침대 옆에 서서 물었다.

"안녕. 난 간호사 앤더슨이야. 오늘 네 담당인데, 뭘 도와줄까?"

"저, 안녕하세요. 제 이름은 알렉스예요. 왜 제 팔에 주사기가 꽂혀 있는지 아세요? 제가 중상을 입거나 뭐 그랬나요? 그냥 궁금해서요."

간호사는 한숨을 지었다.

"아니, 넌 중상을 입지 않았어, 알렉스. 하지만 네가 깨어나기 전에 엄마한테 들어 보니 중상을 입지 않은 게 천만다행이더구나."

나는 부모님을 힐끔 보았다. 두 사람은 아직도 서로에게 퍼붓고 있었다. 만약 지나가는 사람이 있었다면 두 사람이 '물건 집어던지기' 단계로 들어갈 것에 대비해 물건을 숨기기라도 할 정도였다. 이것은 내가 생각한 아주 운이 좋은 시나리오가 아니었다. 하지만 뭐 어쩔 수 있나.

"네, 그렇군요. 저는 그냥 제가 어디가 잘못되었는지 꼭 알고 싶어서요."

엄마는 아빠의 육아와 일반적인 생활 태도에 대한 호된 공격을 잠시 멈추고, 나를 거들고 나섰다.

"네, 간호사님. 우리도 우리 애가 어디가 잘못되었는지 알고 싶어요."

앤더슨 간호사는 '기독교 신도를 사자 밥으로 만들기' 행사가 한창 벌어지고 있는 원형 경기장에 걸어 들어온 순진한 로마 사람 같은 표정을 지었다. 하지만 간호사는 대답하지 않아도 되었다. '프리드먼'이라는 의사, 또는 최소한 '의사 프리드먼'이라는 이름표를 단 남자가 들어온 덕분이었다.

"알렉산더 그레고리, 유명하신 심야 폭주족. 지나가다 네가 묻는 것 들었다. 무슨 일인지 내가 시원하게 말해 주마. 아마 너는 지금 꽤 어찔어찔한 느낌일 거야. 맞지?"

나는 고개를 끄덕이고는 처량한 표정을 지으려고 했다. 하지만 따로 애쓰지 않아도 그 표정이 자연스럽게 나왔다.

"흠, 그럴 만도 하지. 몇 가지 이유가 있어. 첫째, 우리한테 왔을 때 넌 꽤 심각한 급성 알코올 중독 상태였어. 아마 지금 넌 입 안과 눈이 아주 건조할걸. 그것도 급성 알코올 중독 때문이야. 그래서 네 팔에 점적 장치가 꽂혀 있는 거고. 둘째, 넌 어젯밤 최소한 한 번은 머리를 세게 부딪혔고, 그 상처가 아직도 있어. 아마도 엄마 차의 핸들에 머리를 들이받으면서 생긴 것 같아. 뇌의 부드러운 부분이 단단한 두개골에 부딪히는 바람에 뇌진탕을 일으켰어. 그러니까 꼭 술 때문이 아니더라도 너는 지금 머리가 깨질 것 같은 두통과 어지러움과 구토 증세를 보일 수밖에 없지. 셋째, 넌 이마가 찢어졌어. 상처가 아주 깊지는 않았지만 꽤 길게 찢어져서 꿰맬 수밖에 없었지. 오늘 느지막이 성형외과 의사 한 분이 와서 꿰맨 부위를 살펴보실 거야. 그때 흉터가 얼마나 남을 것 같은지 물어보렴."

흉터? 세상에나! 가만있을 일이 아니었다. 그렇다고 오랫동안 생각할 틈도 없었다. 의사가 계속 말을 하고 있었기 때문이다.

"그나저나 오른쪽 어깨도 아프니?"

나는 머리를 칭칭 감고 있는 굵은 고통의 밧줄에서 불편한 곳 한 가닥을 꼭 집어 골라낼 수는 없었다. 하지만 이렇게 말했다.

"네, 아파요. 왜 그렇죠?"

"파상풍 주사 때문이야. 내가 미처 말하지 않은, 뭐 특별히 궁금한 점이라도 있니?"

"두통약 좀 주시면 안 되나요? 머리가 진짜 아파요. 세말요."

"우리는 너의 혈액 독성 보고서가 어떻게 나오는지 볼 거야. 하지만 지금 당장은 간에 더 이상의 부담을 주고 싶지 않구나. 어젯밤에 네 간이 꽤나 일을 많이 했으니까."

죽인다. 머리 부상에 진통제도 안 쓰다니. 이렇게 몸과 마음에 좋은 처방전이 있나.

의사가 떠난 뒤 엄마는 바람 좀 쐬어야겠다며, 마지막으로 한 번 아빠를 쏘아보고는 뚜벅뚜벅 걸어 나갔다. 아빠는 침대 옆으로 느릿느릿 걸어와서는 아빠들이 흔히 하는 식으로 내 어깨에 주먹을 먹였다. 아빠의 이런 행동은 멋들어질 수도 있었다. 만약 엄마가 이미 한 방 먹인 자리와 정확히 똑같은 지점을 치지만 않았더라면 말이다. 곧이어 아빠는 '헉' 하고 놀라 몸을 움츠리는 나를 거들떠보지도 않고 책임감에 대해 일장 연설을 늘어놓았다. 그사이 나는 두 눈을 꼭 감고 아빠가 엄마 몰래 내 3학년 때 담임 선생님하고 바람피우는 장면을 떠올리지 않으려고 무척 애를 썼다.

결국 나는 고개를 벽 쪽으로 돌리고 자는 척했다. 아빠는 그것을 7~8분 뒤에야 알아차렸다. 고백하건대, 나는 아빠 연설이 빨리 끝나도록 가짜로 코를 골 뻔했다. 하지만 그렇게 하면 아빠가 나를 흔들어 깨울지도 모른다는 걱정이 들었다. 머리를 흔들면 머리가 떨어져 나갈 것만 같은 느낌이었기에 그런 위험을 무릅쓸 수 없었다.

아빠가 떠난 것은 기억나지 않는다. 그러니 아마도 어느 순간 진짜로 잠이 들었던 모양이다. 내가 정신을 차렸을 때는 엄마가 침대 끝에 앉아 내 손을 잡고 울고 있었다. 나는 '잠자는 소년' 연기를 다시 했다. 이번에는 내 눈에도 글썽이는 눈물을 엄마한테 보여 주기 싫어서였다.

얼뜨광이

나는 그날 하루 종일 병원에 있었고, 일요일이 되어서야 집으로 갔다. 사회 복지과에서 나온 착한 아주머니 한 분이 부모의 감독이라는 조건을 내걸고 나를 석방한 직후였다. 병원을 떠나기 전 엄마는 경찰이 내민 서류 뭉치에 서명을 해야 했다. 또한 변호사를 선임하고 30일 뒤 음주 운전 사건에 대한 심리(재판의 기초가 되는 사실 및 법률 관계를 명확히 하려고 법원이 증거나 방법 따위를 심사하는 행위 : 옮긴이)를 위해 나를 법원으로 데리고 가겠다고 약속해야 했다. 30일이 기나긴 한 달이 되리라는 것은 천재가 아니더라도 쉽게 알 수 있었다.

집으로 돌아온 뒤 오전 내내 엄마는 내게 특별한 말을 걸지 않았다. 그러나 나는 몸이 욱신욱신 쑤셔 밖으로 나가거나 다른 일을 할 수 없었다. 그래서 지하실에서 전기 기타를 만지작거리며 시간을 보냈다. 이 전기 기타는 내가 가장 소중히 여기는 물건이다. 햇볕에 그을린 듯 노랑, 빨강, 짙은 밤색으로 된 아름다운 색상의 미국산 펜더 텔레캐스터('펜더'라는 회사에서 만든 대중적이고 인기 있는 전기 기타로, '텔리'라는 애칭으로도 불림 : 옮긴이)로, 내가 고등학교 1학년 때 아빠가 사 준 전기 기타였다. 그때 아빠는 막 집을 나간 뒤라 나한테 죄책감을 느꼈다. 나는 뇌물인 게 빤한 선물을 받아야 하는지를 두고 고민했다. 1,200만 분의 1초 동안. 하지만 어쩔 수 없었다. 이건 '텔리'였고, 내가 중학교 때부터 가지고 있던 기타는 싸구려 수입 제품이었으니. 그래서 잘사는 것이 최고의 복수라고 스스로를 설득하며 텔리에 전원을 연결하고 신나게 쳤다. 한 달 동안 매일같이.

아무튼 부모님이 이혼한 뒤 나는 두 달 동안 기타 레슨을 받았고, 선생님에게서 여러 가지 기초를 배웠다. 그런 다음 레슨을 그만두었다. 부모님의 변호사 비용이 치솟는 상황에서 누군가는 나의 대학 학자금을 준비해야 한다고 생각했기 때문이다. 그 뒤로도 책과 잡지를 보면서 혼자 궁리하며 연습을 게을리 하지 않았고, 학교 재즈 밴드에서 계속 활동하고 있다. 나는 대단한 재즈 기타리스트는 아니다. 왜냐하면 재즈는 지구에서 가장 어려운 기타 음악이니까. 하지만 **록**은 할 수 있었다.

이날도 지하실에서 시디를 잔뜩 쌓아 놓고 작은 앰프 소리에 맞춰 미친 듯이 기타를 쳤다. 머리가 띵할 때까지. 그런 다음 앰프 소리를 줄이고 시디플레이어를 끈 뒤 손가락과 음계 연습을 했다. 토할 것 같은 증세와 지루함을 견딜 수 없을 때까지. 하지만 엄마가 나의 소소한 자동차 모험을 완전히 잊어버릴 때까지 지하실에 머물 수 없는 노릇이었기에, 점심을 먹으러 터벅터벅 올라갔다.

엄마는 식탁에 앉아, 비스킷을 커피에 적시기만 할 뿐 입에 대지도 않았다. 엄마는 고개를 들어 커피에 흠뻑 젖은 비스킷으로 내 가슴을 가리켰다. 찐득거리는 밤색 액체가 뚝뚝 떨어졌다.

"알렉스, 엄마는 이곳에 몇 시간째 앉아 네 연주를 들으면서 뭔가 이해해 보려고 애썼어. 너, 엄마가 정말로 이해할 수 없는 게 뭔지 아니?"

엄마가 오랫동안 말을 잇지 않자, 방금 한 말이 정말로 나한테 질문을 던진 것은 아닐까 하고 걱정되기 시작했다.

"나는 네가 **왜** 술을 마시고 내 차를 가지고 나갔는지 이해할 수가 없어. 도대체 어디로 갈 작정이었니? 윌슨 부인의 진달래 밭 말고 말이다. 넌 똑똑한 아이야. 그런데 이건 그냥…… 멍청하고 무의미한 짓이야."

나는 엄마한테 엄마의 전남편을 기습 공격하려던 깜짝 놀랄 만한 계획에 대해 털어놓을 수도 있었다. 하지만 식탁에서 이혼 문제를 거론한 적은 거의 없었다.

"모르겠어요, 엄마. 그냥 뭔가를 **하고** 싶었어요. 엄마는 놀러 나가셨지, 저는 집구석에 혼자 처박혀 있지, 컴퓨터는 고장 났지, 또 기억하실지 모르겠지만 엄마가 지난달에 제 전화기를 빼앗아 가셨지. 제가 무슨 할 일이 있었겠어요? 금요일 밤에 미적분 예습을 해요? 아니면 인기도 없는 비호감 멍청이 녀석들을 집으로 불러 닌텐도 게임을 해요? 화장실 선반 청소를 해요?"

"글쎄, 그런 것 말고도……."

앗, 엄마가 방어하는 태세가 되었다. 일단 엄마들이 공격하는 분위기에서 벗어나면 여러분은 위기에서 놓여난 셈이 된다.

"그런 것 말고 뭐요?"

"몰라, 알렉스. 하지만 뭘 했어도 네가 **실제로 저지른** 일보다 더 나쁠 수는 없었겠지. 사람이라도 치여서 **죽였으면** 어쩔 뻔했니?"

좋다. 엄마는 아직도 총을 완전히 내려놓을 생각은 아닌 모양이었다.

"엄마, 저는 아무도 안 죽였어요. 심지어 다친 사람도 없어요. 멍청한 정원 인형을 부서뜨렸을 뿐이라고요. 동네를 좀 더 고상하게 만들었다고 상을 받아야 할지도 몰라요. 그리고 어떤 나쁜 짓도 하려고 하지 않았어요. 그저 아빠 집으로 가서 엄마를 버리고 간 것에 대해 소리를 지를 참이었어요!"

참 잘도 이혼 문제를 거론하지 않는군.

"아빠 집에 가려 했다고? 정말로 그러려고 했어? 그런데 넌 이 블록도 벗어나지 못했잖아!"

"그건 실수였죠. 저한테 그 말을 듣고 싶으신 거예요? 실수를 했다?"

"그래, 실수지, 알렉스. 내가 너를 믿은 것처럼 말이야. 큰 실수지. 자, 법원에 가기 전까지 한 달 동안 일들이 어떻게 진행될지 말해 주마. **엄마가** 차로 너를 학교까지 데려다 줄 거야. 그리고 **엄마가** 너를 학교에서 태워 올 거고. 집에 오자마자 너는 **엄마가** 보는 앞에서 숙제를 해야 해. 그런 뒤 밤 열 시에 잠자리에 들 때까지 넌 **집 안에서만** 얌전히 있어야 해."

밤 10시?

"엄마, 저를 태워다 주고 또 태우러 오면서 직장은 어떻게 제시간에 가고 잠은 언제 주무시려고요?"

엄마는 노인 요양원에서 야간 간호사로 일한다. 그래서 평소에는 내가 학교에 있는 시간에 잠을 잔다.

"나도 몰라. 어떻게든 조정을 해 봐야지. 앞으로 30일 동안 나는 몹쓸 발진처럼 너한테 꼭 붙어 있어야 하니까. 이게 마음에 들지 않니? 그럼 체포되기 전에 미리 생각을 했어야지."

이 말을 듣자 나는 식탁에 고개를 처박았고, 그 바람에 머리가 눈을 덮었다. 머리를 뒤로 쓸어 넘기려고 하자 이마에 있는 꿰맨 자국을 따라 째는 듯한 아픔이 느껴졌다. 고개가 앞으로 움찔했고 곧바로 두 눈에서 눈물이 났다.

"어머, 알렉스. 아프니?"

나는 코를 훌쩍이며 대답했다.

"네, 엄마."

"잘됐다!"

분명 집 안에는 어느 정도 긴장감이 돌았다. 그래서 이번만큼은 월요일에 학교 가는 게 위안이 될 수 있으리라고 생각했다. 실제로 그렇게 될 수도 있었다. 주말 사이에 학교 아이들이 하나같이 열성적인 신문 기자로 변해 있지만 않았더라면 말이다. 그날 복도에서 마주친 아이들은 대부분 나를 곁눈질로 힐끔 보고는 얼굴에 난 멍과 삐뚤빼뚤하게 꿰맨 까만 자국을 똑바로 보지 않으려고 눈길을 돌렸다. 그러나 나서지 않고는 못 배기는 족제비 같은 사람이 있기 마련이다.

내가 교실에 들어섰을 때, 족제비가 치고 나왔다.

"우아, 이게 누구야? 해리 포터 아니야! 그 흉터 진짜 멋진데, 그레고리! 진짜야. 누가 분장해 줬니? 나도 예약 좀 해 줄래? 언제가 좋을까? 음…… 그럴 일 없네!"

우리 학년에서 가장 꼴 보기 싫은 브라이언 길슨이었다. 우리는 중학교 다닐 때 늘 서로를 괴롭히곤 했다. 하지만 어찌 된 영문인지 녀석은 다른 아이들은 모두 철이 들어 그런 짓을 더 이상 하지 않는다는 것을 혼자만 몰랐다. 게다가 녀석의 아빠는 경찰관이었다. 따라서 녀석은 내 상황을 속속들이 알고 있을 수도 있었다. 나는 아무 말도 하지 않고 녀석을 지나쳐 내 자리에 앉으려고 했다.

"야, 걱정하지 마. 그만한 게 천만다행이잖아. 물론 네 꼴은 말이 아니야. 하지만 다른 사람 꼴을 봐. 아니, 사람이 아니라 잔디 도깨비라고 해야 하나?"

나는 숨을 깊이 들이마셨다. 또 한 번. 또 한 번. 그러고는 내 자리에 앉았다. 브라이언이 걸어와 내 옆에 섰다. 당연히 다른 아이들은 모두 우리를 빤히 보면서 내가 벌떡 일어나 브라이언에게 주먹을 한 방 먹일지 지켜보고 있었다. 녀석은 나보다 140킬로그램은 더 나가는 미식축구 선수였다. 뇌진탕, 이마에 입은 상처, 반병신처럼 사방이 욱신욱신 쑤시는 내 상태는 둘째 치더라도 말이다.

이런 대치 상태가 더 이상 견디기 어려워졌을 때, 즉 내가 무슨 말이든 행동이든 해야만 할 때, 나와 가장 친한 여자 아이 로리 플린이 교실 안으로 번개처럼 들어왔다. 로리는 길슨에게 뛰어가 그가 아장아장 걷는 아이라도 되는 것처럼 밀쳤다. 야호! 로리가 나타나 나를 악으로부터 구해 주고, 내 적을 몰아내고……

"저리 가. 앉아. 그리고 입 닥쳐, 브라이언. 네가 큰 물소만 한 덩치라고 내가 너를 한 손으로 때려잡아 내 등 뒤에 묶을 수 없다고 생각하지 마. 초등학교 3학년 때 당해 봐서 알지? 그리고 네 신발에 침 떨어지기 전에 입 좀 다물어, 이 바보 멍청아!"

이 말과 함께 로리는 실제로 브라이언에게서 등을 획 돌리고 다시는 뒤도 한 번 돌아보지 않았다. 자기 성깔에 브라이언이 스르르 꼬리를 내리리라는 것을 잘 알고 있다는 듯이. 이것은 달리 말하면, 몸무게 42킬로그램짜리 로리가 갑자기 나한테만 집중하게 되었다는 뜻이다. 내가 '고마워.'라는 말로 로리를 진정시키려고 시도해 보기도 전에 로리는 두 팔로 내 책상을 짚고 퍼부었다.

이런, 담임 선생님은 어디에 계시지? 꼭 필요할 땐 보이지 않으신다니까.

"알렉스 피터 그레고리, 넌 저능아야."

로리는 두 손바닥으로 책상을 내리치면서 발을 동동 굴렀다.

어디 한두 번 듣는 말인가.

"넌 돌대가리야. 완전히 얼간이야. 아니, 얼간이만도 못해. 넌 그러니까…… 얼간이 보조 같은 녀석이야! 넌 얼뜨기, 반미치광이야. 넌…… 넌…… 넌 '얼뜨광이'야!"

나는 로리에게 작고 귀여운 강아지 표정을 지어 보였다. 하지만 무엇으로도 이 폭주 기관차를 늦출 수 없었다.

"나한테 악 쓰지 마, 로리. 난 지금 아프단 말이야. 그런데 도와주지는 못할망정. 게다가 아이들이 모두 우리를 빤히 보고 있잖아. 그리고 넌 지금 내 발을 밟고 서 있어."

로리는 중학교 1학년 음악 시간에 임시 교사를 떠나게 만든 적이 있는, 바로 그 귀신 같은 웃음을 지어 보였다.

"알아."

"1분만 내 발가락을 밟지 말아 볼래. 그럼 내가 다 실밍해 줄게."

"너희 엄마가 다 얘기해 줬어, 요 녀석아. 내가 토요일에 너한테 네 번이나 전화했는데, 엄마가 말 안 해 주셨어? 어제도 두 번이나 했고. 너희 엄마는 네가 '전화 받을 힘도 없다.'라고 나한테 말해 주시기에도 지친 모양이더라. 그래서인지 나한테 그 지저분하고 한심한 이야기를 몽땅 들려주시던걸. 네가 지하실에서 기타를 들고 빈둥거리는 동안 말이야."

잠깐 여기서 짤막한 설명 하나. 로리는 키가 1미터 50센티
미터에 《피터 팬》에 나오는 팅거벨처럼 생겼다. 완벽한 금
발, 작고 거꾸로 뒤집어진 듯한 납작코, 반짝반짝 빛나는 푸
른 눈, 앙증맞은 천사 같은 입, 끝이 약간 뾰족한 꼬마 요정
귀. 거기에 여자 아이들이 모두 눈꼴 시려 하는 운동으로 다
져진 완벽한 몸매. 이 모든 것을 로리는 싫어했다. 그래서 로
리는 일주일에 세 번 가라테를 배우고(중국 실전 무술을 배
우는 특별 수업 포함), 헐렁헐렁한 검은색 옷만 입고, 왼쪽
눈썹에 고리를 세 개나 달고 다닌다.

그래도 로리는 여전히 작은 요정처럼 보인다. 무시무시한
고트 족 요정처럼 보여서 탈이지만.

로리에 대한 또 한 가지 결정적인 사실. 여섯 살 때 뉴욕
시에서 이곳으로 이사 온 뒤로 로리는 나의 유일한 친구였
다. 정말이다. 그리고 우리 엄마는 로리를 끔찍이도 예뻐했
다. 로리는 엄마한테는 없는 딸과 같았다. 신이 멍청하고 말
안 듣는 바보 천치 아들 대신 로리를 주었다면 엄마는 아주
기뻐했을 것이다.

"나는 빈둥거리지 않았어. 연습을 했지. 내가 뭘 할 수 있
었겠어? 부엌에 앉아서 엄마한테 나무 숟가락으로 하루 종
일 맞으라고?"

"그런데 금요일 밤에 그렇게 멍청한 짓을 할 계획이었다면 왜 나한테 전화 안 했어?"

"로리, 나는 멍청한 짓을 할 **계획**이 아니었어."

"그래, 넌 타고났지, 타고났어. 계획을 세울 필요도 없었겠지."

"하하. 이것 봐. 금요일 밤에 넌 집에 없었어. 생각 안 나? 너는 갭(미국 옷 브랜드 : 옮긴이) 가게에서 일했잖아."

"아, 맞는 말씀. 가게에는 전화도 없다더냐? 게다가 너는 내 휴대 전화 번호를 안 지 5년밖에 안 됐지? 그러니 휴대 전화로도 연락할 수 없었고. 그렇지?"

"좋아. 내가 너한테 전화하고 싶지 않았다고 쳐. '올해의 이해심 많은 친구' 수상자. 나는 설교나 듣고 있고 싶지는 않았어. 술에 취하고 싶었다고. 그리고 가만히 앉아 걱정이나 하고 있는 대신 아빠를 만나고 싶었어."

"무슨 걱정? 경찰이 체포할 바보 멍청이가 하나도 없어서 심심할 거라는 걱정?"

"우리 엄마의 첫 데이트에 대해서. 됐냐?"

로리는 움찔하더니 잠시 생각에 잠겼다. 그때 1교시 시작 종이 울렸다.

법원에서의 하루

30일은 기나긴 시간이다. 가만히 앉아 움직이는 빙하를 지켜보거나 방사성 우라늄 덩어리가 안전한 보석 재료로 변하기를 기다린다면 긴 시간이 아닐 수도 있다. 하지만 학교에 가고, 기계처럼 숙제만 하고, 엄마랑 말다툼을 하며 집 안에 갇혀 지낸다면, 30일은 영원과도 같은 시간이다. 나는 거의 모든 인간과 접촉을 피했다. 특히 나하고 이야기를 나누려는 아빠의 시도를 무시하는 데 바짝 신경 썼다. 아빠는 날이면 날마다 전화를 했다. 하지만 나는 자동 응답이 되도록 했고, 그런 다음 갈수록 한심해지는 아빠의 메시지를 지워 버렸다. 또 아빠는 하루에 두 번 나에게 이메일을 보냈다. 하지만 나는 한 번도 이메일을 열지 않았고, 나중에는 스팸 메일로 분

류해서 아빠 주소를 차단해 버렸다. 내 인생도 그런 차단 장치를 가지고 태어났으면 좋으련만. 그럼 아빠의 존재를 아예 지워 버릴 수 있을 텐데. 엄마와 아빠는 아직 공식적으로 양육 문제를 완전히 해결하지 못했다. 한 가지 이유는 내가 이미 열일곱 살이라는 점이었고, 다른 이유는 앞에서도 말했듯이 부모님의 이혼 담당 변호사들이 내 대학 학자금을 야금야금 빼먹기 바빠서 법률적인 일을 마무리 짓지 않았기 때문이다. 하지만 비공식적으로 아빠는 원할 때마다 나를 만나도록 되어 있었다.

물론 아빠는 죽음이 두 사람을 갈라놓을 때까지 엄마와 함께하도록 되어 있었다. 하지만 우리 모두 어떻게 결판이 났는지 잘 알고 있다. 아빠가 우리를 버릴 수 있다면, 은행 계좌 번호를 묻는 아프리카에서 온 수상한 이메일을 지우듯, 나도 아빠를 지울 수 있다.

내가 중요한 고비마다 왜 로리를 피하는가 하는 문제는 조금 더 복잡하다. 어느 금요일 밤이든 간에 로리는 내 이야기를 기꺼이 들어줄 사람이다. 그리고 나한테 조언을 해 주거나 왜 내가 기본적으로 인생을 엉망진창으로 만들었는지를 깨닫도록 도와줄 수 있을 것이다. 더구나 로리의 부모님도 이혼했다. 그것도 로리가 여섯 살이 되던 생일날에. 그날 엄마는 나타나지 않았고, 아빠는 벌떡 일어나서 공주에게 주는 아빠의 '특별 선물'은 두 사람이 살, 꿈의 궁전 같은 진짜 시골집이라고 선언했다. 따라서 로리는 분명 이런 일에 대처하는 요령을 알고 있는 아이였다.

하지만 나는 아홉 살 때 기억을 지울 수 없었다. 지금도 가는 세로줄 무늬가 있는 양키즈 수영복을 입고 있는 내 모습이 눈앞에 생생하다. 나는 우리 집 뒤쪽 현관 지붕 위에 스케이트보드를 탈 수 있는 경사로를 만들고, 수영장 옆에 있는 테라스에 트램펄린을 놓았다. 그때는 그 일이 가능하다고 생각했다. 그 일이란, 연두색 스케이트보드를 가지고 지붕으로 기어 올라가서, 경사로를 타고 쌩 내려와서는 공중에서 스케이트보드를 걷어차고 트램펄린으로 훌쩍 뛰어내려 백조처럼 우아하게 수영장으로 다이빙하는 것이었다. 나는 로리에게 전화를 걸어 **지금 당장** 수영복과 로리 아빠의 비디오카메라를 가지고 오라고 했다. '이건 내가 세상을 떠난 뒤에도 영원히 남을 순간이 될 거야.' 하고 생각했다.

몇 분 뒤에 로리가 도착했다. 로리는 나의 어마어마하고 치밀하게 계획된 장치들을 한 번 쓱 보자마자 엉뚱한 짓을 당장 집어치우라고 말했다. 내 귀에는 아직도 테라스 벽돌에 메아리치던 작은 경적 소리 같은 로리의 목소리가 들린다.

"알렉스, 이건 멍청한 짓이야. 잘못될 가능성이 억만천만 가지나 있는 일이야."

"억만천만이라는 숫자는 있지도 않아. 그리고 이건 완벽하게 안전해. **과학적으로** 계획한 일이니까. ('과학적으로'는 그해 여름 내가 꽤나 의미를 두고 쓰던 단어였다. 벌들이 행복에 겨워 죽는지 보려고 벌집에 **과학적으로** 꿀을 부었을 때처럼 말이다. 응급실 의사 선생님들은 과학에 쏟은 나의 헌신 덕분에 여러 시간 초과 근무를 해야 했다.) 도대체 뭔 일이 일어난다고 그러니?"

"넌 지붕 위에서 스케이트보드를 타다 아래로 떨어져 죽을 수도 있어. 아니면 스케이트보드를 탄 채 트램펄린 위에 떨어져 죽을 수도 있고. 내 생각보다 네가 잘 해내 트램펄린에서 점프를 한다고 해도 수영장 밖으로 떨어져 죽을 수도 있어. 아니면 설사 수영장 안으로 들어간다 해도, 모서리에 머리를 들이받아 죽을 수도 있고."

마지막 것은 꽤 정확한 예상이었다는 점을 나도 인정한다.

9월이 되어 개학을 하자, 로리가 가져온 그 비디오테이프는 흥미로운 물건을 가져와 아이들에게 설명해 주는 '물건 보여 주기' 시간의 전설이 되었다. 하지만 로리는 내 모험에 대해서는 결코 밝은 면을 보지 않는 아이다. 내가 최근에 한 엉뚱한 짓에 대해 로리와 의논하지 않은 것도 바로 이 때문이었다.

어쨌든 학교와 엄마와 함께 있는 집을 오가고, 내 변호사

(다름이 아니라 래리 외삼촌이었다. 그분의 유일한 반응은 "정말로 네가 이런 말을 하고, 이런 행동을 했단 말이야?"였다.)를 만나는 엄청나게 흥분되는 순간을 겪으며 한 달이 지나갔다. 드디어 법원에 가는 날이 왔다.

법원에 가는 날 아침은 참으로 볼 만한 광경이다. 먼저 샤워를 한다. 그리고 친구들한테는 있다고 말하지만 실제로는 얼굴에 있을 수도 있고 없을 수도 있는, 희미한 복숭아빛 솜털 아홉 가닥을 면도한다. 그다음 양치질을 하고, 치실로 이를 청소하고, 다시 양치질을 하고, 구강 청정제로 입을 가신다. 그러고도 혹시 입 냄새 때문에 감옥에 가는 것은 아닌가하고 걱정한다. 내가 전투 준비를 하기 위해 한 벌밖에 없는 정장을 입는 동안 엄마가 옆에서 감독한다. 그런 다음 콘플레이크를 먹을 때 몸을 앞으로 쭉 내밀어야 한다. 화사한 베이비 블루 실크 넥타이에 우유가 묻으면 안 되니까. 작년 봄밴드 콘서트 때 신었던 신발을 신는다. 발에 물집이 잡히기 시작한다. 긴장한 탓에 머릿속에서 윙윙거리는 소리가 난다. 손바닥은 얼음장처럼 차지만 동시에 땀이 난다. 이건 모든 자연법칙을 부정하는 것처럼 보인다. 하지만 실제로 그런 걸 어떡하리. 엄마가 어찌어찌해서 나를 반짝반짝 빛나는 새 범퍼가 달린 차에 태운다. 시내로 가는 길은 너무나 조용해서

라디오를 꺼 놓은 상태에서도 선글라스 테로 직접 수신받을 수 있을 것만 같았다.

엄마는 법원에서 세 블록 떨어진 곳에 차를 세운다. 덕분에 발에 잡힌 물집을 터뜨릴 기회를 갖는다. 걸으면 얼음장 같은 땀이 더 난다. 하지만 이번에는 온몸에서 난다. 법원의 대리석 계단 발치에서 엄마는 나를 재빨리 한 번 안아 주고, 선글라스를 홱 벗기고("범죄자처럼 보이고 싶니?"), 내가 아직도 다섯 살인 듯이 내 머리카락을 헝클어뜨린다. 그런 다음 다시 단정하게 머리를 매만진다. 만약 위생 상태 때문에 교도소에 가게 된다면, 머리 빗질보다는 입 냄새 때문일 텐데도 말이다.

줄을 서서 기다리고, 금속 탐지기를 통과하고, 법정 문에서 변호사를 만나고, 법정 안으로 걸어 들어간다.

그나저나 법정을 처음 보고서 충격을 받았다. 나는 대리석으로 지어진 커다란 미술관처럼 생긴 방을 기대했다. 아치형 지붕에, 사방에 짙은 색 목재가 있고, 그리스풍 기둥 꼭대기에 괴물 형상이 있는 방 말이다. 하지만 이 법정은 그저 작고 평범한 육면체 방에, 철제 책상 하나와 접이식 탁자 두 개가(변호사와 검사를 위한 탁자였다.) 마주 보고 있었다. 기름을 잔뜩 발라 머리를 올백으로 넘기고 창백한 형광등 불빛을 빨아들일 듯한 짙은 색깔의 양복을 입은 나이 지긋한 남자가 검사 자리에 삐딱한 자세로 앉아 있었다. 남자는 판사와 잡담을 나누면서 종이컵에 든 커피를 마시고 있었다. 그 사람과 나의 외삼촌 겸 변호사는 날마다 함께 일하는 사람처럼 서로 인사를 나누었다. 내가 보기에 실제로도 그런 것 같았다. 하지만 이 모든 장면이 실망스러웠다. 나는 내 변호사와 검사가 경기장 안으로 들어서는 검투사들처럼 이를 드러내고 서로에게 으르렁거리기를 기대했다. 친한 대학 동창 사이처럼 손을 흔들고 고개를 끄덕이는 대신에.

만약 두 사람이 친구 사이라면, 도대체 누가 **내** 편이란 말인가?

여자 판사가 엄마를 보고 웃음 지었다. 판사는 전형적인 아주머니 인상이었다. 옛날 식으로 땋아 올린 검은 머리, 작은 검은색 안경테, 평범한 회색 정장. 이것 역시 이상했다. 법복은 어디에 있단 말인가? 나무 망치는? 게다가 이건 또 무슨 말인가?

"안녕, 재닛. 오랜만이네. 아직도 요양원에서 일하니?"

이게 지금 재판이 열리는 법정인가, 아니면 동창회인가?

엄마가 미처 대답하기 전에 내 뒤에 있는 문이 활짝 열렸고, 순식간에 화기애애한 분위기는 사라졌다. 나는 겁이 나서 이곳에 있는 누구의 얼굴도 빤히 바라볼 수 없었다. 하지만 곁눈질을 해서 누가 들어왔기에 모두 말문을 닫았는지 살폈다. 제복을 입은 남자 네 명이 걸어 들어오고 있었다. 두 명은 병원 사람이었고, 두 명은 낯이 익은 경찰관이었다.

이런, 젠장. 세 명은 나와 함께 구급차에 탔던 사람들이었고, 한 명은 사즈 씨처럼 보이는, 하지만 내가 기억하는 것보다 훨씬 덜 지저분한 사내였다. 헉, 할머니가 입버릇처럼 하던 말이 떠올랐다.

'사람들을 대할 때 조심해야 해. 언제 그 사람들의 도움이 필요할지 모르니까.'

나는 딱히 이 사람들한테 사랑의 씨앗을 뿌렸다고 할 수 없었다. 처음 만났을 때 커피를 쏟고, 까르르 웃고, 토했으니까. 아, 미성년자 음주 운전까지. 그걸 빼먹을 뻔하다니.

우리는 모두 금방이라도 부서질 것 같은 탁자에 자리를 잡았고, 판사가 심리를 시작했다. 지금까지 내 인생에서 가장 신가한 순간이있나.

"안녕하세요, 여러분. 나는 여기에 있는 서류들을 모두 살펴보았어요. 뉴저지 주 대 알렉산더 그레고리 사건의 경우, 범행을 인정할 사유 타령은 시간 낭비인 것 같군요."

시간 낭비? 판사는 이 모든 일을 그냥 기각할 참인가? 어떤 식으로든 모두가 한통속이니까.

"솔직히 말해 샤프 씨(래리 외삼촌이다.), 이러쿵저러쿵할

거리도 없는 사건 같군요."

어, 잠깐만, **이러쿵저러쿵할 거리도 없다니**? 외삼촌은 벌떡 일어나 "이의 있습니다."라고 소리쳐야 하는 것 아닌가? 경찰관 두 명은 흡족한 듯 웃었고, 매끈한 검사는 이미 서류 가방을 챙기다시피 했다.

래리 외삼촌은 커피를 길게 한 모금 마시고 10여 초 동안 메모지를 뒤적거린 다음 나를 변호하기 위해 영웅적으로 벌떡 일어났다.

"맞습니다, 판사님. 저도 이게 정상적이지 않다는 것은 압니다만, 제 의뢰인은 초범이니까 우리 모두 재판에 드는 시간과 비용을 절약하고, 우리가 어떤 종류의 탄원을 할 수 있는지를 보는 게 어떻겠습니까?"

우아, 가족의 명예를 지키기 위해 떨쳐나서는 외삼촌!

판사가 말했다.

"내가 듣기에는 좋은 생각 같군요. 여러분 생각은?"

판사는 119 사람들과 검사 얼굴을 차례차례 살폈다. 그 사람들은 벌써 짐을 꾸리고 있었고 하나같이 뭐라 뭐라 중얼거리며 고개를 끄덕였다. 갑자기 판사가 나무 망치를 손에 들었다.

"그럼 좋습니다. 모두 기립."

다들 자리에서 일어섰다.

"뉴저지 대 알렉산더 그레고리 사건에서, 법정은 변호사의 유죄 인정 탄원을 받아들인다. 15분 동안 휴식한 뒤 바로 이 장소에서 뉴저지 주는 형량 선고를 위해 피고인과 만난다."

나는 한 가지 우스꽝스러운 생각을 억누를 수 없었다. 이 조그마한 방에 뉴저지 주 전체가 어떻게 들어온단 말인가.

래리 외삼촌과 엄마와 나를 빼고 다른 사람들은 모두 줄지 어 뒷문으로 나갔다. 이번 심리가 한 편의 코미디이고 사기 극인 것에 마음이 놓인다는 듯 행동하고 잡담을 나누면서.

"아주 잘됐어, 재닛."

에잉?

"네가 이 문제로 처음 전화 걸었을 때 내가 말했던 것처럼, 피고가 명백하게 유죄인 이런 하찮은 사건에서 재판은 필요 없어."

"외삼촌, 정확히 뭐가 '잘됐다'는 거지요?"

"'잘됐다'는 건, 심리가 빨리 끝나서 판사가 오늘 오전에 밀린 서류를 볼 자유 시간을 두어 시간 갖게 되었다는 거야. 그래서 너한테 좋은 형량을 선고할 기분이라는 말이지."

"그런데 판결이 어떻게 날 것 같아요?"

"엄마한테 말했는데, 엄마가 너한테 말 안 해 주더냐? 넌 전과가 없어. 그런대로 얌전한 학생이고. 또 학교 재즈 밴드 에서 연주하고. 내 생각에 형사 범죄치고는 가벼운 벌을 받을 것으로 본다."

"제 운전면허는 어떻게 되지요?"

"아마도 1~2년 정도 늦게 따게 될 거야."

외삼촌은 대수로운 일이 아니라는 투로 말했다. 그러면서 딴생각을 하는 것처럼 내 어깨 너머로 눈길을 돌렸다.

"1~2년 정도 늦게요? 제 친구들은 모두 올해 면허증을 딸 거예요. 이건 말도 안 돼요. 졸업 댄스파티에 엄마가 태워 주는 차를 타고 가야 한단 말이에요? 올여름 아르바이트하는 곳에는 어떻게 가고요? 이건 정말 말도 안 돼요. 저는 범죄자가 아니에요. 저는 아무도 해치지 않았다고요! 그저 잔디 도깨비를 부서뜨렸을 뿐이라고요. **잔디 도깨비요!** 제가 전혀 위험한 사람이 아니라는 것을 판사님은 모르신단 말이에요? 왜 외삼촌은 이런 말로 싸우지 않았어요?"

왼쪽 귀 너머에서 어떤 목소리가 들려왔다. 나는 외삼촌이 아까 누구한테 눈길을 돌렸는지 알 수 있었다.

"변호사는 네가 감옥에 가는 것보다는 사회봉사를 하고 싶어 하리라고 생각하신 거지. 그리고 내가 음주운전을 얼마나 **싫어하는지** 알고 있었고."

이런, 판사들의 휴식 시간은 참 짧기도 하지.

솔로몬

여러분도 노인 요양원에 걸어 들어가면 이겨 내야 할 것이 한두 가지가 아님을 금세 알게 될 것이다. 무엇보다도 먼저 고약한 냄새, 즉 소독약에 담가 두었던 썩어 가는 칠면조 시체를 막 요리한 듯한 냄새가 코를 찌른다. 그다음에는 변화무쌍한 색조가 있다. 흰색에서 회색이 가미된 흰색과 베이지에 이르기까지 전 스펙트럼을 자랑하는 색조 말이다. 그리고 **사람들**이 있다. 이래라저래라 명령하는 퉁명스럽게 보이는 담당 간호사들, 휠체어와 바퀴 달린 침대에 환자를 싣고 이리저리 다니는 딱딱한 표정의 직원들, 응급 임무를 띠고 황새걸음으로 걸어 다니는 이따금씩 넋이 나간 듯한 의사들, 그리고 당연히 환자들. 좋다, 엄마는 나한테 그 사람들을 환자가 아니라 '거주자'라고 부르라고 했다. 하지만 지금 농담 하나? 그 사람들은 아프다. 그렇지 않은가? 그러니 그 사람들은 환자가 맞다.

거주자, 흥!

어쨌든 내가 지금 말하고자 하는 바는, 법원으로부터 받은 형을 수행하기 위해 '에그버트 P. 존슨 기념 노인 요양원'으로 걸어가면서, 나는 키득거릴 기분이 아니었으며 그곳 분위기로 보아 조만간 기분이 나아질 것 같지도 않았다는 것이다. 나를 기다리고 있을, 3층 북쪽에 있는 간호사 대기실로 뚜벅뚜벅 걸어갔다. 부인 세 명이 거위들처럼 머리를 맞대고 앉아 있다가, 엘리베이터가 있는 라운지 모퉁이를 돌아 다가오는 나를 보고는 모두에게 다 들릴 만큼 소란을 피우며 '쉿, 쉿' 소리를 냈다.

"안녕하세요. 저는 알렉스 그레고리라고 합니다. 저는…… 어…… 솔로몬 루이스 씨와 함께 일을 하도록 배정받았습니다. 제가 맞게 찾아왔나요?"

세 명 가운데 '간호사 클로델 그린'이라는 이름표를 단 가장 뚱뚱한 중년 아주머니가 나를 위아래로 훑어보고는 킬킬대며 말했다.

"맞게 찾아왔어, 애야. 솔로몬 루이스라는 분은 **딱** 한 명밖에 없어. 안 그래?"

"아무렴."

훨씬 더 젊고 아주 예쁜 '간호사 후아니타 케이스'라는 사람이 내 얼굴을 빤히 바라보면서 키득거리며 말했다.

"너희 엄마가 아주 잘 선택하신 것 같구나! 솔로몬 루이스 씨가 2층으로 온 뒤로, 다른 층에 있는 사람들은 온통 샘이 났단다. 솔로몬 루이스 **같은** 분은 결코 없으니까 말이야. 그러니까 네가 우리를 위해 루이스 씨를 행복하고 즐겁게 만들려고 자원 봉사를 지원했단 말이지?"

세 명 가운데 마지막 사람은 '사회 복지사 레오노라 매카시'였다. 당장 자리에서 일어나 방 하나를 골라 침대에 누워 있어도 될 만큼 늙어 보이는 몸집이 자그마한 부인이었다. 그 사람이 소곤소곤 말했다.

"이거 흥미진진하겠는걸."

그러고는 나를 보면서 내 오른쪽에 있는 첫 번째 방을 가리켰다.

"루이스 씨는 344호실에 있어. 이곳 간호사 대기실 바로 옆이지. 그래야 그 양반이 일으킬 수 있는 피해를 가장 적게 할 수 있거든. 지금 들어가 봐도 돼. 그분은 새 자원 봉사자 만나는 것을 좋아해. 솔직히 말하자면, 6월 이후로 자원 봉사자가 네 명이나 새로 왔어. 충고 한마디. 그 양반한테 착하게 굴지 마라. 저자세로 나가면 널 잡아먹으려 들 테니까."

다른 두 사람이 맞장구를 쳤다.

"맞는 말씀. 애가 저녁 먹을 때까지나 버틸 수 있을까?"

344호실로 들어가면서 내 기분이 얼마나 좋았을지 여러분은 짐작하고도 남으리라.

그 방은 전형적인 병실과 다르지 않았다. 흰색 벽, 회색 빛이 도는 흰색 바닥 타일, 소독약 냄새. 게다가 장식이라고는 하나도 없었다. 카드도, '쾌유를 빕니다.'라고 쓰인 풍선도, 가족사진도 없었다. 보이는 것이라고는 침대에 있는 노인뿐이었다. 노인은 베개 두 개로 등을 받치고 앉아 텔레비전을 보고 있었다. 텔레비전 소리는 꺼져 있었고, 노인은 번개 같은 속도로 채널을 바꾸고 있었다. 노인의 머리칼은 반들반들한 회색이었고, 얼굴은 놀랄 정도로 빨갰다. 그 덕분에 커다랗고 흰 콧대가 도드라져 보였다. 고등학교 생물 시간에, 찰스 다윈이 갈라파고스 섬에서 되새를 어떻게 열세 가지의 서로 다른 종으로 분류했는지를 배운 적이 있다. 나는 종에 따라 확연하게 다른 모양의 부리를 갖는다는 사실을 기억한다. 그 가운데 한 종류는 부리로 나무에 구멍을 뚫은 뒤 구멍 속으로 부리를 쑥 집어넣어 땅벌레를 끄집어낸다. 말하자면 솔로몬 루이스 씨의 코는 바로 그 되새의 부리 같았다. 튀어나온 코 뒤로, 한쪽만 있는 눈썹의 희미한 그림자 아래에 레이저 같은 푸른 두 눈이 화면을 태워 구멍을 내려는 듯 텔레비전을 뚫어져라 보고 있었다. 코 아래로 얇은 입술에 평범해 보이는 노인의 입이 있었다. 하지만 잔뜩 찡그린 입매였다.

전체적인 인상을 한마디로 말하자면, 솔로몬 루이스 씨는 리모컨과 재빠른 엄지손가락으로 무장한 늙고 무자비하고 못생긴 노인네였다.

나는 2~3분 동안 문간에 서서 반쯤 얼어붙은 채 아무 말도 하지 못했다. 그다음 가볍게 헛기침을 했다. 이어 좀 더 크게 헛기침을 했다. 루이스 씨는 내가 와 있는 것을 알지만 '침묵 요법'을 쓰는 게 분명했다. 레오노라 매카시 사회 복지사가 나한테 착하게 굴지 말라고 한 터라, 나를 무시하는 이 독수리 인간을 열심히 지켜보고 있을 필요는 없었다. 나는 침대 옆에 있는 커다란 안락의자에 앉아 기다렸다. 그리고 또 기다렸다. 그리고 또 기다렸다. 방 안에서 나는 소리라고는 머리 위에 있는 전구들에서 나는 '윙윙' 하는 소리와 노인의 쌕쌕거리는 숨소리뿐이었다. 루이스 씨의 숨소리는 무척 거칠었다.

몇 분 동안 노인이 마음을 바꿔 나한테 눈길을 주기를 바라며 노인의 얼굴을 빤히 바라본 뒤, 텔레비전을 보려고 애썼다. 하지만 이것 역시 뜻대로 되지 않았다. 내가 막 텔레비전 화면에 관심을 가지려는 찰나, 솔로몬 루이스 씨가 리모컨 버튼을 눌렀기 때문이다. 섬뜩한 느낌이 들었다. 이때 나는 처음으로(그리고 이게 분명 마지막은 아니었다.) 이 노인이 내 마음을 읽는 게 아닌가 하는 의심을 하게 되었다. 내 머릿속의 분노 센터에 들어갈 수 있는 초능력을 가지기라도 한 것 같았다.

내가 막 자리를 박차고 일어나 화면을 가리고 '만나서 반갑습니다.' 타령을 몇 마디 늘어놓으려고 마음먹은 순간, 솔로몬 루이스 씨가 말했다.

"의자에 똑바로 앉아라, 이 꼬맹이 '피셔(고추)'야. 넌 바른 자세에 대해서도 안 배웠냐?"

"네?"

"넌 도대체 뭐 하는 녀석이냐? 또 느려 터진 꼬맹이냐? 지난번 자원 봉사자는 진짜 '시멘드릭(얼간이)'이더니. 단추를 잠글 수가 없어서 접착 끈끈이가 달린 셔츠를 입어야 했다니까. 똑바로 앉아라."

좋다. 나도 여기에 소풍 온 게 아니라는 것을 안다. 하지만 이 노인의 말투와 툭툭 내뱉는 낯선 외국 단어들 사이에서 너무 어리벙벙하고 어리둥절해서 말을 제대로 할 수 없었다.

그러자 루이스 씨는 머리를 다친 애완용 원숭이한테나 씀 직한 말투로 느릿느릿 말을 이었다.

"또옥바아로 안즈라아고오. 착하지. 넌 곧 일어나는 법과 음식 씹는 법을 배울 게야. 그런데 먼저 학교에서 연필 쥐는 법이나 배우고 있어야 할 때 왜 이곳에 와서 무방비 상태의 노인을 괴롭히는 거냐?"

"루이스 할아버지, 제 이름은 알렉스 그레고리예요. 고등학생이고요, 매주 할아버지와 함께 여기에서 열 시간 정도를 보낼 거예요. 언제까지냐면…… 어, 한동안이오."

"알렉스, 나는 간호를 받으려고 이곳으로 왔다만, 너는 내가 간호사 머리카락 근처에도 가지 못하게 하려고 이곳으로 왔구나? 우리 할머니가 이 어처구니없는 상황을 봤다면 대체 뭐라고 하실지 아니?"

"어, 잘 모르겠는데요."

"그래, 나도 잘 모르겠다. 우리 할머니는 돌아가셨으니까. 그리고 나는 기억력이 하도 가물가물해서 지난주에는 내 방문을 칫솔로 열려고 했지 뭐냐. 하지만 할머니는 틀림없이 한 말씀 하셨을 거야. 아, 할머니는 할 말은 하시는 분이었지! 옛날에 우리가 폴란드를 떠나 미국으로 올 때, 할머니가 표를 받는 사람과 오랫동안 실랑이를 벌이는 바람에 하마터면 배를 놓칠 뻔한 게 생각난다. 결국 할아버지가 할머니한테 '사디, 미국에 가서도 실랑이를 벌여서 사람들의 일을 방해하면 안 돼요.'라고 말했어. 그러자 할머니는 '이르브, 미국에 도착하면 나는 입도 뻥긋하지 않을 거예요.'라고 말했지. 할아버지는 나한테 윙크를 하고는 이렇게 말했지. '할렐

루야, 미국이 정말 신세계이기는 하구나.'"

나는 큰 소리로 웃을 뻔했다. 하지만 그 순간 다른 '거주자' 한 명이 내 뒤에 있는 문간을 지나가는 바람에 웃을 기회를 놓쳤다. 솔(솔로몬을 줄여서 부르는 애칭 : 옮긴이) 할아버지는 침대에서 튀어나와 문 쪽으로 허겁지겁 뛰어갔다.

"안녕하세요, 골드파브 부인."

골드파브 부인은 말을 건 사람이 누구인지 확인하고는 깜짝 놀라며 초조한 낯빛을 보였다. 이어 억지로 엷은 웃음을 지으며 우물우물 말했다.

"안녕하세요, 솔 할아버지. 오늘은 좀 어때요?"

"좋아요, 좋아요. 하지만 도대체 내가 몇 번을 말해야 되겠어요? 방을 나서기 전에 꼭 **틀니**를 끼시라니까요."

골드파브 부인은 손으로 입을 가리고는 곧바로 오던 길을 서둘러 되돌아갔다.

"속았지롱! 이번 주에 들어서만 벌써 네 번째야."

솔 할아버지가 아주 신이 나서 소리쳤다.

나는 상황을 이해하는 데 시간이 조금 걸렸다.

"루이스 할아버지, 할머니는 틀니를 하고 있었는데요."

"너도 머리가 좋은 사람은 아니구나. 물론 틀니를 하고 있었지."

"그런데 왜……."

"알렉스, 이 애송이 녀석아. 네가 이 정신 나간 곳에서 살아남으려면 여기 노인들에 대해 한 가지 알아야 할 게 있다. 노인들은 말이야, 계속 정신없게 만들어야 해. 노인들이 생각하기를 멈추는 순간, 너는 차라리 노인들의 산소 탱크에 웃음 가스를 넣어서 빵빵하게 부풀려 날려 버리고 싶은 심정이 될 게다."

나는 이 말에 어떻게 대꾸해야 할지 몰랐다. 그래서 가만히 앉아 무게 중심을 이 발에서 저 발로 옮기며 아직도 운동화에 끈질기게 남아 있는 초코파이 자국을 요모조모 살폈다. 솔로몬 루이스 씨는 뚜벅뚜벅 나를 지나쳐 가 거친 숨소리 사이사이 혼자 킬킬대면서 침대에 앉았다. 갑자기 킬킬거리는 소리가 사라지는가 싶더니 '후-하-후-하' 하는 끔찍한 소리가 들렸다. 루이스 씨는 두 손을 무릎에 짚고 등을 구부려 머리를 가슴에 처박고 있었다. 나는 루이스 씨에게 도움이 필요한지 두 번이나 물었다. 하지만 아무런 대꾸도 없었다. 세 번째로 묻고 난 뒤, 나는 벌떡 일어나 루이스 씨 얼굴 바로 앞까지 걸어가 무릎을 꿇고 앉아 큰 소리로 물었다.

"루이스 할아버지, 괜찮으세요?"

루이스 씨는 내가 태어나서 처음 보는, 분노와 공포가 뒤섞인 표정을 지으며 나를 힐끗 올려다보았다.

"아무…… 후하…… 걱정 마라. 이건 그저…… 후하……

내가 죽어 가고 있을 때 일어나는 거야…… 후하…… 이 머저리 녀석아!"

트렌트 판사님께

판사님이 저에게 명령하신 사회봉사 일의 진행 상황을 알려 드리기 위해 편지를 씁니다. 판사님이 저에게 잘못을 반성하고 실수로부터 배울 기회를 주신 것은 참 좋은 일이라고 생각합니다. 비록 그 사고로 저 자신 말고는 아무도 다치지 않았지만 말이에요. 저는 방금 그 노인 요양원에 갔다 왔습니다. 그곳에서 '솔로몬 루이스'라는 아주 재미있는 ~~환자~~ 거주자를 돌보는 일을 했습니다. 그런데 제 생각에는 판사님이 저에게 맡긴 과제를 바꿔 주시는 게 좋겠습니다.

첫째, 제가 사람을 돌보는 일을 해야 하는 것은 잘 알지만, 저는 루이스 씨를 도울 만한 자격이 없습니다. 그분은 기억력과 집중력에 장애가 있는 게 분명하지만, 그 문제는 십대 청소년이 아니라 실력 있는 정신 건강 전문가가 다루어야만 합니다. 또 루이스 씨는 솔직히 말하면, 말로 저를 학대합니다. 저를 만난 몇 분 동안 루이스 씨는 저한테 '머저리 녀석'이라 불렀고, '머리가 좋은 사람이 아니다.'라고 했으며, '짜증 난다.'

고 했습니다. 또 다른 거주자들을 안락사시켜야 한다고 넌지시 말하기도 했습니다. 또 그분은 이상한 외국어로 저를 타박하기를 되풀이했습니다. 간호사들 말로는 이디시 어(고지 독일어에 헤브라이 어, 슬라브 어 따위가 섞여 이루어진 언어로, 유럽 내륙 지방과 그곳에서 미국으로 이주한 유대인이 씀: 옮긴이)가 틀림없다고 합니다.

둘째, 아무도 저한테 미리 알려 주지 않은 일인데, 루이스 씨는 '폐기종'이라는 심각한 병을 앓고 있습니다. 그분은 제 눈앞에서 금방이라도 죽을 듯이 숨이 막혀 하셨습니다. 그런데 저한테는 그분을 도울 기술이 하나도 없습니다. 간호사 한 명이 커다란 산소마스크를 들고 허겁지겁 뛰어와서는 응급 호흡 조치를 했습니다. 루이스 씨는 죽지 않았지만 아주 가까스로 목숨을 건진 것 같습니다. 마침내 호흡이 정상으로 돌아왔을 때, 좀 나아졌냐고 묻자 그분은 저한테 이렇게 말씀하시더군요. '게이 코근 오펜 욤!' 집에 가서 인터넷으로 찾아봤더니, 루이스 씨는 제가 요양원에서 자기를 돕고 있기보다는 '바다에 가서 똥이나 누어야 한다.'고 생각하는 것 같더군요.

글을 마무리 지어야겠습니다. 제가 이곳에 대해 걱정해야 할 이유가 충분하다고 생각합니다. 저는 봉사 활동을 기쁘게 받아들이고 있습니다. 책임감과 신뢰에 대해 가치 있는 삶의 교훈을 얻을 수 있으니까요. 단지 저는 루이스 씨에게 필요한 것들을 해 줄 자격이 없을 뿐입니다. 노인 요양원은 저 대신 정신과 의사/언어학자/의료 종사자/성인을 택해야 합니다. 그리고 법원은 저의 예민한 사춘기 정서에 충격이 덜한 새로운 일을 찾아야 합니다.

10월 27일

알렉스 그레고리 올림

알렉스에게

너의 주장과 반대로 루이스 씨는 너한테 딱 어울리는 사람 같구나.

너를 '완벽한 원 보호 관찰 프로그램'에 받아들일 때 내가 설명해 주었던 것처럼, 사회봉사 부분은 전체 그림의 절반에 불과해. 이 프로그램의 취지는 다른 사람들에게 봉사한다는 도전과 난관을 이겨 내고 일을 함으로써 궁극적으로 너 자신에게 봉사할 수 있게 만드는 거야. 앞으로 너에게서 더 많은 편지를 받기를 기대한다. 너의 인격적 성장 과정을 보는 즐거움을 누릴 수 있게. 그리고 루이스 씨의 인격적 성장도 보고 말이지. 나는 너에게 루이스 씨에게 봉사하는 일을 계속하도록 명령하는 바다.

10월 29일

판사 J. 트렌트

추신

　네가 루이스 씨와 함께 있을 때 편하게 쓸 수 있는 이디스어 구절은 '블루즈 인 투쿠스!'야. 루이스 씨처럼 나도 유대인이란다. 그리고 우리 민족의 자랑스러운 언어에서 이 구절은 '엉덩이 밖으로 날려 버려!'라는 뜻이야.

제2의 계획

솔로몬 루이스 씨를 두 번째로 방문하는 날, 집 문을 나서기 위해 스스로를 채찍질해야 했다. 버스를 타고 노인 요양원으로 가는 동안 마음속 훈련 조교 하사관은 마음속 겁쟁이에게 초강력 에너지를 불어넣는 설교를 하고 있었다. (지금 생각해 보니 내 마음속 겁쟁이는 겁 많은 내 겉모습과 놀랍게도 많이 닮았다.)

훈련 조교 하사관 : 정신 차려! 바로 저 방에 네가 할 일이 기다리고 있다. 지금 저 안으로 들어가라. 그래서 내가 그만두라고 할 때까지…… 어…… 어…… 사외봉사를 해라…… 아니…… 사회봉사!

마음속 겁쟁이 : 하지만 선생님, 저는 이 임무에 필요한 훈련을 받지 않았습니다.

훈련 조교 하사관 : 첫째, 나를 '선생님'이라고 부르지 마라. 나는 생계를 위해 일하고 있다. 둘째, 너는 필요한 훈련을 모두 받았다. 자, 이제 전통적인 미국 사나이의 기상을 보여 다오. **안으로 들어가.**

마음속 겁쟁이 : 왜 그래야 합니까?

훈련 조교 하사관 : 왜? **왜?** 사나이 군대에 '왜'라는 건 없다. 너는 무기에 불과하다. 명령이 떨어지면 공격하라. 총이 '왜'라고 묻는 것 보았느냐? 탱크가 '왜'라고 묻는 것 보았느냐?

마음속 겁쟁이 : 아닙니다. 하지만 '스마트 폭탄(말 그대로 옮기면 '똑똑한 폭탄'으로, 레이저 유도 장치로 목표물을 정확히 맞히는 폭탄 : 옮긴이)'은 어떻습니까? 스마트 폭탄은 '왜'라고 묻지 않습니까?

훈련 조교 하사관 : 어…… 어…… 나는 그런 기술적인 문제에 대해서는 잘 모르겠다. 하지만 스마트 폭탄이 '왜'라고 물을 수 있도록 프로그램을 만들 수는 있을 것 같다. 그렇다고 해도 스마트 폭탄이 '왜'라고 물을 수 있냐고 스마트 폭탄이 물을 수 있을까? 진짜 문제는 스마트 폭탄이 진정한 의식 수준에 이를

수 있느냐는 거라고 본다. 소크라테스의 불후의 명
언에 따르면······.

마음속 겁쟁이 : 선생님, 왜 그러세요? 무서워요.

훈련 조교 하사관 : 아무렴 어때. 우리는 낙하산 투하 지역
에 도착했다. 자, 움직여, 움직여, **움직여**. 그리고
나를 '선생님'이라고 부르지 마! 너같이 건방진 풋
내기들을 왜 군대에서 받아 주는지 도대체 모르겠
단 말이야. 존 웨인이 살아 있을 때는 새가슴에, 새
다리에, 콧물이나 질질 흘리는 삐쩍 마른 계집애
같은 녀석들은 없었어. 매사에 변명만 늘어놓
는······.

마음속 겁쟁이 : 고맙습니다, 상사님. 많은 힘을 얻었습니
다. 진짜로요.

루이스 씨 방으로 들어가기 전, 나는 잠시 멈춰 서서 숨을
깊이 들이마신 다음 발걸음을 뗐다. 루이스 씨는 침대에 앉
아 책을 읽고 있었다. 프랭크 매코트가 쓴 《안젤라스 애시
스》(한 아일랜드 가족의 파란만장한 생애를 그린 책 : 옮긴이)
로, 나도 학교에서 읽은 적이 있는 책이었다. 그래서 헛기침
을 한 번 하고는 그 책에 대한 이야기를 꺼내려고 했다.

"안녕하세요, 할아버지. 알렉스예요. 자원 봉사자요. 기억

하시죠?"

루이스 씨는 말을 하고 걸어 다니는 곰팡이라도 보았다는 듯이 나를 쏘아보았다.

"아무튼 저도 작년에 그 책 읽었어요. 재미있죠. 그렇죠?"

"넌 도대체 누구냐? 평생 처음 보는 녀석인데. 간호사. **간호사**! 사람 살려! 내 방에 도둑이 들어왔어. 이 녀석이 아무래도……."

나는 다급해졌다.

"루이스 할아버지, 잠깐만요! 저는 할아버지의…… 음…… 저 알렉스예요!"

"사람 살려! 나의 '음'이라고 하는 알렉스가 나를 해치러 왔어. **간호사!**"

클로델 간호사가 쿵쾅거리며 들어왔다.

"루이스 씨, 진정하세요. 괜찮아요."

클로델 간호사가 나를 가리키며 말했다.

"이 애는……."

"나의 '음' 알렉스지."

이어 루이스 씨는 웃음을 터뜨렸다. 어찌나 배꼽을 잡고 웃어 대던지 루이스 씨가 다시 숨이 막히지 않을까 걱정될 정도였다.

"속았지롱! 알렉스, 나의 '음'! 두 사람은 진짜 잘도 속아 넘어가는군."

그제야 나는 어찌 된 영문인지 깨닫고 루이스 씨가 다시 숨이 막혔으면 하고 바랄 뻔했다.

"그래서 미스터 음, 《안젤라스 애시스》를 좋아한다고?"

드디어 내가 그렇게 멍청하지 않다는 것을 보여 줄 기회가 왔다.

"네. 저는 작가가 자기 이야기를 소설처럼 보이도록 만드는 방식이 흥미롭더라고요."

"아, 완전히 '카체라이(허섭스레기)' 투성이야. '자기 이야기를 소설처럼 보이게 만든다.'고? 허! 이 소설이 마음에 들었니? 읽고 울었어? 이 책 말이야, 이 책이 나의 어디를 강타한 줄 아니? 바로 '키시케스(배)'야. 푸하! 아일랜드 사람들은 고생이 뭔 줄 알고 있지. 암, 그렇고말고."

"아까 제 마음에 들었다고 했잖아요. 감동적이었어요."

"감동적이라고? 놀고 있네! 간호사, 미스터 음이 지금 하는 말 들었소? 겨우 이런 꼴을 보려고 당신이 교육세를 내고 있다니, 원."

클로델 간호사는 고개를 가로젓고는 혀를 끌끌 차면서 걸어 나갔다. 이 당찮은 비평의 격랑 속에서 내가 가라앉든 헤엄치든 알아서 하라고 버려두고서 말이다.

"이보세요, 루이스 할아버지. 저는 할아버지가 왜 저를 못

잡아먹어 안달이신지 모르겠어요. 할아버지도 그 책 좋아하시죠? 그렇죠? 저도 그 책 좋아해요. 할아버지도 좋아하고 저도 좋아하고. 그러니 저를 못살게 굴지 마세요. 네?"

갑자기 루이스 씨는 자못 만족스러운 표정을 지었다.

"그냥 '솔 할아버지'라고 불러라, 미스터 음. 이제 네가 목소리를 높여 나한테 화를 냈으니, 성 말고 이름으로만 불러도 되는 사이가 된 것 같구나."

"죄송합니다, 루이스 할아버지. 저는 이러려고 여기에 온 게 아닌데……."

"잘 들어, 미스터 음. 첫째, 나를 그냥 '솔 할아버지'라고 부르라고 했지? 둘째, 성깔 좀 부렸다고 사과하지 마라. 기분 나쁘라고 하는 소리는 아니다마는 특히 너처럼 느려 터진 아이들은 삶을 헤쳐 나가려면 그런 '쿠츠파(배짱)'가 좀 필요한 법이야. 누구한테나 먹고살 수단이 필요해. 멋진 외모나 머리를 타고나지 않았다면, 그 대신에 입을 잘 나불거리는 것도 그렇게 나쁘지 않지."

우아, 내가 들어 본 말 가운데 가장 빈정대는 찬사였다. 어찌 됐든 최소한 나한테는 '쿠츠파'가 있었다. 그게 뭐든지 간에.

"미스터 음, 그나저나 오늘은 뭐 할 거냐? 금주의 문학 수업은 이미 끝냈고, 이제 뭘 하면 좋을까? 체스나 몇 판 둘까? 응? 아니면 너를 위해 체커를 둘까? 틱택톡(빙고 게임처럼 가로, 세로, 대각선으로 먼저 자신의 모양 3줄을 만드는 사람이 이기는 게임 : 옮긴이)? 카드놀이? 전쟁놀이?"

나는 귀신에 홀린 듯 다시 솔 할아버지한테 장단을 맞추고 있었다.

"솔 할아버지, 저는 오늘 밤 여기에 세 시간은 더 있어야 해요. 카드로 다정하게 포커를 하는 게 어떨까요?"

솔 할아버지는 침대 옆 탁자에서 카드를 꺼냈다. 그의 얼굴에 씩 웃음이 번졌다. 등골이 오싹했다.

트렌트 판사님께

판사님도 아시다시피, 판사님이 저한테 집행 유예 조건으로 노인 요양원에서 '까다로운' 거주자를 배정하기로 결정하셨을 때, 저희 엄마는 심사숙고해서 루이스 씨를 적절한 사람으로 선택했습니다. 또한 지난번 편지에서 판사님이 엄마의 선택을 지지했다는 것 또한 잘 알고 있습니다. 그러나 엄마는 제가 저지른 사건과 개인적으로, 경제적으로 직접적인 이해관계 (어떤 사람은 이걸 '양심'이라고 표현할 수도 있겠지요.)가 있는 분이기 때문에, 저로서는 다시 한 번 저에게 새로운 일을 맡기시길 판사님께 탄원합니다.

　저는 착하고 성실한 자원 봉사자이기에, 11월 9일 목요일 루이스 씨에 대한 봉사 100시간 가운데 4~6시간을 수행하기 위해 갔습니다. 하지만 아래에서 읽으시게 될 내용처럼 일은 순탄하게 풀리지 않았습니다. '완벽한 윈 프로젝트'의 성공적인 완수를 위한 조건이,

　가) 누군가에게 삶의 교훈을 준다.

　나) 삶의 교훈을 배운다.

　다) 윌슨 부인의 잔디밭에 끼친 500달러의 손해를 보상한다. (그 작은 잔디 도깨비 인형이 374달러 59센트라는 윌슨 부인의 과장된 주장을 곧이곧대로 인정한다면 말입니다.)
이와 같다면, 도대체 루이스 씨와 함께 보내는 시간을 통해 제가 어떻게 구제받을 수 있다는 것인지 잘 모르겠습니다.

　첫째, 제가 루이스 씨에게 뭔가를 어떻게 가르칠 수 있는지 모르겠습니다. 목요일에 저는 루이스 씨와 함께 문학에 대해 지적인 토론을 벌이려고 애썼습니다. 하지만 그분은 기를 쓰며 거부했습니다. 그분은 제가 멍청하고 우스꽝스럽게 생겼다고 생각합니다. 이것으로 보아 제가 어떤 지혜라도 드릴 수 있다는 사실을 그분이 믿을 리 없습니다. 한번은 그분에게 이렇게 말한 적이 있습니다. "만약 할아버지께서 1분만 저한테 귀를 기울이신다면, 뭔가를 가르쳐 드릴 수 있을지도 몰라요."

루이스 씨는 이렇게 대답하더군요. "만약 우리 할머니 몸에 바퀴가 있었다면, 그분은 트롤리버스가 되었을지도 몰라."

둘째, 루이스 씨는 저한테 아무것도 가르쳐 줄 수가 없습니다. 그분은 저를 놀리고 괴롭히기에도 바쁘시거든요. 저는 이제 이디시 어의 단어 몇 개는 알아들을 수 있습니다. 예를 들어 '실레미엘'은 '젬병', '실레마젤'은 '실레미엘의 희생자'라는 말이지요. 그러나 정말 어처구니없게도 루이스 씨는 제 이디시 어 단어 실력을 늘린답시고 제 허벅지에 냉수를 한 사발 부었답니다. 단어 공부가 인생 공부는 아니지 않습니까. 제가 총명한 아이가 아닐 수는 있습니다. 심지어 멍청이거나 실레마젤일는지도 모릅니다. 하지만 루이스 씨가 제 인격을 성장하도록 만들 수 있다면, 그 사실을 제가 모를 리 없습니다. 분명히 그런 일은 일어나지 않을 것입니다.

셋째, 저는 시간당 5달러를 받아서 정원 도깨비 인형을 보상할 500달러를 벌어야 한다는 것을 압니다. 그러나 루이스 씨는 포커에서 어리고 순진한 저를 꾀어 27달러 25센트를 빼앗아 갔습니다. 만약 한 번 방문할 때마다 15달러를 벌고 27달러 더하기 몇 센트를 잃는다면, 사람들이 저를 이 노인 요양원에 있는 방에 넣어야 할 때까지 그곳에서 계속 일하고 있을 겁니다. 루이스 씨는 무방비의 십대 청소년을 이런 식으로 벗겨 먹을 '쿠츠파'를 두둑하게 가지고 있는 사람이에요!

마지막으로 제가 게으르지 않다는 것을 확실히 밝혀 두고 싶습니다. 저는 기꺼이 '사랑의 집짓기 운동'을 위해 집을 지을 것입니다. 또는 장애인 올림픽에서 20킬로그램짜리 물통을 들고 다닐 수도 있습니다. 즐거운 마음으로 열심히 운동장에 선을 긋고, 학교에서 회반죽을 하고, 도랑을 팔 의향도 있습니다. 마구간 청소를 하고, 시내에 있는 모든 공원의 잡초를 뽑겠습니다. 기쁜 마음으로 경찰 순찰차 전부를 맨손으로 닦겠습니다. 참고로 이게 저의 '범죄'에 더 잘 어울리는 처벌이 될 것입니다. 판사님이 솔로몬 루이스 씨와 앞으로 보내야 하는 94시간의 고통을 면하게 해 주신다면, 저는 어디에서든지, 언제든지 200시간의 일을 하겠다고 약속드립니다.

말씀만 하십시오. 그럼 저는 작업 장갑을 낄 테니까요.

11월 10일

기운이 없고 얼어붙은 실레마젤

알렉스 그레고리

알렉스에게

그곳에서 계속 열심히 일하렴. 내 생각에는 네가 멋진 도약을 눈앞에 두고 있는 것 같구나.

11월 14일

딴나 J. 트렌트

추신

'실레마젤!'은 아주 끔찍한 욕이 아니야. 만약 루이스 씨가
너한테 '메시게너'라고 하면, 진짜로 모욕을 받고 있다고 생각
해도 돼. '미친 사람'이라는 뜻이니까.

로리가 솔 할아버지를 만나다

"그러니까 로리, 예쁜아, 네 남편은 '메시게너' 아니냐?"

"루이스 할아버지, 알렉스는 제 남편이 아니에요. 우리는 거우 열일곱 살인걸요. 그리고 제가 말씀드렸잖아요. 우리는 가장 친한 친구 사이라고. 알렉스는 저한테 아무런 낭만적인 관심도 없어요."

"나도 알아. 그래서 녀석이 '메시게너'라는 거야!"

세상에는 서로 섞이지 않는 것들이 있다. 먼저 물과 기름이 떠오른다. 코브라와 몽구스(사향고양잇과의 포유동물로 독사의 천적 : 옮긴이). 불붙은 담배와 다이너마이트 한 통.

술과 잔디 도깨비.

하지만 내 가슴속에 공포와 두려움을 심어 주는 조합, 대재앙의 조합은 바로 로리와 솔 할아버지다.

물론 나는 여전히 로리와 단짝 친구다. 법원에서 심리가 열린 날 이후, 로리는 그 사고를 가지고 나를 더는 괴롭히지 않았다. 처음에 로리는 운전면허증 문제로 짐짓 동정심을 보이기까지 했다. 하지만 지금은 그저 나의 불행한 이야기를 즐기기에 여념이 없다. 매주 수요일과 금요일, 로리는 교실에서 가까스로 억누른 웃음기 띤 얼굴로 나에게 쏜살같이 달려와 묻곤 했다.

"어젯밤에는 솔 할아버지와 어땠어?"

그러면 나는 로리에게 인상에 남은 일들을 이야기하곤 했다. 루이스 씨가 포커에서 나를 속여 다리를 얼어붙게 만들었다거나, 나를 '원숭이'라고 불렀다거나, 골드파브 부인의 가발을 식물 재배 용기 안에 또 집어넣었다거나 하는 이야기들 말이다.

그럴 때면 로리는 흩날리는 요정 가루처럼 두 눈을 반짝이며 이렇게 말하곤 했다.

"언제 그 할아버지를 만날 수 있을까?"

이럴 때 소년은 어떻게 해야 하나? 소년의 나쁜 생각에 대해 늘 꾸짖던 소녀가 자신에게 닥칠지도 모르는 재앙에는 눈을 감으니 말이다. 소년이 소녀에게 뭐라고 말할 수 있었겠는가? 소녀는 소년에게 뭐라고 말했을 것 같은가? 두 사람은 서로에게 무엇을 했을 것 같은가?

나는 리모컨과 휠체어, 그리고 산소 탱크를 맞고 핑핑 튀어나오는 중국 표창들이 마구 뒤섞인 장대한 전투 장면을 그렸다. 그러나 두 손 두 발 다 들게 하는 아이와 꿈쩍하지 않을 것 같은 할아버지가 그렇게 빨리 친구가 되리라는 생각은 한 번도 해 보지 않았다.

어쨌든 역사적인 첫 만남이 이루어졌다. 여러분에게 그 고통스러운 만남 전체를 보여 주기 위해 아무래도 되감기 버튼을 눌러야 할 것 같다.

금요일 밤, 로리가 우리 집에 들렀다. 엄마는 두 번째 첫 데이트를 준비하느라 부엌에서 미친 듯이 작은 원을 그리며 종종거리고 있었다(첫 번째 '이상형'은 내가 작은 자동차 모험으로 그들의 밤을 방해한 뒤로 엄마를 다시 보고 싶어 하지 않았다.). 엄마는 밖에 나간 사이 내가 어리석은 짓을 저지를까 봐 걱정했고, 로리는 끼어들 기회를 엿보고 있었다.

"알렉스 어머니, 저한테 알렉스가 말썽을 부리지 않게 할 완벽한 방법이 있어요."

"나한테도 그런 방법은 있어. 하지만 아동 복지 관계자들이 알렉스를 개와 함께 다시 우리 속에 가두는 것은 잔인하고 비정상적인 방법이라고 생각하니, 원."

아, 우리 엄마의 엽기적인 청소년 학대 유머!

"이 방법이 알렉스 어머니한테는 덜 만족스러울지도 모르지만, 최소한 완전히 합법적인 거예요. 들어 보실래요?"

"로리, 요기 등 뒤 맨 위에 있는 단추 좀 잠가 줄래? 좋아. 네 계획이 뭐냐?"

"제가 알렉스를 감독할게요. 알렉스를 버스에 태워 노인 요양원까지 데려다 줘서 루이스 씨를 방문하게 하는 거예요."

내가 깜짝 놀라 '헉' 하는 소리를 내는 것도, 얼굴을 잔뜩 찌푸린 것도, 내가 악감정을 실어 발목을 걸어차는 것도 무시하면서, 로리는 예의 부모님들을 사로잡는 목소리로 말을 이었다.

"돌 하나로 세 마리의 새를 잡는 거예요. 어머니는 오늘 밤 자유 시간을 갖고, 알렉스는 차를 운전할 일이 없고, 또 루이스 씨와 함께 추가로 시간을 보내 법원 사람들한테 좋은 인상을 주는 거예요. 그리고 저는 한심한 단짝 친구가 갇혀 있는 통에 혼자 집에 앉아 있을 필요가 없고요."

"흠…… 잠깐 생각 좀 해 보자. 이 목걸이가 이 드레스에는 너무 투박하니?"

"아니요. 멋진데요. 그래서 이 계획에 대해 어떻게 생각하세요?"

"미안하다만, 알렉스는 집에 그냥 가만히 있어야 할 것 같다."

나는 웃음을 지었다. 그러자 이번에는 로리가 **내** 발목을 걸어찼다.

"알렉스 어머니, 작은 고리 모양 금귀고리를 차 보지 그러세요? 그럼 눈이 돋보일 거예요."

"내가 이미 안 된다고 말했지, 얘야."

엄마는 작고 고급스러운 손지갑을 집어 들었다.

"알아요. 저는 그냥 어머니가 중요한 밤을 위해 액세서리를 예쁘게 했으면 하고 생각한 것뿐이에요. 휴대 전화 챙기셨죠? 네?"

"그래. 그런데 왜? 알렉스는 내가 어디로 갈 건지 알아. 강변에 있는 '플루토 그릴' 식당이야."

로리는 나를 보면서 가장 달콤한 동시에 가장 사악한 웃음을 지어 보였다.

"물론 알렉스는 잘 알지요. 하지만 경찰하고 구급차 대원들은 모르잖아요."

바로 그때 밖에서 차 경적 소리가 들렸다. 엄마는 로리를 바라보았고, 로리는 엄마를 향해 싱긋 웃었다. 그러자 엄마가 호통 치듯 말했다.

"아, 데려가라, 요 앙큼한 녀석아. 하지만 내가 돌아올 때까지는 알렉스를 집에 데려다 놔야 한다."

곧이어 엄마는 이 말이 조금 거칠었다고 생각했는지, 로리를 얼른 한 번 안아 주고는 중얼거리듯 말했다.

"나 대신 알렉스 잘 돌봐 주렴. 알았지?"

내가 자신을 돌볼 수 있는 엄청나고 전설적인 능력을 가졌다는 사실을 미처 말하기도 전에 엄마는 문밖으로 서둘러 나갔다. 로리가 나한테 몸을 돌리고는 말했다.

"외투 집어 들어. 그리고 나한테 고맙다고 그렇게 넋을 잃고 있지는 마. 내가 얼굴이 빨개지잖아!"

나는 너무 열을 받아 버스를 타고 가면서 입도 뻥긋하지 않았다. 그러나 버스에서 내려 요양원 안으로 걸어가면서 로리에게 미리 경고의 말을 하지 않을 수 없었다. '사람 다루기의 여왕'이라고 하더라도 싸움터로 가기 전에 약간의 준비는 필요하리라. 그래서 로리에게 내가 터득한 요령을 죄다 말해 주었다. 눈을 너무 열심히 맞추지 말 것. 절대 다정함을 보이지 말 것, 개인적인 정보, 견해, 기록과 관련해서 불리한 입장에 놓이지 말 것 등등. 로리는 하지 말 것 말고 무엇을 **할 수 있는지**를 알고 싶어 했다.

"집으로 도망쳐, 아가야."

이것이 내가 생각해 낼 수 있는 유일한 답이었다.

우리가 엘리베이터에서 막 내리는데 클로델 간호사가 모퉁이를 돌아 나오다가 내 마지막 말을 들었다. 클로델 간호사는 나를 보면서 혀를 끌끌 찼다.

"왜 우리 루이스 씨에 대해 험담을 하니? 얘야, 이 녀석 말은 귀담아듣지 마라. 솔로몬 루이스 씨는 아주 좋은 신사 할아버지야. 그나저나 알렉스, 이 귀여운 여자 애를 지금까지 어디에 꼭꼭 숨겨 놓은 거니? 안녕, 내 이름은 클로델 그린이야. 이 동의 수간호사야. 넌 알렉스를 자랑스럽게 생각해야 해. 알렉스가 처음 루이스 씨를 만나기 전에 우리가 겁을 잔뜩 줬거든. 그런데도 알렉스는 전사처럼 당당하게 들어가서는 지금까지 일을 아주 잘 해내고 있어. 그렇지, 알렉스?"

나는 서둘러 대꾸했다.

"그 할아버지는…… 간호사님이…… 간호사님이 말씀하시길 그 할아비지는…… 잠깐만요! 얘는 '귀여운 여자 애'가 아니에요. 제 친구 로리예요."

클로델은 다시 혀를 끌끌 찼다.

"로리, 애 참 착하지 않니? 만약 예절을 좀 배우고 너한테 '귀여운 여자 애'라고 말하기 시작한다면 말이다."

나는 황당한 여자들의 광기에서 벗어나기 위해 솔 할아버지의 방으로 성큼성큼 들어갔다. 솔 할아버지는 이번에는 헤밍웨이의 《노인과 바다》를 읽고 있었다. 솔 할아버지는 논평을 해 보라는 투로 책을 나한테 내밀었다. 하지만 내가 입을 떼기도 전에 할아버지가 먼저 말을 꺼냈다.

"미스터 음, 다시 만나서 반갑다. 그것도 금요일에 말이야. 나한테 가외로 문학 강의를 하시려고 왔나? 아님 포커 훈수 좀 하시려고?"

그런 다음 솔 할아버지는 내 어깨 너머로 로리를 보고는 함박웃음을 지었다. 친절한 외계인이 할아버지 몸속에 들어오기라도 한 것처럼 말이다.

"오, 친구를 데려왔구나. 요즈음 젊은 남자 애들은 젊은 여자 애들을 친구라고 부른다며?"

로리는 곧바로 솔 할아버지를 보며 싱글벙글했다. 로리는 도대체 내 조언을 **하나라도** 듣기나 한 걸까?

"안녕하세요, 루이스 할아버지. 저는 로리예요. 만나서 반갑습니다. 알렉스는 늘 할아버지 얘기를 한답니다."

얼씨구. 분위기가 점점 케케묵은 사랑 타령으로 변하고 있었다.

"내 얘기를 한다고? 예쁜 너의 두 눈을 보고 있다면, 쟤가 나에 대한 이야기를 해야 할 것 같지 않은데."

두 번째 든 생각. 로리가 성차별주의자에게 보내는 전설적인 죽음의 눈빛을 솔 할아버지가 불러일으킬 태세라면, 우리모두 몸을 날려 아무 데나 숨어야 한다.

"그만 하세요, 루이스 할아버지. 알렉스와 저는 그냥 친한 친구일 뿐이에요."

"알렉스가 너를 바라보는 눈빛을 보면, 녀석을 네 남편이라고 불러야 할 것 같은데."

"친구요, 할아버지. 친-구. 치이이이이인구우우우우."

"남편. 로리, 예쁜아, 내 말 믿어라. 남편."

"친구, 벗, 단짝. 아시잖아요. 동무 같은 거 있잖아요. 친구."

"남편."

"친구."

이게 바로 몇 페이지 앞에서 말했던 바로 그 첫 만남 장면이다. 나는 내 눈을 믿을 수 없었다. 로리와 솔 할아버지는 농담을 하는 건지, 아니면 싸우는 건지, 아니면 시시덕거리는 건지 모를 말을 주고받았다. 으싹한 느낌만 빼면 뭐 아무래도 상관없었다. 누가 뭐라 하든 로리와 나는 친구 사이니까. 그나저나 로리를 바라보는 내 눈빛이 뭐 어떻다고 솔 할아버지는 저런 말을 할까?

잠깐. 이분은 늙고, 퉁명스럽고, 최소한 반은 제정신이 아니다. 내가 왜 신경을 써야 하나? 나는 괜한 잡생각을 떨쳐버릴 필요가 있었다.

"솔 할아버지, 할아버지하고 제 아내가 죽이 착착 맞는 것 같으니, 저는 간호사 대기실에 가서 시간표에 기록이나 해야겠어요. 괜찮죠?"

솔 할아버지는 로리에게서 눈길 한 번 떼지 않았다. 그러면서 마음대로 하라는 듯 손을 흔드는 듯 마는 듯했다.

나는 밖으로 나와 등 뒤에서 들려오는, 두 사람이 작당한 듯한 웃음소리에 신경을 끄려고 애쓰면서 간호사 대기실에 있는 탁자 앞에 앉았다. 클로델 간호사가 커피를 마시고 있었다. 클로델 간호사는 아이들, 남편의 건강 문제, 자신의 아픈 발 등에 대해 이야기를 늘어놓기 시작했고, 나는 아주 오랫동안 가만히 들었다. 나를 골리지 않을 때 가만 보니, 클로델 간호사는 꽤나 재미있는 사람이었다. 그리고 솔 할아버지와 로리라는, 기관차가 두 량인 화물 열차를 다루는 것보다 이 일이 훨씬 더 쉬웠다. 한참 뒤 클로델 간호사가 긴 한숨을 내쉬고는 아픈 두 발을 딛고 일어섰다. 클로델 간호사가 일을 다시 시작하면 나도 당연히 내 일을 시작해야 했다.

방으로 돌아와 보니 더욱 놀라운 장면이 펼쳐졌다. 솔 할아버지는 의자에 앉아 있고, 로리는 침대 위에 있는 베개를 매만지고 있었다.

"로리, 귀염둥이야, 네가 알렉스보다 예쁠지는 모르겠다만, 침대 정리를 할 때 알렉스는 발 쪽 침대 시트가 매트리스 밑으로 잘 들어가도록 꼼꼼하게 한단다. 시트가 펄럭거리면

불편하거든. 그리고 이 물 말인데, 너무 미지근해. 알렉스는 늘 4층에 가서 얼음을 가져와 타 주는데."

"루이스 할아버지, 저는 평소에 그런 일을 하지……."

로리가 뒤로 획 돌아 내 말을 가로막았다.

"너, 할아버지 침대 정리 안 해?"

"안 해. 간호사들이 도와주지."

"베개 정리도 안 하고?"

"안 해."

"그럼 설마 물은 갖다 드리겠지. 그렇지?"

"아니."

로리는 나와 솔 할아버지를 번갈아 보았다. 솔 할아버지 얼굴에 낯익은 표정이 어리고 있었다.

"그럼 할아버지 발을 한 번도 안 주물러 줬겠네."

마침내 솔 할아버지가 개 짖는 소리처럼 커다란 소리를 냈다.

"속았지롱!"

내가 로리한테 분명히 말했다. 솔 할아버지한테 친절하게 굴지 마라고. 하여튼 여편네들은 말을 안 듣는다니까.

솔 할아버지가 관심을 보이다

그 다음 주, 나는 솔 할아버지한테 조금 늦게 갔다. 학교가 끝나고 재즈 밴드 연습이 있었기 때문이다. 우리는 '심포니 마왕과 함께 뛰놀기'라는 제목의 새로운 편곡을 연습했고, 나는 헤매고 있었다. 악센트(악곡의 특정한 자리가 강조되어 어떤 음을 다른 음보다 크고 힘 있게 내는 일 : 옮긴이)가 죄다 이상한 곳에 있어서 리듬을 놓치기 일쑤였다. 또는 리듬을 맞추면 그것에 너무 신경 쓰는 바람에 잘못된 음을 치기 십상이었다. 그때마다 지휘자인 와트라스 선생님이 밴드 연주를 중단시키고는 나를 바로잡아 주려고 애썼다. 그럼에도 불구하고 당혹스럽게도 나는 연습 시간에 단 한 번도 제대로 연주를 끝마치지 못했다. 와트라스 선생님도 결국에는 나의 머저리 같은 리듬과 거슬리는 음높이 실수를 그냥 무시하기로 마음먹은 것 같았다.

어쨌든 그래서 늦었다. 그런데 솔 할아버지가 방에 없었다. 간호사 대기실에는 후아니타 케이스 간호사가 당직을 서고 있었다. 케이스 간호사는 로리와 함께할 수 있었던 신 나는 밤을 놓쳐서 약간 골이 난 듯했다. 듣자 하니, 솔 할아버지가 사람들에게 로리를 만난 이야기를 했을 때 웃음꽃이 끝없이 피었다고 한다. 하지만 원래 장면을 놓쳤다고 해서 케이스 간호사가 그 일에 대해 나를 골릴 자격까지 없는 것은 아니었다.

"그래, 베개 정리 소녀는 잘 있니? 금방 또 올 거지? 솔 할아버지의 베개가 축 늘어져 보이던데."

"그만 좀 하세요, 케이스 간호사님. 저는 학교 재즈 밴드에서 사람들 앞에서 한 시간 동안 창피를 당하고 왔단 말이에요. 그리고 이제 솔 할아버지를 뵈어야 해요. 저도 하루에 받아들일 수 있는 양에는 한계가 있단 말이에요."

"사람들이 너한테 창피를 줬다고? 그것도 학교에서?"

"문제는 학교가 아니에요. 저죠. 오늘 제가 맡은 부분을 제대로 못했어요."

"흠. 애야, 솔 할아버지는 지금 수치료법(물의 세기나 온도에 따른 자극을 이용해 질병을 치료하는 물리 요법 : 옮긴이)을 받고 있어. 돌아오려면 30분은 족히 걸릴 거야. 솔 할아버지 방에 가서 문을 닫고 기타 연습을 하지 그러니?"

그래서 나는 그렇게 했다. 침대 모서리에 악보를 놓고, 의자에 앉아 기타를 들고 '심포니 마왕과 함께 뛰놀기'를 처음부터 끝까지 연습하고 또 연습했다. 15분쯤 지나자, 나는 리듬과 음을 동시에 제대로 연주하기 시작했다. 내가 지금 무엇을 하고 있는지 생각하지 않을 때에만 그런 일이 일어났다.

내가 생각을 하자마자 다시 엉망이 되었다. 중학교 때 영어를 가르쳤던 팔마 선생님이 우리한테 '생각하지 않고 생각할 수 있는 글짓기 도사'가 되어야 한다고 말한 적이 있었다. 이상한 말이다. 그렇지 않은가? 선생님은 글짓기는 자전거 타기와 비슷하다고 입버릇처럼 말했다. 여러분이 동작을 멈추고 자전거의 균형을 어떻게 맞출까 생각하면 넘어지게 된다. 내 생각에 팔마 선생님이 도사들이 사는 산꼭대기에 대해 조금은 지나치게 많은 시간을 쓴 것 같았지만, 그래도 그 조언을 결코 잊을 수 없었다. 그래서 이 곡을 연주하는 동안 정신을 집중하지 않으려고 너무 정신을 집중하는 바람에 솔할아버지가 휠체어를 타고 내 뒤로 다가오는 소리를 듣지 못했다. 할아버지가 내 연주 코드에 맞춰 노래의 멜로디를 휘파람으로 불 때서야 할아버지가 온 것을 알아차렸다. 나는 연주를 멈추고 할아버지에게 몸을 돌려 인사했다.

"흠, 오늘은 나한테 세레나데를 연주해 주시겠다 이거지, 미스터 음? 이런, 황송하기도 하지. 제목이 '화석의 날에 바치는 노래'인가? 그런데 네 악보가 왜 내 침대 위에 있냐? 내가 분명히 말해 두겠는데, 침대 정리는 그 사랑스러운 소녀 로리 없이는 말짱 꽝이야."

나는 하마터면 치고 있던 기타를 떨어뜨릴 정도로 벌떡 자리를 박차고 일어나 한 손으로 재빠르게 악보를 낚아챘다.

"죄송합니다, 할아버지. 제가 너무 일찍 와서, 기다리는 동안 연습을 좀 하려고 했어요."

"잠깐, 미스터 음. 넌 일찍 안 왔어. 늦게 왔지. 내가 숨을 제대로 못 쉰다고 시계도 못 볼 줄 알아? 그런데 네 무릎 위에 있는 건 뭐야?"

"기타예요."

"누가 그걸 모를까 봐. 내 말은, 왜 기타가 네 무릎 위에 있냐고?"

"어, 저는 기타 연주를 해요. 그러니까 학교 재즈 밴드에서 연주를 합니다. 아주 잘 치는 건 아니지만……."

솔 할아버지는 휠체어에서 내려 침대로 갔다.

"잘 치던데, 뭐. 그게 무슨 노래인지 알 것도 같은데. 자, 그럼 멍청히 서 있지만 말고 나를 위해 한 곡조 연주해 봐."

"저는 이런 종류의 음악은 많이 몰라요. 게다가 지금은 앰프도 없어서 소리가 크게 안 날 거예요."

"네가 아는 곡을 최대한 크게 치면 되잖아. 헤밍웨이에 대한 네 생각을 듣는 것보다야 백배 낫겠지. 약속하마. 네 기타 실력에 대해 이러쿵저러쿵하지 않겠다고."

어쨌든 이것도 신선한 변화라고 할 수 있었다.

나는 가방에서 새 악보를 꺼냈다. 1960년대의 마일스 데이비스 곡으로 제목이 '올 블루스(All Blues)'였다. 나는 늘 이 악보를 가지고 다니면서 연주했는데, 학교에서 우리가 연주하는 재즈 곡들보다 훨씬 더 쉬웠기 때문이다. 나는 연습 시간 때마다 와트라스 선생님에게 연주 목록에 이 악보집에 있는 곡도 넣자고 했다. 그렇게 되면 적어도 3분 동안은 내가 완전히 바보는 아니라는 느낌을 누릴 수 있을 테니까. 또한 나는 마일스 데이비스를 좋아했다. 학교에서 전기를 읽는 시간에 그 사람에 대한 책을 읽은 적이 있었다. 마일스 데이비스는 강인하고 신념에 찬 사람이었다. 그는 사람들이 어떻게 생각하는지는 안중에도 없었기 때문에 이따금 관객들에게 등을 돌리고 연주했다. 물론 사람들은 마일스 데이비스에게 열광했다. 여자들이 그를 보기 위해 줄지어 섰다. 그는 록 스타 같았다. 록 스타라는 게 존재하기 전부터 말이다. 달리 말하자면, 마일스 데이비스는 여러 가지 면에서 트럼펫을 들고 있는 로리와 비슷했다. 어쨌든 나는 악보를 침대 옆 탁자에 가지런히 놓고 속으로 숫자를 세고는(하나-둘-셋, 하나-둘-셋) 연주하기 시작했다. 그런데 긴장한 탓에 시작 부분 박자가 꽤 빨랐다.

"천천히."

솔 할아버지가 중얼거리듯 말했다.

나는 속도를 조금 늦추었다. 악보 너머로 반쯤 고개를 들어 보니, 솔 할아버지가 눈을 감고 있었다. 얼굴은 평온해 보였고, 숨소리는 그 어느 때보다도 고요했다. 둘 중 하나라고 생각했다. 내 음악이 할아버지에게 깊은 인상을 주었거나, 아니면 할아버지를 기절시켰거나. 내가 마지막 코러스를 좀 더 강렬하고 리드미컬하게 연주하자, 솔 할아버지는 손가락으로 딱딱 소리를 내기 시작했다. 내가 연주하는 곡에 장단을 맞추었다. 멋지기도 하고 동시에 으스스하기도 했다.

연주를 끝마치고 마지막 딸림칠화음이 슬픈 꿈에 나오는 종소리처럼 아직 공중에 떠다니고 있을 때, 솔 할아버지는 눈을 뜨고 나를 바라보았다. 표정만 봐서는 속내를 전혀 읽을 수 없었다. 노래가 마음에 들었을까? 내가 연주를 잘한다고 생각할까? 진짜로 내 기타 연주에 대해 이러쿵저러쿵하지 않을까?

"더."

솔 할아버지가 쉰 목소리로 속삭였다.

"더."

믿기지 않았다. 솔로몬 루이스 씨가 좋아하는 무언가를 내가 할 수 있다는 사실을 막 발견한 것이다.

그리고 눈을 씻고 봐도 '속았지롱!' 이라는 말이 나올 기미는 없었다.

트렌트 판사님께

오늘 처음으로 긍정적인 소식을 씁니다. 법정에서 말한 것을 기억하시겠지만, 저는 기타를 칩니다. 그리고 고등학교 재즈 밴드의 멤버입니다. 이번 주에 루이스 씨가 저한테 기타 연주를 해 달라고 했습니다. 저는 연주를 했지요. 루이스 씨는 제 연주를 즐기는 것 같았습니다. 제가 일을 마치고 가려는데, 루이스 씨가 이런 말까지 했습니다. "다 죽어 가는 노인을 위해 연습을 더 하고 싶으면 아무 때나 와서 하렴. 나는 어쨌든 침대에 처박혀 있으니까." 제가 지금까지 그분한테서 들은 말 가운데 가장 다정한 말이었습니다.

제가 이 일을 통해 무엇을 배울 수 있을지, 또 무엇을 가르칠 수 있을지 잘 모르겠지만, 적어도 제가 기타를 연주하는 동안에는 루이스 씨가 저를 놀리거나, 골탕 먹이거나, 아무 죄도 없는 제 몸에 차가운 물을 붓거나 하지는 않습니다.

저를 늘 믿어 주셔서 고맙습니다.

11월 22일

알렉스 그레고리

반쪽짜리 정답

　12월에 갑작스러운 한파가 닥쳤다. 엄마가 드디어 나의 통행금지를 해제해 주어 엄마한테 줄 크리스마스 선물을 사러 쇼핑을 갈 수도 있었다. 하지만 나는 그 많은 시간을 지하실에서 솔 할아버지에게 들려줄 재즈 곡들을 연습하면서 보냈다. 심지어 연주를 더 크게 들려주기 위해 워크맨만 한 크기의 작은 앰프를 하나 장만하기도 했다. 30달러면 요양원에서 6시간을 더 일해야 벌 수 있는 돈이었는데도 말이다. 일주일에 두 번, 나는 텔리와 미니 앰프를 끌고 버스에 올라 솔 할아버지 방으로 갔다.

　하루는 방으로 들어서는데 솔 할아버지가 물었다.

　"너의 앙증맞은 아내 로리는 어디에 있니?"

"우리는 친구 사이예요, 할아버지."

"이런 문제에 대해 우리 할머니가 하신 말씀이 있다. '아할버 엔트퍼 코그트 오이게트 에페스.' 즉 '반쪽짜리 정답도 아주 쓸모없는 것은 아니다.'라는 뜻이야."

"그건 그렇다 치고요, 제가 연습한 새 곡 들어 보실래요? 할아버지한테만 들려주려고 연습한 건데."

"오, 나한테만? 전 세계에 있는 어마어마한 네 팬들은 다 어떻게 하고?"

"하하. 들으실래요, 안 들으실래요?"

"누가 언제 안 듣겠다고 했냐? 이렇게 여기 가만히 앉아 있잖아. 안 그래? 넌 예민한 아이야, 알렉스. 넌 더 강해져야 해. 안 그러면 세상 살아가기 힘들어."

"전 예민하지 않아요! 제가 얼마나 강한 사람인지 할아버지가 몰라서 그래요."

"오, 네가 얼마나 강한 사람인지 넌 안다는 거지? 네가 어떻게 알아? 인생을 쉽게 사는 요즘 애들이 뭘 알겠어? 강하다고? '시몽(쳇)'!"

"어쨌든 할아버지, 이제 연주할게요."

나는 학교에 있는 재즈 밴드 악보 집에서 찾아낸 곡 하나를 연주하기 시작했다. 내가 솔 할아버지만을 위해 연습한 곡임을 알아줬으면 해서 일부러 〈지붕 위의 바이올린〉이라는 작품에 실린 곡들을 골랐다. 이 작품은 자신의 딸이 유대인이 아닌 남자와 결혼하기를 바라는, 어느 오래된 나라에 사는 유대인에 대한 이야기다. 나는 솔 할아버지가 뭔가 다른 곡을 듣고 싶어 하고, 이 작품이나 다른 것에 대해 이야기를 할 수 있겠다고 생각했다. 나는 이 곡들에 정말 많은 정성을 기울였다. 학교에서 가져온 악보는 피아노 연주 곡이었는데, 피아노 곡을 기타 곡으로 다시 쓰는 것은 무척 어려운 일이기 때문이다. 솔직히 아빠가 집을 나간 뒤로 내가 가장 많은 노력을 쏟아 부은 일일 것이다.

첫 번째 곡은 '전통'이라는 제목의 우스꽝스러운 곡이었다. 이 곡은 저음이 붐빠붐빠 되풀이되고 무척 빠르다. 그다음 곧바로 '성냥 만드는 사람, 성냥 만드는 사람'이라는 곡으로 이어진다. 멜로디가 단순하고 빠른 가장 쉬운 왈츠 곡이다. 그다음 '인생을 위하여'라는 제목의 붐빠붐빠하는 곡이 나온다. 유대인이 건배할 때 외치는 말을 그대로 번역한 제목이다. 나는 이 사실을 알아내고는 무척 뿌듯했다. 솔 할아버지는 알약을 먹기 전에 늘 그 말을 외쳤다. 이 곡의 뒤를 이어 '해는 뜨고 지고'라는 곡이 나온다. 이 곡에서 아버지는 딸이 집을 나가 결혼을 할 만큼 나이 먹은 것을 믿을 수 없다는 내용을 노래한다. 이 노래는 씁쓸하면서도 달콤한 왈츠로, 정말 아름다운 곡이다. 급격하게 바뀌는 코드를 연주하기 위해 손가락을 쭉쭉 뻗는 데서 실수만 하지 않는다면 말이다. 40퍼센트 정도는 실수를 했다. 하지만 어쨌든 나 나름대로는 애를 쓴 게 아닌가.

나는 연주를 하기 시작했다. 디즈니 영화를 보면, 공주의 노래에 온갖 새와 벌, 사슴이 노래를 들으려고 모여든다. 내 연주도 비슷했다. 다만 몰려든 새와 벌과 사슴 들이 보행 보조기와 가발과 보청기를 하고 있었지만. 거주자들이 하나 둘 방으로 몰려왔고 간호사들도 들어왔다. 골드파브 부인마저도 들어올 뻔했지만 차마 솔 할아버지의 방 안까지 완전히 들어오지는 못했다. 그래서 문틀에 기대듯 서 있었다.

내 손놀림에 맞춰 '전통'이 흘렀다. '성냥 만드는 사람, 성냥 만드는 사람'은 조금 느린 곡이었는데, 고개를 들어 보니 솔 할아버지가 무서운 눈썹으로 나를 지휘하는 것처럼 박자에 맞춰 고개를 끄덕이고 있었다. '인생을 위하여'는 정말 멋졌다. 나는 집시풍의 리듬을 완벽하게 연주했다. 그런 다음 차분한 곡인 '해는 뜨고 지고'로 넘어갔다.

첫 번째 줄 가사('얘가 내가 안고 다녔던 어린 여자 아이란 말인가?')의 네 번째 음표쯤을 연주하는 순간, 나는 다시 솔 할아버지를 볼 기회가 있었다. 그런데 내 손가락들에 세 명의 스투지(1960년대 미국에서 크게 인기를 끈 영화 〈세 명의 스투지〉에 나오는 실수투성이 세 영감 : 옮긴이)가 들어온 것처럼, 손가락들이 순식간에 이리저리 꼬이고 얽힐 수밖에 없는 장면이 펼쳐졌다. 솔 할아버지가 머리를 가슴팍에 묻은 채 조용히 울고 있는 게 아닌가! 나는 그 곡의 나머지 부분을 겨우겨우 끝냈고, 모여든 노인들은 모두 박수를 쳤다. 그러나 나는 솔 할아버지에게 무슨 문제가 있는지 빨리 알아보고 싶은 마음뿐이었다. 사람들이 하나 둘 나가기 시작하자마자 침대로 갔다.

"할아버지, 괜찮으세요?"

아무 반응이 없었다.

"솔 할아버지? 루이스 할아버지?"

솔 할아버지는 마지막으로 떠난 사람의 딱딱거리는 지팡이 소리가 복도를 따라 멀어져 갈 때까지 아무런 대꾸도 하지 않았다. 그런 다음 고개를 들었다. 솔 할아버지의 두 눈은 아직도 눈물이 글썽이고 충혈되어 있었다.

"난 괜찮아, 알렉스. 왜? 남자는 이따금 음악에 감동하면 안 되냐?"

"저는 할아버지를 슬프게 만들려는 뜻은 아니었어요. 이 연주는 유대인의 하누카('봉헌'이라는 뜻으로, 페르시아의 지배를 받던 유대인이 예루살렘 성전을 되찾은 것을 기념하는 유대교의 절기 : 옮긴이) 선물쯤으로 생각했어요."

"알렉스, 알렉스, 난 슬프지 않아. 넌 나한테 아주 멋진 선물을 줬어. 새 양말, 난 그런 거 필요 없다. 백화점에서 산 스웨터, 그딴 것도 필요 없어. 음악, 이게 좋아. 그리고 오늘 넌 연주를 썩 잘했어."

"정말요?"

"칭찬을 구걸하지 마라, 윤석아. 그건 대장부의 태도가 아니야. 나는 너한테 공부를 때려치우고 브로드웨이로 진출하라고 말하는 건 아니야. 하지만 넌 뭔가를 배우고 있어."

내가 기타를 꾸리는 동안 솔 할아버지는 아무 말 없이 지켜보기만 했다. 왜 그 노래에 할아버지가 그토록 감정이 북받쳤는지 의아했다. 최근 들어 음악으로 커다란 히트를 치고 있기 때문에 용기를 내어 물었다.

"'해는 뜨고 지고' 노래에 무슨 괴로운 사연이 있나요?"

할아버지는 이 하나 드러내지 않고 억지웃음을 지었다.

"네가 박자를 놓친 부분하고 음을 잘못 친 부분이 괴로웠다. 그것 말고는 괜찮아."

솔 할아버지가 그날 일과를 마친 나를 방 밖으로 걷어차기 직전, 조금 전에 들은 격언을 할아버지에게 돌려주었다.

"반쪽짜리 정답도 아주 쓸모없는 것은 아니에요!"

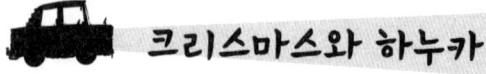

크리스마스와 하누카

크리스마스 방학은 스케줄이 빡빡해 보였다. 나는 그 기간 동안 날마다 솔 할아버지를 방문할 계획이었다. 그래서 봉사 시간을 많이 채우려고 했다. 하지만 일이 뜻대로 풀리지 않았다. 게다가 로리는 새해 하루 전날까지 엄마와 함께 뉴욕에 있었다. 그리고 우리 엄마는 "다른 사람들이 가족과 즐거운 시간을 보낼 수 있도록" 요양원에서 2교대로 일을 했다.

나는 엄마한테 어떤 존재일까? 엄마의 강아지? 엄마의 금붕어? 정말로, 정말로 자격 미달인 운전수?

물론 엄마가 내 가족의 전부는 아니었다. 그리고 어느 날 잃어버린, 우리 삼인방의 3분의 1이 우리 집 현관 계단에 앉아 있었다. 그때 나는 요양원에서 일을 마치고 돌아오는 길이었다.

아빠는 피곤하고 새삼스레 늙어 보였다. 나는 3미터쯤 아빠 앞에 멈춰 서서 몹시 추운 날씨에 그곳에 얼마 동안 앉아 있었는지 궁금해했다. 눈발이 날리는 가운데 아빠는 날개 모양의 가죽 장식이 코끝에 달린 구두를 신고 양복 재킷만 달랑 입고 있었다. 아빠는 지방 은행의 직급이 낮은 부총재 급으로, 늘 말쑥하게 옷을 차려입는다. 심지어 퇴근한 뒤에도 말이다. 그런데 이날은 내가 기억하는 한 난생처음으로 아빠의 얼굴에 수염이 덥수룩했다.

"안녕, 알렉스."

"안녕하세요, 아빠."

"오랜만이다. 너도 알다시피 내가 몇 번 전화를 했는데."

"네. 사회봉사 일하고 학교 때문에 진짜 바빴어요. 학습 능력 적성 시험이 얼마 안 남았잖아요! 아빠한테 전화하려고 했는데…… 아시잖아요……."

"너한테 이메일도 몇 통 보냈어."

"네. 멍청한 제 이메일 서버가 고장 났어요."

"흠, 그래서 네가 내 주소로 오는 이메일을 모두 차단시켜 놓았나 보네. 정말 다행이다. 네가 나한테 무척 화가 났다고 생각했거든."

맙소사. 엄마, 아빠, 로리, 솔 할아버지, 이 모든 사람들이

빈정거리는 틈에서 내가 아직 제정신인 게 놀라울 따름이다.

"아무튼 널 좀 보려고 왔다. 음…… 음…… 우리가 이 도시를 떠나기 전에 말이다."

"도시를 떠나다니요! 무슨 말이에요?"

"필라델피아에 새 일자리를 얻었어. 1월 15일부터 근무 시작이야."

"하지만 필라델피아는 한 시간 반이나 걸리는 곳에 떨어져 있잖아요. 다른 주에 있는 도시고."

"알아. 그래서 내가 '도시를 떠난다.'라고 말했던 거야."

"가정 파괴범도 데려가실 건가요?"

"샌디 말이니?"

"네. 시몬센 선생님. 제 3학년 담임 선생님이자 아빠와 엄마를 헤어지게 만든 장본인."

"그 선생님은 그렇게 하지 않…… 아, 뭐 어쨌거나. 알렉스, 네가 보는 것처럼 일이 그렇게 간단하지 않단다. 아니, 그분은 나랑 함께 가지 않을 거야. 우리는 몇 주 전에 헤어졌어. 그것도 내가 전화로 너한테 말하려고 했던 이야기들 가운데 하나야."

"그런데 왜 이사를 가시려고요?"

"나한테는 변화가 필요해, 알렉스. 이 모든 것으로부터 벗어날 필요가 있다고."

아빠는 자신의 유일한 아들을 포함해서 가까이에 있는 모든 것을 쓸어 버리는 동작을 했다.

"얘기해 주셔서 고맙군요. 엄마와 저를 버리시는 것만으로는 충분한 변화가 되지 않았나 보네요. 그렇죠?"

"잘 들어, 알렉스. 나는 싸우려고 여기 온 게 아니야. 너는 아빠를 완전히 오해하고 있어. 나는 엄마를 '버리지' 않았어. 엄마가 나를 걷어찼지. 아까도 말했다시피, 사정이 그리 간단하지 않단다. 사람이란 복잡하고 모순적이야."

"엄마가 아빠를 걷어찼다고요? 말도 안 돼요."

"난 엄마에 대해 험담을 하고 싶지 않다만, 엄마가 나를 걷어찬 건 사실이야."

"왜요?"

"그건 중요하지 않아, 알렉스. 나는 네 아빠가 되려고 노력하고, 넌 그걸 거부한다는 게 중요하지."

"다른 주로 이사 가시면서 아빠가 되려고 노력한다고요? 우아, 엄청나게 챙겨 주셔서 고맙네요."

"그게 아니란다, 알렉스. 잘 들어. 윙크가 죽었을 때 생각나니?"

윙크는 내가 다섯 살 때 기르던 고양이였다. 내가 현관문을 열어 놓는 바람에 녀석은 차에 치여 죽었다. 부모님은 그 사실을 몇 주 동안 나한테 숨겼다.

"네. 윙크가 사실은 필라델피아로 이사 갔다고 지금 말씀하시려는 거예요?"

아빠는 설핏 웃음을 머금었다. 순간 아빠가 예전의 아빠처럼 보였다. 내가 뛰던 '리틀 리그'의 야구 코치를 하던, 자기 전에 팔씨름을 같이 했던, 공원에 있는 거북이를 보려고 함께 먼 길을 걸었던 아빠.

"아니. 내 말은, 부모들은 때때로 어려운 현실로부터 아이들을 지켜 주려고 한다는 거야. 어쩌면 언젠가 엄마가 너한테 왜 나를 버렸는지 속 시원하게 털어놓을지도 모르지. 하지만 그건 너와 엄마 사이의 문제야."

우리 집이 있는 블록 입구의 모퉁이로 엄마 차가 보였다. 아빠는 현관 앞 층층대에서 벌떡 일어났다.

"가 봐야겠다, 애야. 우리는 친구지?"

"모르겠어요, 아빠. 전화할게요. 아빠 전화기 아직도 작동되죠?"

"휴대 전화는 돼."

아빠는 얼어붙은 손과 얼음처럼 차디찬 열쇠 때문에 조금 애를 먹었지만, 엄마가 차를 세우고 말싸움을 걸기 전에 자신의 빠른 '중년의 위기 자동차' 문을 열 수 있었다. 아빠는 내 머리를 쓰다듬고(내가 중학교 1학년이 된 뒤로 한 번도 하지 않은 일이었다.) 차에 올라타더니 서둘러 떠났다.

만약 이혼에 대한 아빠의 말이 사실이라면, 아빠는 나쁜 사람이 아니었다. 그렇다면 나쁜 사람은 누구란 말인가?

엄마가 내 쪽으로 걸어왔다.

"무슨 얘기를 나누었니?"

"필라델피아요, 엄마."

"필라델피아 시 말이야?"

"아니요. 크림치즈 필라델피아(치즈 상품 이름 : 옮긴이) 요."

대단한 집안이다.

그 뒤 내가 솔 할아버지를 방문한 것은 크리스마스가 지나고 사흘 뒤였다. 그날은 하누카의 첫 번째 날이기도 했다. 특별한 노래나 다른 것을 준비하지 않았기 때문에 가는 길에 솔 할아버지에 드릴 재즈 역사에 대한 책을 한 권 샀다. 할아버지는 의자에 앉아 침대 옆 탁자에 놓여 있는 커다란 꽃병 속의 하얀 꽃을 물끄러미 바라보고 있었다. 흰색 바탕에 파란색 무늬가 있는 꽃병이었다. 할아버지 얼굴을 칭칭 감은 투명한 튜브가 콧속에 꽂혀 있었다. 튜브에서는 계속 '쉬쉬' 하는 소리가 났고, 그 바람에 할아버지는 내가 바로 앞에 설 때까지 아무 소리도 듣지 못했다. 할아버지는 몸을 제대로 가누기 힘든 듯, 나를 보고는 가볍게 고개를 끄덕이기만 했다. 그마저도 아주 힘겨워 보였다.

도대체 무슨 일이 일어난 걸까? 나는 할아버지가 말하고 싶을 때까지 기다리기로 마음먹고 모든 게 평소와 다름없는 듯이 행동했다.

"할아버지, 안녕하세요! 즐거운 하누크!"

솔 할아버지는 우물우물 말했다.

"즐거운 하누크. 네 기타는…… **후하**…… 어디 있니?"

"오늘은 안 가져왔어요. 대신 재즈에 대한 책을 한 권 가져왔어요. 제목이 《몽크》인데, 위대하고 뛰어난 피아노 연주자 델로니어스 몽크에 대한 이야기예요. 이 사람 들어 본 적 있으세요?"

솔 할아버지는 "그 사람 안다."라고 말하는 것 같았다.

그러나 정확히 뭐라고 했는지는 알기 어려웠다. 나는 할아버지에게 쓸데없이 말을 많이 시키고 싶지 않아 그냥 고개를 끄덕였다.

"꽃 예쁘네요. 누가 가져왔어요?"

나는 한 번도 나 말고는 다른 사람이 할아버지를 방문할 수 있다는 생각을 하지 못했다.

"내가 샀어. 클로델이…… 나와 함께…… 가게에 갔어. 클로델은…… 비번이었거든. 내…… 딸…… 주디를 위해서. 후하! 걔는 무척 잘나가는 판사야. 아주 똑똑해. 무척……

바쁘지."

"꽃이 정말 예뻐요. 할아버지 따님이 틀림없이 좋아할 거예요."

"그래. 허허. 걔는…… 늘 꽃을…… 좋아했어. 걔 엄마도. 늘 꽃을 가까이했지. 후하. '솔, 꽃 안 사 왔어요? 솔, 정원을…… 만들어요. 솔, 이 꽃들은 정말 **예뻐요**! 한창때는 조금…… **후하**…… 지났지만…… 예뻐요.' 이렇게 말하곤 했지."

할아버지는 잠시 숨을 가다듬고는 추억을 흘려보냈다.

숨을 헐떡거리고 있는 할아버지에게 말했다.

"뭐 불편한 것 없으세요? 뭐 좀 갖다 드릴까요?"

"네가 보기에는 이게 편안해 보이냐? **후하**!"

"어, 제 말은…… 무슨 일이 일어났죠?"

"아무 일도 아니야. 나는 클로델과…… 함께 가게에서…… 걷고 있었어. 클로델은 아주 상냥해. 어쨌든…… 너무 멀리까지 걸었어. 그래서 지금…… 숨을 제대로 쉬기 위해 약간의 도움이 필요할 뿐이야. 그게 다야."

"여기에서 증상을 호전시키도록 뭘 할 수 있나요?"

"흠, 나한테……."

솔 할아버지는 얼굴을 감싸고 있는 튜브를 만지작거렸다.

"……산소를 주고 있어. 그리고 호흡 치료도 해 주고. 또 뭔 약인지는 모르겠다마는 약도 주고. **후하**."

"효과가 있어요?"

"내가 안 죽으면 효과가 있는 거겠지. 내가 죽으면 네가 알게 되겠지. 별 효과가…… **후하**…… 없었다는 걸."

나는 솔 할아버지에게 건강 상태에 대해 한 번도 물은 적이 없었다. 지금이 그런 질문을 던질 좋은 때 같았다.

"제가 여기에서 일하기 시작했을 때, 사람들이 할아버지가 폐기종을 앓고 있다고 했어요. 얼마나 오랫동안 그 병을 앓으셨지요?"

"100만 년. 모르겠다…… 욘석아. 아주…… 오랫동안."

"어떻게 그 병에 걸리셨어요?"

"그게 웃겨, 알렉스. 담배를 100만 대, 200만 대 피워도…… 후하…… 몸이 끄떡없어. 그런데 200만 한…… 번째 담배를…… 피우면 느닷없이…… 병원 신세를 져야 돼. 너 담배 피우니?"

"아니요."

"좋아. 아예 시작도 하지 마라. 안 그러면 내가 일어나서 네 '투쿠스(엉덩이)'에 '클롭(펀치)'을 먹일 테니."

이 말과 함께 할아버지는 고개를 들었다. 할아버지의 눈은 사람 눈이 저렇게 될 수도 있을까 싶을 만큼 피곤해 보였다.

"수업 끝. 해산해도…… **후하**…… 좋다. 이제 여기서 당장

나가. 늙은이…… 마음 편히 책 좀 보게."

나는 간호사 대기실에 들렀다. 클로델 간호사가 레오노라 사회 복지사와 이야기를 나누고 있었다.

"그 여자는 한 번도 안 와. 우리가 해마다 그 여자한테 주려고 얼어 죽을 꽃을 그렇게 많이 사 놓는데도 말이야. 그런데 한 번도 안 와. 지금 그 여자의 아버지는 저 안에서 튜브에 칭칭 감겨 있고 말이야."

"치료사들이 관을 삽입할 뻔했다고 들었어요."

"말도 마. K-마트의 5번 통로 한가운데에서 전기 쇼크를 할 뻔했다니까. 공습경보 같았어. 그런데도 저 양반은 그 잘난 판사 주디에게 줄 꽃을 샀지 뭐야."

"딱한 일이에요. 어떤 때 보면 저 양반은 정말 다정다감한 사람이 아닌가 싶어요."

"레오노라, 두 가지를 약간 뒤섞었네. 저 양반은 어떤 때는 다정다감하고, 어떤 때는 거의 사람이 아닌 듯싶어!"

두 사람은 잠깐 웃음을 터뜨렸다. 그러다 내가 온 것을 보고는 목소리를 낮추었다.

"안녕, 알렉스?"

"할아버지가 돌아가실 건가요?"

"오늘은 아니야, 애야. 오늘은 아니지. 그 양반은 강인한 노인이야. 걱정 마라. 이 일이 다 끝나기 전에 네가 몇백 시간은 더 와서 봉사를 해야 할 테니."

이 말에 나는 화가 났다.

"전 일하기 싫어서 물어본 게 아니에요."

"미안하다, 애야. 나도 알아. 하루 이틀은 솔 할아버지에게 아무 일도 없을 거야. 지난봄에 존슨 부인이 그랬던 것처럼 다시 폐렴에 걸리지만 않는다면."

"존슨 부인이 누구죠? 여기서 그분은 못 뵌 것 같은데요."

두 간호사는 멍하니 나를 바라보기만 했다. 잠시 뒤 나는 존슨 부인을 **절대로** 볼 수 없으리라는 것을 깨달았다. 그 자리를 떠야 했다. 버스를 타야 한다고 우물우물 말하고는 침몰하는 배에서 탈출하듯 황급히 엘리베이터 쪽으로 발걸음을 옮겼다. 내가 봉사 시간을 계속 세어 왔던 것은 아니었다. 그리고 클로델 간호사가 했던 말이 맞든 말든 상관없었다. 어쨌든 나한테는 루이스 씨와 함께할 수 있는 시간이 48시간은 남아 있었다.

트렌트 판사님께

12월 소식을 전하러 이렇게 편지를 씁니다. 힘든 한 달이었지만 교훈을 얻은 것 같다는 생각이 듭니다. 마음에 들지 않는다고 누군가를 우리의 인생 밖으로 내던질 수는 없다는 교훈이오. 루이스 씨한테는 어디에 사는지 모르겠지만 판사인 딸이 있습니다. 해마다 하누카가 되면 루이스 씨는 딸을 위해 꽃을 삽니다. 그리고 꽃을 침대 옆 탁자 위에 두고 딸이 나타나 그 꽃을 받기를 기다리고 또 기다립니다. 하지만 딸은 한 번도 나타나지 않았습니다. 어쩌면 딸이 자신을 사랑하지 않기 때문에 루이스 씨가 그렇게 지르퉁한지도 모르겠습니다. 하지만 저는 루이스 씨의 심술에 익숙해지고 있습니다. 오늘은 루이스 씨가 저의 투쿠스에 클롭을 먹이겠다고 으름장을 놓았습니다. 찾아보니 볼기를 때린다는 뜻이더군요. 그러나 루이스 씨는 그 말을 하나의 애정 표시로 했습니다.

제가 100시간의 사회봉사 명령을 반쯤 수행했다는 것을 압니다. 몇 주 전만 해도 저는 기뻐하며 줄어드는 시간을 셌습니다. 그런데 민약 제가 원한다면 이 일을 100시간 이상 할 수 있는지 궁금합니다. 제가 혼자 빈둥거리며 시간을 보내는 것보다는 루이스 씨의 상대라도 되어 주는 게 더 나을 것 같아서요. 특히 저는 운전을 할 수 없는 데다, 우리 가족은 뿔뿔이 흩어져 있으니까요.

12월 27일

알렉스 그레고리

카운트다운

섣달그믐날, 나는 일들을 엉망진창으로 만들었다. 왜 그랬
는지 모르겠다. 아침에 일어났을 때는 기분이 좋았으니 말이
다. 그날 계획은 두 시간 동안 기타 연습을 하고, 점심을 먹
은 뒤 솔 할아버지를 보러 갈 생각이었다. 그날 밤에 엄마는
데이트 약속이 있었고(이틀 밤 연속이었다.), 로리는 우리
집으로 와서 나와 함께 패잔병들끼리 조촐하게 잠옷 파티를
하기로 했다. 나는 부엌으로 가서 커피를 잔뜩 끓이고는 엄
마가 좋아하는 머그잔을 꺼냈다. 그 머그잔에는 내가 초등학
교 1학년 때 어머니날(미국은 어머니날과 아버지날이 따로 있
음 : 옮긴이)을 기념해서, 나무 아래에 닌자 거북이 셋이 커
다란 기관총을 들고 서 있는 모습을 그린 그림이 새겨져 있

었다. 어렸을 때 나는 가끔 커피를 타서 침대에서 자고 있는 아빠와 엄마한테 가져다주곤 했다. 엄마와 아빠가 일어나 앉으면, 두 사람 사이로 기어 올라가서 나를 위한 '특별 커피'를 마시곤 했다. 특별 커피란 설탕을 탄 우유였다. 우리가 그렇게 앉아 몇 시간이나(최소한 나한테는 몇 시간처럼 느껴졌다.) 서로 껴안고 살짝살짝 간지럼을 태우며 웃고 까불던 시절이 있었다. 위아래 한 벌인 잠옷 차림으로 이불 속에 있어서 발에 땀이 송골송골 났어도, 나는 한 번도, 단 한 번도 침대 밖으로 나가자고 먼저 말한 적이 없었다. 흥미롭게도 그 말을 하는 영광은 대개 아빠 차지였다.

좋다. 눈물 나는 신파는 이제 그만. 문제는 낌새로 보아 전날 엄마의 데이트가 썩 좋았던 것 같지 않았다는 점이다. 엄마는 밤 9시쯤에 집으로 돌아와서는 한마디 말도 없이 쿵쿵거리며 곧장 침대로 가 버렸으니 말이다. 그래서 나는 엄마한테 줄 커피를 끓였다. 그냥 옛날 생각이 나서일 수도 있고, 엄마의 기분을 북돋아 줄 요량이었을 수도 있고, 아니면 그냥 내가 여러분이 지금까지 받은 인상보다는 더 괜찮은 아들이었을 수도 있고.

엄마가 아래층으로 내려왔을 때, 우울하다는 것을 알려 주는 위험 신호들이 또렷이 보였다. 부은 눈, 아주 오래된 목욕가운, 무시무시한 컬 클립까지. 엄마는 어쩌면 카페인은 그냥 건너뛰고 곧바로 전기 쇼크 치료를 받아야 할 여인 같았다.

하지만 엄마를 전기로 지질 수 있는 제대로 된 장비가 집에 있을 턱이 없으니, 머그잔에 커피를 가득 채워 엄마한테 건넸다.

엄마가 말했다.

"내 몰골이 그렇게 흉하니?"

"아니요, 엄마. 마침 제가 커피를 끓여 놓았던 참이에요. 엄마가 일어나서 편안하게 한잔 마시는 것도 괜찮겠다고 생각했어요. 왜, 엄마가 흉하게 보일 일이라도 있어요?"

"뭐, 아무 일도 없어. 괜찮을 거야."

'괜찮아.'가 아니라 '괜찮을 거야.'라는 걸 나는 놓치지 않았다. 둘은 차이가 크다.

"저랑 얘기하고 싶으세요?"

엄마는 나를 바라보고는 쏘아붙이듯 말했다.

"왜 내가 너한테 인생에 대한 충고를 받아야 하니? 하고 많은 사람 다 놔두고."

맙소사. 저렇게까지 반응할 것까지야.

"아, 좋아요, 엄마. 전 이제 나가요. 하루 잘 보내시고요, 새해 복 많이 받으세요."

어쩌면 엄마가 '기다려.'라고 소리치면서 집을 나서려는 나한테 사과를 하려고 했는지도 모르겠다. 하지만 나는 워크맨을 귀에 꽂고 소리를 크게 틀어 놓았기 때문에, 목욕 가운을 입은 채 현관에서 두 팔을 흔드는 기괴하고 섬뜩한 여인의 모습만 보았을 뿐이다.

다음에 들른 곳은 노인 요양원이었다. 몹시 배가 고파 로비에 있는 자동판매기에서 사탕 몇 개하고 과자 한 봉지를 샀다. 그러고는 엘리베이터에서 거의 다 먹어 치웠다. 솔 할아버지 방으로 들어서니, 할아버지는 많이 나아진 것 같았다. 산소 튜브를 떼어 내고 방 안을 왔다 갔다 하고 있었다. 흰 꽃 역시 사라지고 없었다.

"안녕, 미스터 음."

솔 할아버지가 유쾌하다고 할 정도로 밝게 인사했다.

"오늘 잘 지냈어? 네가 준 책 마음에 들더라. 몽크는 직접 보면 더 재미있는 사람이기는 하다만."

나는 묻지 않을 수 없었다.

"델로니어스 몽크를 만난 적 있으세요?"

"여러 번 봤지. 왜? 내가 태어나자마자 줄곧 이 골방에서 산 줄 아니? 나도 왕년에는 아주 흥미진진한 삶을 살았어."

"틀림없이 그러셨을 거예요."

"어쨌든 알렉스, 크리스마스 방학 잘 보내고 있니?"

그 순간 화제를 바꾸려는 솔 할아버지를 막을 수도 있었다. 하지만 말다툼의 빌미를 제공하고 싶은 기분이 아니었다. 그런데도 결국 말다툼을 하게 되었지만. 어쨌든 이때 나는 모든 것을 바꿀 수도 있는 아주 중요한 정보를 놓치게 되었다.

"좋아요."

오늘 솔 할아버지와 나는 둘 다 의사소통 능력이 대단했다.

"좋다고? 뭐가 좋아? 안 풀리는 일은 없고? 멋진 선물은 받았어? 부모님은 안녕하시고? 어린 신부는 잘 있어? 오늘 밤 특별한 곳에 데리고 가지 그러니. 그래. 둘이서 잠깐 여기 들르면 되겠네. 젊은이들의 헛짓거리를 하러 가는 길에 말이야."

젊은이들의 헛짓거리?

"할아버지가 궁금해하시는 것 같아 말씀드리는데, 우리는 오늘 밤에 그냥 집에 있을 거예요."

"보호자도 없이? 이리로 오는 게 낫겠구나. 이것저것 마시며 놀면 되지. 내가 너희 둘이 후회할지도 모르는 어떤 행동을 하지 않도록 해 주마."

"할아버지, 우리 둘 사이에는 아무 일도 없을 거예요. 우리는 그냥 친구예요. 엄마도 우리를 믿는데, 할아버지가 왜 못 믿으세요?"

"엄마가 너희들을 믿는 건 당연하지. 엄마는 남자가 아니니까. 엄마는 네 생각을 몰라. 난 잘 기억하고 있지. 달빛 아래…… 예쁜 여자 아이와…… 단둘이 있으면 어떤 느낌이 드는지를. 하지만 네가 생각하기에 가장 좋은 대로 해라."

"아, 무슨 말씀인지 알겠어요, 할아버지. 그러니까 제가 정신 나가고 호르몬 이상 증세를 보이는 악마 같은 녀석이고, 어떤 여자도 제 근처에 있으면 안전하지 않다, 뭐 이런 말씀이죠? 그 여자가 사람을 때려잡을 무술 고수이고, 우리가 그냥 친구 사이라도 말이죠. 그래서 오늘 밤 우리가 이리로 왔으면 좋겠다, 이거죠?"

솔 할아버지는 손을 뻗어 내 손에 들린 과자 봉지를 낚아채면서 말했다.

"욘석, 너도 따지고 들 줄 안다는 걸 몰랐네."

우아, 나는 하루 종일 딱 두 명하고만 이야기를 했다. 커피를 가져다주었다고 내 머리를 물어뜯을 기세였던 사람, 그리고 섣달그믐을 노인 요양원에서 보내라고 나를 꼬드기는 사람. 차라리 내가 혀 없이 태어났더라면 인생이 더 나았으리라는 생각이 문득 들었다.

더구나 이제 로리한테 우리를 위해 시끌벅적한 파티를 예약했다고 말해야 했으니.

나는 버스를 타고 로리 집으로 갔다. 로리는 목욕 가운을 입은 채 커피 머그잔을 들고 부엌에 앉아 있었다. 나는 하마터면 뒤로 돌아 줄행랑을 놓을 뻔했다. 기시감(한 번도 경험한 일이 없는 상황이나 장면이 언제, 어디에선가 이미 경험한 것처럼 친숙하게 느껴지는 일 : 옮긴이) 때문에 말이다. 하지만 엄마와 달리 로리는 나를 보고는 행복한 표정을 지었다. 그 순간 끔찍한 생각이 들었다. 갑자기 로리가 정말로 아주 예쁘다는 생각이 들었던 것이다. 로리가 가볍게 안으며 인사했을 때, 마치 솔 할아버지가 나한테 사악한 주문이라도 건 듯한 느낌이 들었다. 로리를 눈여겨보게 하는 저주. 하지만 우리가 식탁에 자리를 잡고 앉았을 때 그런 생각을 간신히 떨쳐 버릴 수 있었다. 그리고 곧 고통스러웠던 한 주를 요약해서 로리한테 말해 주었다. 그런데 알고 보니 로리도 뉴욕에서 달콤한 시간을 보내지 않았다.

"우리 아빠는 바보야."

"아니, **우리** 아빠가 바보야."

"흠, 우리 **엄마**는 바보야."

"우리 엄마도 마찬가지야."

"그래? 장담컨대 **너희** 아빠는 너한테서 벗어난답시고 다른 주로 훌쩍 떠나 버릴 것 같지는 않은데, 로리."

"장담컨대 **너희** 아빠는 네가 엄마랑 며칠을 보내고 싶어 한다고 배신자라고 탓하지는 않을 것 같은데, 알렉스."

"흠, 그거야 우리 아빠가 나랑 같이 있고 싶지 않으니까 그렇지."

"흠, 우리 엄마도 나랑 같이 있어 하지 않아. 내가 그냥 가서 함께 크리스마스를 보낸 거야."

로리는 울음을 터뜨렸다. 좀처럼 보기 힘든 일이었다.

"왜?"

"엄마가 임신을 했어."

"잠깐. 너희 엄마는 나이가 너무 많지 않나?"

"온라인에서 아무렇게나 만난 그 남자는 그렇게 생각하지 않나 봐."

그리고 어른들은 우리가 함께 있어도 믿을 만하다고 생각하지 않는다.

어찌하다 보니 로리와 나는 포옹을 하게 되었다. 그것도 너무 길다 싶을 성도로. 갑자기 우리는 화들짝 놀라 떨어졌다. 로리는 샤워를 하려고 2층으로 서둘러 올라갔고, 나는 소파로 가서 음악 채널을 보면서 로리의 머리 냄새를 머릿속에서 지우려고 애썼다. 로리와 포옹하는 건 한편으로는 아주 자연스럽게 느껴지고 다른 한편으로는 몹시 이상하게 느껴졌다. 아무튼 기나긴 저녁이 되리라는 건 분명했다. 그러자 문득 세대를 아우르는 새해 파티가 있다는 멋진 계획에 대해 말하지 않은 게 생각났다. 로리가 내려왔을 때 그 소식을 전하자, 다행스럽게도 로리는 기쁘게 받아들였다. 글쎄, 최소한 나를 두 번 툭 치면서 '왕 샌님'이라고 부르기는 했다.

로리와 나는 두 시간 동안 할아버지 할머니 들에게 줄 간식거리를 산 다음, 밤샘에 필요한 물건이 든 로리의 가방을 갖다 두러 우리 집에 잠깐 들렀다. 나는 엄마와 얼굴을 마주치고 싶지 않았다. 다행히 엄마는 집에 없었다. 식탁에 쪽지가 있었다.

안녕, 알렉스. 너한테 쏘아붙여서 미안하구나. 너도 눈치 챘겠지만 엄마는 화가 나 있었어. 하지만 모든 일이 다 잘 될 거야. 그리고 아까 트렌트 판사님이 나한테 전화했다는 얘기를 하려고 했어. 판사님은 너의 발전이 아주 인상적이라고 하시면서, 네가 2~3주에 한 번씩 판사님께 편지를 계속 쓴다면 따로 보호 관찰 직원을 보러 가지 않아도 된다고 하시더라. 내색하지 않아서 그렇지, 엄마는 네가 정말 자랑스럽다.

사랑한다.

엄마

아, 참, 엄마는 오늘 밤 적어도 자정까지는 밖에서 데이트를 할 거야. 필요하면 휴대 전화로 연락해. 로리하고 잘 있으리라

믿는다. 얌전히 있어!

또 아, 참, 내일 아침에 먹으려고 베이글하고 필라델피아 치즈(하하)를 사 두었다. 나도 빨리 로리를 만나고 싶구나.

로리가 말했다.

"봤지? 너희 엄마는 너를 사랑하셔. 게다가 너를 대신할 아이를 뽑아내려고 애쓰시지도 않잖아."

이 말에 뭐라고 대꾸해야 할지 몰라, 나는 그냥 로리의 팔을 가볍게 툭 쳤다. 로리가 거실 소파에 가방을 내려놓은 다음, 우리는 저물고 있는 차가운 햇살 아래로 걸어 나갔다. 우리 손에는 칩이며 소스며 컵이며 접시며 사탕이며 치즈며 크래커가 잔뜩 들려 있었다. 심지어 솔 할아버지와 동료들을 위해 뿔피리나 딸랑이 같은 소리를 내는 물건도 있었다

노인 요양원에는 일주일 전 폐물이 된 크리스마스트리에 뭔가를 좀 더 달아서 만든 작고 초라한 장식이 있었다. 그 크리스마스트리가 진짜 나무처럼 보이도록 인공적인 작업을 한 것이었겠지만, 생기 없어 보이기만 했다. 왜 그냥 건강하게 보이는 플라스틱 크리스마스트리를 만들지 않는지 이해가 되지 않았다. 또 전구가 달리고 멍청하기 짝이 없어 보이는, 일곱 개의 가지가 있는 장식 촛대도 있었다. 그래서 유대

인 환자들이 지나치게 상업적이고 눈에 빤히 보이게 인위적으로 만들어진 환호의 분위기에서 완전히 소외된 듯한 느낌은 없애 주었다. 이제 뿔피리와 오색 리본까지 더해졌으니 노인들이 새해를 마음껏 축하할 수 있으리라.

나는 어색하고 이상한 기분에 빠져 있었다. 하지만 로리는 슬픔을 마음대로 떨쳐 버릴 수 있는 성격이라 곧바로 파티 분위기에 젖어 들었다. 내가 우울한 기분으로 간호사 대기실 카운터에 있는 밝은 파란색 주스를 컵에 채우고 있는 동안, 로리는 솔 할아버지를 침대에서 일으켜 세워 포옹했다. 정말 믿기지 않을 정도로 놀라웠다. 여기 2~3일 전만 해도 세 발짝도 걷지 못했던 사람이 있다. 그런데 로리는 그 사람을 단 몇 초 사이에 이 방 저 방 들쑤시며 모두 간호사 대기실로 나오라고 외치는 사람으로 만들어 버렸다. 로리는 클로델 간호사에게 시디(CD) 한 장을 건네면서 자그마한 오디오에 넣으라고 했다. 어디에서 났는지 모르지만 '랫팩과 함께하는 크리스마스'라는 제목의 시디였는데, 프랭크 시나트라와 그의 졸개들이 부르는 크리스마스 캐럴이 잔뜩 들어 있었다. 솔 할아버지는 금방이라도 덩실덩실 춤을 출 태세였고, 다른 사람들도 하나 둘 얼굴에 웃음을 띠며 방에서 나오고 있었다. 로리는 심지어 골드파브 부인마저도 다시 자기 방에서 나오게 만들었다. 처음에 솔 할아버지가 골드파브 부인한테 바지를 입지 않고 나왔다고 속인 다음에 말이다. 어느새 사람들은 먹고 마시고 음악에 맞춰 발을 구르고 있었다. 로리에게 어떤 귀신같은 재주가 있는지 모르겠지만, 심지어 솔 할아버지와 다른 사람들 몇몇을 설득해 원뿔 모양의 파티 모자를 쓰게 만들었다. 그 모자는 어느 틈에 또 마련했는지.

나도 두 가지는 인정할 수밖에 없다.

가) 로리는 이런 일에 재주가 뛰어나다.

나) 한 해의 마지막 날을 이런 식으로 보내는 것도 그리 끔찍하지 않다.

나도 흥겨운 기분에 빠져 들 뻔했다. 솔 할아버지의 감정이 폭발하지만 않았다면.

내가 치즈와 페페로니를 얹은 프레첼(매듭 또는 막대 모양의 딱딱하고 짭짤한 비스킷 : 옮긴이) 조각을 한 입 한 입 먹고 있는데, 로리가 나한테 이렇게 밀했다.

"너한테 처음 형량 얘기를 들었을 때, 100시간이 영원한 시간처럼 느껴졌던 것 알지? 그런데 벌써 반이나 지났다는 게 믿기니?"

내가 의무 시간을 채운 다음에도 요양원에 계속 나올 계획임을 말하려는 순간, 누군가의 손이 내 어깨를 짚는 바람에 말을 멈추었다. 화가 잔뜩 난 솔로몬 루이스 씨의 손이었다.

"잠깐, 알렉스. 넌 자원 봉사자가 아니었니? 내가 너의 형량이었니? 내가 너의 **벌**이었어?"

"아, 이런, 할아버지. 저는 할아버지가 다 알고 있다고 생각했어요. 저는 청소년 법원으로부터 이곳에서 100시간을 일해야 한다는 명령을 받았어요. 환자는 엄마가 선택하고요. 나와 잘 어울린다고 할아버지를 선택한 거예요."

"그러니까 내가 자선을 베풀고 있는 셈이네. 응? 내가 다른 사람의 등에 기댈 만큼 나라에 짐이 되는 날까지 살 줄은 몰랐네."

"그런 게 아니에요. 법원에서는 제가 할아버지로부터 뭔가를 배울 수 있다고 생각했어요. 제가 다시는…… 아시잖아요…… 체포되는 일이 없게요."

"세상에나! 도대체 뭣 때문에 너처럼 멀쩡한 아이가 체포됐단 말이냐?"

"어, 별일 아니었어요. 진짜로요."

"별일 아니라고? 어떤 뜻에서 별일이 아니라는 거냐? 무단 횡단? 여기 있는 여자 친구랑 노느라 학교를 빼먹은 것?"

"아니요. 저는…… 저는 술을 마시고 엄마 차를 몰아 아빠 집으로 가려고 했어요. 하지만 큰일은 아니에요. 정말로요."

"큰일이 아니라고? 누구를 치거나 한 건 아니지?"

"네. 아무도 안 쳤어요. 잔디 도깨비 말고는."

"잔디 도깨비를 쳤어? 그러니까 다른 사람 집 잔디밭으로 돌진한 거야?"

"네. 하지만……."

"그런데 그게 큰일이 아니라고? 살아남은 게 다행이야, 알렉스. 그리고 다른 사람을 죽이지 않아서 천만다행이고. 큰일이 아니라니, 원. 넌 생각했던 것보다 훨씬 더 '메시케흐(미친 녀석)'로구나."

"하지만……."

"당장 여기에서 나가, 이 꼬맹이 범죄자야. 내 비록 늙고 병들었지만, 자신이 얼마나 어리석은지도 모르는 정신 나간 범법자의 손길 따위는 필요 없어."

나는 정신이 멍했다. 어느새 음악은 멈추었고, 방 안을 가득 메운 사람들이 나를 노려보고 있었다. 로리가 내 팔을 잡았지만 나는 그 손길을 뿌리치고 걸어 나갔다.

내가 마지막으로 들은 것은 로리가 솔 할아버지에게 한 말이었다.

"할아버지도 이게 공평하지 않다는 것을 아실 거예요. 알렉스는 나쁜 아이가 아니에요. 할아버지가 생각……."

닫히는 엘리베이터 문을 뒤로하고 로비로 갔다. 문득 손에 아직 음식 접시와 주스가 든 종이컵이 들려 있다는 사실을 깨달았다. 송년회 파티에서, 다른 곳도 아닌 노인 요양원에서 고래고래 악이나 듣고 쫓겨나고, 여자 친구 하나 없이 손에 음식을 들고 극적인 퇴장을 하다니. 아, 좋다. 만약 여러분이 지구에서 최고 괴짜라고 생각했다면 일찌감치 냉수 먹고 속 차리는 편이 나을 것이다.

집에 도착하니 자동 응답 전화기에서 불빛이 반짝이고 있었다. 로리가 휴대 전화로 건 것이었다.

"돌아와, 알렉스. 모든 걸 용서해 줄게. 연속극 주인공 노릇 그만 하고! 솔 할아버지도 미안해하고 있어. 그렇죠, 솔 할아버지?"

로리가 전화기를 솔 할아버지에게 내민 것 같았지만, 기침 소리와 다급하게 말하는 목소리만 들렸다.

"자동차나 들이받는 너의 조그마한 '투쿠스'를 끌고 당장 이곳으로 와. 안 그러면 내가……."

그 순간 로리가 다급하게 전화를 끊었다.

내가 요양원으로 돌아갈 가능성은 없었다. 내가 버스 정류소까지 홀로 걸어, 집까지 머나먼 길을 되돌아와, 2층으로 올라오는 사이, 노인네들은 이미 틀니를 빼고 가발을 벗어젖히고 편안하게 앉아 목욕을 하고 있을 것이다. 따뜻하게 샤워를 하고, 낡고 오래된 스웨터를 입고, 팝콘을 전자레인지에 굽고, 소파에 앉아 몇 시간 동안 텔레비전에서 새해 인사를 나누는 사람들을 생중계로 보는 것이 어느 모로나 훨씬 더 나았다.

그러나 기나긴 샤워를 끝마치고 보니 자동 응답 전화기에 불빛이 마구 번쩍였다. 떨리는 마음으로 '재생' 버튼을 눌렀다. 여러분의 집 열쇠를 가지고 있는 가라테 고수를 열 받게 했다고 생각해 보라. 아니나 다를까, 메시지는 갈수록 더욱 험악해졌다. 네 번째 메시지는 이랬다.

"좋아, 좀생이. 내가 지금 그쪽으로 간다. 내가 전속력으로 너를 덮쳐서 펀치볼 두드리듯 네 머리를 때려 주겠어."

나는 삭제 버튼을 열한 번인가 열두 번인가 누르고는 공격을 기다렸다.

음악 채널에서 방영하는 송년 특별 음악회나 보려고 낡은 가벼운 담요를 두르고 편안하게 웅크리고 앉자마자, 기다리던 공격이 시작되었다. 열쇠가 딸가닥거리고 자물쇠가 열리는 소리가 나는가 싶더니 차가운 공기가 휙 들어왔다. 나는 고개를 돌려 보기가 두려웠다. 하지만 조용히 살금살금 걸어오는 발자국 소리가 등 뒤에서 점점 다가왔다. 곧이어 로리는 자신의 전매특허인 '공중제비 소파 넘기' 기술을 써서 나를 훌쩍 넘어 내 다리 위에 두 발을 디뎠다. 로리는 한참 나를(축축하고 제멋대로인 더벅머리, 몸을 지키기라도 하듯 가슴에 꼭 대고 있는 팝콘 봉지, 그리고 로리가 화가 났을 때 나를 최소한 천 번은 구해 준, 불쌍해 보이는 소년의 찡그린 얼굴) 뚫어지게 바라보더니 팝콘 봉지 속으로 손을 집어넣었다. 그러고는 내 얼굴에서 3센티미터밖에 떨어지지 않을 정도로 자기 얼굴을 바짝 들이대더니, 눈을 가리고 있는 내 앞머리를 후 불었다.

"넌 너무 불쌍해서 죽일 가치도 없어. 리모컨 이리 내놔, 어서. 내 마음이 바뀌기 전에."

우리 둘은 꽤 좋은 밤을 보냈다. 친구로서 말이다. 그리고 내가 없는 사이 데이트를 나간 엄마, 나를 요양원에서 쫓아낸 솔 할아버지, 그리고 내 다리에 느껴졌던 로리 다리의 따스한 체온 등 몇 가지 생각만 빼면 말이다. 우리는 모노폴리(부동산을 사고파는 보드 게임 : 옮긴이)를 하며 텔레비전에서 나오는 새해 카운트다운 쇼를 보았다. 로리는 늘 '사소한 계산 실수'라고 말하는 뻔뻔스러운 속임수를 썼지만 나는 눈감아 주었다. 그 대가로 로리는 내가 파산을 거듭할 때마다 돈을 빌려 주었다. 모노폴리에서 로리가 나보다 아홉 단계나 앞서 있지 않은 경우를 상상해 보는 것만으로도 기분이 좋았지만, 모든 것을 다 가질 수는 없는 법이다. 자정까지 10분밖에 남지 않았을 때 로리는 게임에서 나를 해방시켜 주었다. 우리는 함께 부엌으로 가서 '에그 크림'을 만들었다. 에그 크림은 딱 들었을 때 느낌만큼 이상한 음식이 아니다. 주로 뉴욕에서 즐겨 먹는 음식이다. 먼저 기다란 유리잔에 초콜릿 시럽이나 바닐라 시럽을 붓는다. 그다음 우유를 붓는다. 그

다음 탄산수를 아주 빠르게 뿌리면서 숟가락으로 휘젓는다. 이렇게 해서 만들어진 것은 기본적으로 초콜릿(또는 바닐라) 우유라고 할 수 있지만, 거기에 추가로 뽀글뽀글 멋진 거품이 있다. 흠, 여러분이 에그 크림에 대해 어떻게 생각하든 간에 중요한 것은 빌 클린턴이 대통령이었던 시절부터 로리와 나는 에그 크림을 야식으로 만들어 먹었고, 아직 그것을 그만둘 생각이 없다는 점이다.

우리가 붓고, 또 붓고, 뿌리고, 젓고, 홀짝거리고, 치우는 일을 끝마쳤을 때가 11시 59분이었다. 우리는 거실에서 아주 가까이 붙어 서서, 텔레비전 화면으로 타임스퀘어 위에서 떨어지는 공을 보았다(미국은 전통적으로 뉴욕의 타임스퀘어 광장에서 커다란 공을 떨어뜨리면서 카운트다운을 하며 새해맞이 행사를 함 : 옮긴이). 그리고 새해가 되는 순간 "새해 복 많이 받아!"라고 외치면서 건배를 했다. 이어 로리가 손가락 하나로 내 입에 묻은 초콜릿 거품을 닦아 주었고, 우리는 이때면 으레 나오는, 색소폰으로 연주되는 '석별의 정' 노래가 끝날 때까지 서로의 눈을 빤히 바라보았다. 그 순간 정확히 한 치의 어긋남도 없이 완벽하게 즉석에서 떠오르는 생각이 있었다. 나는 로리에게 몸을 숙이고, 다정하게 한쪽 눈썹을 치켜세우고는 목소리를 착 깔고 걸걸한 목소리로 말했다.

"새해 축하 키스는 어때?"

로리는 웃음을 터뜨렸다.

"꿈 깨시게나, 친구."

그러고는 내 팔을 아주 세게 꼬집었다.

곧바로 베개 싸움이 벌어졌다. 이 소동은 내가 팔을 치켜들고 힘껏 던진 베개가 로리의 머리를 빗나가 에그 크림 잔 두 개를 모두 박살 내고 나서야 끝났다. 우리가 양탄자에서 핀셋으로 마지막 유리 조각을 집고, 끈적끈적한 밤색 얼룩을 지우려고 수건 하나를 바닥에 던졌을 때는 둘 다 몹시 지쳐 있었다. 그래서 슬리핑백을 펼치고 양치질 따위의 일을 모두 끝마친 다음 거실에 누웠다. 우리가 누운 곳은 텔레비전과, 초콜릿으로 코팅한 양탄자가 있는 사고 지역 사이였다. 내가 막 잠이 들려고 하는데, 로리가 팔을 뻗어 나를 감싸고는 속삭이듯 말했다.

"솔 할아버지가 너를 아주 많이 좋아하는 걸 너도 알 거야. 친구야, 잘 자."

이 말과 함께 로리는 다시 몸을 굴려 나한테서 멀어졌다. 로리는 늘 그렇듯이 곧바로 잠이 들었다. 그러나 나는 잠이 반쯤 달아난 채 가만히 누워, 부엌 시계에서 나는 시끄러운 똑딱똑딱 소리와 내 어깨에 아직도 남아 있는 로리 팔의 유령을 무시하려고 애썼다. 바로 그때 현관문이 열렸다.

나는 눈을 뜨지 않았다. 눈을 뜰 필요도 없었다. 엄마는 조용히 해야 할 일을 형편없이 하는 사람처럼, 커다란 소리로 소곤대고 있었다. 우리에게서 4미터 정도밖에 떨어져 있지 않았다.

"쉿! 애들이 자고 있어요."

이어 남자 목소리가 들렸다.

"나도 보여요. 그런데 애들 옆 양탄자 위에 있는 얼룩은 뭐지?"

나한테도 궁금한 점이 있었다.

'새벽 두 시에 이곳에서 도대체 아빠는 엄마와 함께 뭘 하고 있는 걸까?'

새해 복 많이 받으세요!

좋다. 인정한다. 나는 '잠든 척하기' 속임수를 썼다. 최소한 엄마와 아빠가 웅얼거리는 소리가 결국 이상한 꿈속 말과 뒤섞일 때까지는 말이다. 정신을 차리고 보니 아침이었다. 로리는 방을 집어삼킬 것 같은 초콜릿 아메바에 엄청난 양의 양탄자 클리너를 필사적으로 뿌려 대고 있었다.

내가 말했다.

"웃기네. 어젯밤에는 얼룩이 저렇게 커 보이지 않았는데."

"지금은 마치 알래스카에 유출된 거대한 기름 막처럼 보여. 멸종 위기에 놓여 있는 왜가리 떼가 수건 아래에서 비틀거리며 나와 내 발 아래에서 죽을 것만 같아."

옳거니. 우리 부모님에 대해 내가 가지고 있을지도 모르는 모든 꼴사나운 생각을 떨쳐 버릴 모습이 하나 떠올랐다.

나는 곧바로 팔을 걷어붙이고 나서 끈적끈적한 액체를 여기저기 뿌리며(그나저나 왜 액체 클리너는 하나같이 청록색일까? 그냥 궁금하다.) 청소를 도왔다. 잠시 뒤 얼룩은 대부분 형광빛의 녹색과 밤색이 가미된 회색으로 변했다. 이런 색깔이 있는지 모르겠지만 말이다. 그리고 녹인 초콜릿을 담은 그릇에 화장실 탱크 세제를 한 통 부었을 때 남직한 냄새가 났다. 바로 그때 엄마가 2층에서 쿵쾅거리며 내려와 킁킁 냄새를 한 번 맡더니 손으로 입을 가리고 다시 황급히 2층으로 올라갔다. 하지만 나는 엄마가 곧 다시 내려올 거라는 느낌이 들었다.

아, 난 참 똑똑하다. 약 10분 뒤 로리와 내가 해결책이나 변명거리를 열심히 궁리하는 사이, 엄마가 수줍어하는 아빠를 데리고 다시 내려왔다. 로리와 나는 거실 전체를 덮고 있는 양탄자를 통째로 집 밖으로 몰래 빼내 갈 방법을 궁리하는 것을 포기하는 대신, **우리**가 몰래 빠져나갈 수 있기를 바랐다.

사교술이 세련된 내가 어색한 분위기를 깼다.

"안녕, 아빠. 누가 저 몰래 필라델피아 시를 2층으로 옮겨 놨나 보죠?"

아빠와 엄마는 서로를 바라보았다. 그런데 두 분이—아!—

손을 잡고 있는 모습이 내 눈에 들어왔다. 이건 평범한 장면이 아니었다. 최소한으로 표현해서 말이다.

"어, 우리는…… 그러니까…… 나는…… 엄마는…… 어……."

"됐어요, 아빠. 명확한 설명 고마워요. 엄마?"

"나중에 얘기하면 안 될까, 알렉스? 아침을 먹고 난 뒤랄지. 어쨌든 우리 집에 놀러 온 손님들이 있잖아!"

'맞는 말씀.' 하고 나는 생각했다.

"좋아요, 엄마. 밥이나 먹어요."

"하지만 잠깐, 알렉스. 양탄자에 있는 얼룩은 뭐냐?"

나는 성가대 아이처럼 웃음을 지었다.

"얼룩이오? 아, 양탄자에 있는 저 작은 점 말이에요? **집에 놀러 온 사람들**이 모두 간 뒤에 기꺼이 설명해 드릴게요."

우리는 자리를 잡고 앉아 어색한 분위기에서 커피를 마시며 베이글을 먹었다. 아직도 집 안을 떠도는 소독약과 초콜릿 냄새에도 음식이 잘 넘어갔다. 로리가 식탁 아래로 나를 발로 툭 찼다. 그러고는 열두 달 동안 3만 달러를 쓰면서 법을 따져 가며 전투를 벌인 사실이 믿기지 않게 이야기를 나누고 있는 우리 부모님을 보라며 눈짓을 했다. 나는 정강이를 어루만지고는 커피 머그잔 뒤에서 로리에게 인상을 썼다. 로리가 크림치즈를 더 가지러 가려고 일어섰을 때, 로리의 다리를 다시 살폈다. 그리고 곧바로 새해 첫 결심을 했다. **로리 훔쳐보지 않기**! 그리고 그 결심을 무려 5분 동안 깨지 않았다. 자신들의 결심을 마구잡이로 깨뜨린 엄마와 아빠와는 달리 말이다. 아무려면 뭐 어떤가. 로리는 서둘러 식사를 마쳤다. 그리고 우리 부모님에게 작별 인사를 할 시간이 될 때까지 아무 말도 하지 않았다.

"안녕히 계세요, 알렉스 어머님, 아버님. 저는 도장에 운동을 하러 가야 해요. 아침 잘 먹었습니다. 양탄자 일은 죄송해요."

로리는 쾌활한 표정으로 떠났다. 재미로 가라테 발차기를 하러 가는데 기분이 나쁠 이유가 있겠는가. 나는 부모님에게 가라테 발차기를 하고 싶었다. 하지만 재미로도 발차기를 할 줄 몰랐다. 게다가 나한테는 아직도 풀어야 할 문제들이 있었다. 이 이상한 상황과 양탄자.

"엄마 아빠, 어떻게 된 거예요?"

아, 이런. 아빠가 커피 잔을 내려놓고 엄지와 검지로 콧등을 매만졌다. 엄마는 오렌지 주스를 벌컥벌컥 들이켠 다음 유리잔을 옆으로 밀어 놓고 긴장된 표정으로 머리를 뒤로 넘겼다. 참으로 오랜만에 보는 신호들이었지만 금세 낯이 익었다. 이제 곧 **중요한 이야기**가 나오리라는 걸 알았다. 늘 한 치의 어긋남도 없이 똑같다. 지난번에 우리 할아버지가 아팠을 때, 내가 유치원 선생님한테 왜 교실에 있는 금붕어가 얼굴을 위로 하고 떠 있느냐고 물었을 때, 또 내가 지붕에서 스케이트보드를 탔을 때, 아빠는 코를 매만지고 엄마는 머리를 넘겼다. 게다가 코를 오래 매만질수록, 머리를 더욱 정성스럽게 넘길수록 더 나쁜 이야기가 나온다.

그래서 '저러다 코에 물집이 잡히지 않을까?' 하고 생각할 만큼 아빠가 30초 동안 코를 매만지고, 방금 얼굴 성형을 한 듯이 보일 만큼 엄마가 머리를 세게 뒤로 잡아당겼을 때, 나는 엄청난 이야기가 나오리라는 것을 알았다.

"애야, 어제 아침 기억하지? 엄마가 약간 화냈던 것."

"엄마, 〈타이타닉〉영화 기억하세요? 배가 조그만 얼음덩이를 들이받은 거."

"그래, 좋다. 내가 엄청 화를 냈지. 필라델피아로 이사하는 문제로 아빠와 오랫동안 말다툼을 했기 때문이란다. 그런 다음 우리는 어젯밤 함께 저녁을 먹으면서 얘기하기로 합의했어. 그런데 그 레스토랑 한쪽 구석에 재즈 연주자 세 사람이 있었어. 그 사람들이 우리의 결혼 노래를 연주하더구나. 그렇게 해서 하나하나 일들이 벌어지다 보니……."

"잠깐. 딱 거기까지만요, 엄마. 더 이상 들을 필요도 없어요. 더구나 지금 막 밥을 먹었는데. 그러니까 엄마 말은, 아빠가 그 사람들한테 감상적인 노래를 연주하라고 돈을 줬고,

엄마는 그것을 두 분이 다시 합쳐야 한다는 신의 계시로 받아들였다는 거죠?"

"그런 게 아니란다, 알렉스. 그렇죠, 사이먼?"

"어……."

엄마는 전매특허인 기분 바꾸기 능력을 과시할 순간을 맞이했다.

"잠깐, 당신, 그 사람들한테 그 노래를 연주하라고 돈을 줬어요? 나를 **속인 거예요?**"

아, 이런. 이제야 모든 게 정상으로 돌아온 것 같았다.

"그래요, 재닛. 그랬어."

엄마는 숨을 크게 들이마시고는 내뱉지도 않았다. 아빠도 그랬다. 나는 등에서 식은땀이 쫙 흘렀다. 잠시 뒤 엄마는 팔을 뻗어 식탁 위에 있는 아빠의 손을 꼭 잡았다.

"고마워요, 사이먼. 정말 멋지고 달콤한 일이었어요."

우아, 이중 기분 바꾸기! 나는 두 손 두 발 다 들었다. 아무래도 이 집 안에서 모든 게 정상이 될 날은 결코 오지 않을 것 같았다.

그러나 엄마는 정상으로 되돌아가려는 노력을 포기하지 않았다.

"자, 이제 알렉스, 저 얼룩은……."

철커덩스 끌어들이기

1월 2일 화요일, 우리는 다시 학교에 나갔다. 교실에서 로리랑 솔 할아버지와의 문제에 대해 이야기를 나누고 있는데, 문득 기가 막힌 생각 하나가 허벅다리만 한 주먹처럼 머리를 때렸다. 사실은 허벅다리만 한 주먹이 기가 막힌 생각처럼 나를 때렸다. 아니면 주먹을 맞고는 기가 막힌 생각이 떠올랐거나. 자초지종은 이렇다.

내가 말하고 있었다.

"로리, 오늘 솔 할아버지 방에 어떻게 가지? 무슨 말을 해야 할까?"

"내가 말했잖아. 솔 할아버지는 화난 게 아니라고. 그냥 원래 그런 분이야. 가끔 한 번씩 증기를 뿜어내야 하는 분이지."

"아, 느닷없이 솔로몬 루이스 전공자가 되셨네, 하늘이 내린 천재 소녀."

"네가 사실을 숨기고 그 할아버지와 친구가 됐다는 이유로 나한테 화낼 필요 없잖아. 난 그냥 모든 게 괜찮을 거라고 말해 주려는 것뿐이야. 그게 다야."

바로 그때 주먹이 날아들었다. 미식축구 선수의 비곗살 140킬로그램이 실린 주먹이 내 오른쪽 위팔을 강타했다. 브라이언 길슨이었다.

"야, 잔디밭 소년. 크리스마스 방학 동안 너 보고 싶었다. 왜 조디 크라실로프의 새해 파티에 안 왔냐? 아, 맞다. 넌 평생 동안 통행금지 벌을 받는 완벽하게 허접한 인간이지."

브라이언 길슨은 내 책상 모서리에 걸터앉았다. 나는 사정없이 맞은 팔을 문지르고 싶은 충동을 이를 악물며 억누르고 있었다.

"듣고 싶어 들은 건 아니지만, 네가 괴팍한 노인 친구를 열받게 했다며? 사회봉사 일을 엉망으로 만들어 버리면 네가 감옥에 가야 한다는 것을 잘 알고 있기 때문에, 그리고 한심한 네가 없다면 우리 교실이 전과 같지 않을 것이기 때문에, 내가 너한테 특별히 공짜 조언을 하나 해 줄까 한다."

가만히 입을 다물고 있을 로리가 아니었다.

"공짜 조언? 네가? 넌 문장으로 말하는 것을 지난주에야 겨우 배웠잖아. 그런데 알렉스한테 **네** 머리가 필요하다고? 아무튼 알렉스는 지금 말썽을 **안** 부리려고 애쓰고 있어. 말썽 안 부리기는 네 전공이 아니잖아. 그러니 그냥 조용히 갈 길 가고 껌이나 짝짝 씹어서 네 친구들에게 감동이나 주셔."

"아니야, 진심이야. 바보야, 넌 그냥 그 노인이 특별하게 느끼도록 만들기만 하면 돼. 있잖아, 선물을 준다거나 뭐 그런 거. 절단된 잔디 도깨비 머리를 갖다주든지."

나는 눈알을 굴리면서 브라이언 길슨의 제안에 대해 1초 동안 생각하는 척했다. 그런 다음 **정말로** 그 제안을 1초 동안 생각해 보았다. 그러자 아주 멋진 생각이 떠올랐다. 바로 그때 1교시를 알리는 종이 울렸다. 나는 브라이언의 손을 잡고 마구 흔들었다.

"바로 **그거야!** 어젯밤에 네 여자 친구한테 들은 것보다 넌 훨씬 더 똑똑하네! 고마워, 브라이언. 너한테 신세 하나 졌다."

내가 의기양양하게 뛰어가자, 브라이언과 로리는 서로를 보면서 어깨를 으쓱하고는 내가 왜 그렇게 흥분했는지 의아해했다. 작은 요정과 들소가 하나가 되는 순간이었다.

실제로 나는 브라이언의 '조언' 덕분에 멋진 생각을 떠올리게 되었다. 그 생각이 기가 막히게 좋은 이유는 열일곱 가

지나 된다.

1. 나의 헌신성과 개인적인 성장으로 판사에게 깊은 인상을 줄 것이다.
2. 여러 노인들을 즐겁고 흥겹게 만들어 줄 것이다.
3. 나한테도 착한 면이 있다고 엄마가 생각할 것이다.
4. 기타를 연주할 기회다.
5. 한 시간 동안 솔 할아버지의 입을 막을 수 있다.

좋다. 기가 막히게 좋은 이유는 다섯 가지뿐이었다. 하지만 다섯 가지만 해도 대단하지 않은가. 그 생각이란 노인 요양원에서 자선 재즈 콘서트를 여는 것이었다. 그리고 이익금은 그곳에서 앞으로 있을 다른 문화 행사에 기부할 생각이었다. 이렇게 하면 사람들을 도울 수도 있고, 솔 할아버지에게 그분이 단순히 나의 '벌'이기만 하지 않다는 것을 입증할 수 있다. 어느 모로 보나 '윈윈' 상황이었다. 그리고 나는 이 일을 위해 필요한 사람들이 누구인지 잘 알고 있었다.

바로 우리 학교 재즈 밴드의 멤버인 '철커덩스'였다. 스티븐은 초인적인 드러머였고, 그의 영원한 여자 친구 아네트는 뛰어난 재능을 타고난 피아노 영재였다. 나는 두 사람을 '철커덩스'라고 부른다. 어떤 공상 과학 영화에서 두 우주선의

문이 자석처럼 다른 사물을 끌어당기는 기구의 저항할 수 없는 힘에 의해 서로 결합했을 때 나는 소리를 빗대 부르는 이름이었다. 철커덩. 스티븐과 아네트는 그 정도로 가까운 사이였다. 나는 이 계획을 위해 철커덩스가 필요했는데, 두 사람은 서로를 좋아하는 것만큼이나 다음 세 가지를 좋아했기 때문이다. 재즈, 착한 일을 하는 것 그리고 완벽한 자선 콘서트를 해 보고 싶은 끊임없는 욕망.

왜 두 사람은 자선 콘서트에 관심이 많을까? 분명한 이유는 두 사람이 함께 하는 콘서트는 늘 재즈 연주와 착한 일을 하는 것과 관련이 있었기 때문이다. 하지만 그게 전부가 아니었다. 3년 전, 그들은 한 자선 콘서트를 계획하고 연습하다가 사랑에 빠졌다. 암에 걸린, 스티븐의 동생 제프리의 병원비를 모으기 위한 콘서트였다. 비록 아네트는 콘서트에서 한 음도 연주하지 않았고, 스티븐은 제프리를 병원에 데려가느라 공연 중간에 뛰어나가야 했지만, 재즈 연주회는 큰 성공을 거두었다. 수익금으로 병원비를 냈고, 제프리는 그 뒤로 지금까지 쭉 마을의 마스코트 같은 존재가 되었다. 물론 스티븐과 아네트는 서로를 얻었다.

정말 너무 달콤한 이야기라 속이 거북할 지경이다.

철커덩스는 두말할 나위 없이 최고 학생들이다. 어느 고등학교에서건 운동 유니폼을 입지 않은 아이들 가운데 두 사람처럼 학생들의 사랑을 듬뿍 받는 커플은 없을 것이다. 두 사람은 입이 쩍 벌어질 만큼 실력이 뛰어난 연주자다. 그리고 아주, 아주, 아주 착하다. 또 동물을 아낀다. 그리고 전국 우수 고등학생 연합의 임원이자 고등학생 자원 봉사 단체인 '키 클럽'의 단골 후원자다. 평범한 기타리스트이자 잔디 도깨비를 토막 낸 차 도둑 그리고 이제 그들에게 도움을 부탁하려는, 재판을 받은 비행 청소년과는 아주 다른 아이들이다.

내가 그렇게 매력적인 사람이라 참 다행이다.

아, 내가 지금 무슨 소리를 하고 있나? 두 사람은 자선 콘서트에 **목숨을 거는** 아이들이다. 만약 스티븐 엄마의 목에 닭 뼈가 걸려 숨이 막힌다면, 스티븐은 '하임리히 복부 충격법(기도에 이물질이 걸린 사람을 뒤에서 껴안은 다음 명치 쪽을 강하게 안아 압박하는 행동을 되풀이하는 응급 처치 : 옮긴이)'을 할 것이고, 그사이 아네트는 '닭 뼈 콘서트'를 위한 포스터를 디자인하기 시작할 것이다. 그러니 그들은 이 기회를 놓치지 않고 참여할 것이다. 그건 확실했다.

정말?

나는 온종일 스티븐과 아네트에게 어떻게 이야기를 꺼낼지 고민했다. 마침 노인 요양원에 가기 전, 학교 수업이 끝난 직후 재즈 밴드 연습이 있었다. 그러니 일이 잘 풀리면 솔 할아버지를 보게 되었을 때 콘서트 소식을 폭탄처럼 터뜨릴 수도 있었다. 나는 마지막 수업에서 일찍 자리를 뜨기로 마음 먹었다. 스티븐과 아네트는 마지막 수업에 자기들끼리 특별 음악 수업을 하기 때문이었다. 이것만 봐도 두 사람이 얼마 나 멋진 인생을 사는지 알 수 있지 않은가. 그들은 학교를 설 득해서 날마다 두 사람만을 위한 특별 연습 시간을 가졌다. 내 경우는 수학 선생님의 교육적으로 대단히 귀중하고 따분 한 설명의 마지막 8분을 빠지기 위해 수학 선생님한테 나의 첫 자식을 걸고 약속을 해야 했다.

아무튼 그렇게 해서 나는 밴드 연습실로 가는 긴 복도를 걸어가고 있었다. 밴드 연습실 가까이에 가자 '띵띵' 하는 아 네트의 피아노 소리가 들렸다. 그리고 뭔가 다른 소리도 함 께 들렸다. 높은 음과 낮은 음을 오가며 '땡그랑, 땡그랑' 하 는 아름다운 소리였다. 문에 나 있는 조그마한 네모 유리로 안을 들여다보니 화음을 연주하는 아네트가 보였다. 그 소리 위로 복잡하면서도 단조로운 음색의 땡그랑 소리가 흐르고 있었다. 내가 아는 멜로디인 '해는 뜨고 지고'였다. 아주 딱 이었다. 스티븐이 연주하는 악기는 마림바(아프리카의 민속 악기를 개량한 실로폰의 한 종류. 음판 밑에 공명관이 달려 있 으며 음역이 넓어 독주와 합주에 널리 쓰임 : 옮긴이)였다. 나 는 스티븐이 드럼 말고 다른 악기를 연주한다는 사실을 몰랐 다. 아니, 우리 학교에 마림바가 있다는 것조차 몰랐다. 이래서 스티븐과 아네트는 음악의 신들이고, 반면에 나는 수학 시간에 '투쿠스'를 붙이고 앉아 있겠지.

나는 문 안으로 머리를 빠끔히 들이밀었다. 두 사람이 한창 벌이고 있는 음악 댄스를 방해하자니 기분이 조금 이상했다. 특히 스티븐이 갑자기 온갖 종류의 작은 꾸밈음(악곡에 여러 가지 변화를 주기 위해 꾸미는 음 : 옮긴이)으로 멜로디를 아름답게 연주하고 있을 때라서 더욱 그런 느낌이 들었다. 나는 그런 꾸밈음은 다른 악기로는 물론이거니와 기타로도 끌어낼 수 없을 것이다.

아네트는 연주를 하면서 동시에 말을 했다. 그 아이는 이렇게 대단하다.

"좋아, 스티븐. 그 멜로디에 아주 잘 어울리는데. 이제 화음을 넣을 수 있을까?"

나는 생각했다.

'흥, 채 두 개 가지고 어떻게 화음을 넣을 수 있겠어?'

하지만 스티븐은 곧 놀랄 만한 일을 했다. 스티븐은 박자를 하나도 놓치지 않고 계속 연주하면서 두 손에 채를 하나씩 더 들었다. 그러고는 채들을 손가락 사이에 고루 퍼지게 하여 젓가락 한 짝씩을 거꾸로 들고 있는 것과 비슷한 자세를 잡았다. 그리고 아니나 다를까, 멜로디 부분과 화음 부분을 동시에 연주하기 시작했다. 마지막으로, 내가 너무 기가 죽어 두 사람의 미치광이 같은 솜씨를 보기 어려운 지경에 이르렀을 때, 스티븐이 등 뒤에 놓여 있는 실로폰으로 팔을 뻗었다. 그러고는 마림바와 실로폰을 각각 한 손으로 치는 독주로 연주를 마쳤다.

독주의 마지막 마디에서 아네트와 스티븐은 서로를 보면서 싱긋 웃었다. 그러고는 완벽한 호흡으로 '지붕 위의 바이올린' 선율의 종결부를 함께 연주했다. 그들이 연주를 마쳤을 때 나는 박수를 쳤다. 아네트는 스티븐 쪽으로 고개를 돌리며 말했다.

"잘난 척하기는!"

"잠깐, 스티븐은 **별로** 잘난 척하지 않았어. 난 스티븐이 채에 불이 붙을 정도로 움직이고, 독주를 하면서 채를 공중에 던져 묘기를 부리고, 발로는 베이스 드럼을 치길 기다리고 있었는데."

두 사람은 내가 마치 새끼 물개라도 때리다 들킨 것처럼 나를 쏘아보았다. 나는 철커덩스가 **음악을 아주 진지하게** 대한다는 사실을 깜빡했다.

"좋아, 그건 다음 기회에 보지, 뭐."

내 말에 다시 쏘아보는 눈길이 날아들었다.

"안녕, 친구들. 내가 왜 여기 왔는지 궁금할 거야. 내가 왜 **지금** 왔는지 궁금할 거란 말이지. 아직 수업 끝 종이 울리지 않았는데 말이지. 그러니까 수학 시간에 말이지. 난 지금 수학 수업을 들어야 하거든. 수학. 미적분. 어……."

쏘아보는 눈길이 계속 날아들었다.

"너희 혹시 노인들을 돕고 싶지 않니?"

두 사람의 눈이 반짝였다. 우물우물 말하는 얼간이치고는 나도 꽤 유능한 세일즈맨이다.

다시 노인 요양원

그날 저녁 나는 기쁜 소식을 가지고 솔 할아버지 방으로 들어갔다. 손바닥에서 땀이 났다. 솔 할아버지가 나한테 화가 나지 않았다고 로리가 말한 것은 잘 알고 있었다. 로리가 늘 맞지만, 그렇다고 딱 맞는 것은 아니었다. 솔 할아버지는 보이지 않았다. 그래서 의자에 앉아 오후 일을 생각해 보았다. 스티븐과 아네트는 나를 약간 놀라게 했다. 그들은 성공적인 자선 콘서트를 열려면 준비 기간으로 몇 달은 필요하다고 했다. 그래서 우리는 몇 주만 연습해 노인 요양원에서 비공식적인 무료 연주회를 열기로 합의했다. 그들은 또 나한테 매주 월요일과 수요일 오후 4시 30분까지 연습을 해야 한다고 했다. 두 사람은 어쨌든 그 시간에 돌연변이처럼 그냥 재미로 연습을 하고 있었다. 그래서 이제 나한테는 **정말로** 생활이라는 게 없어졌다. 두 사람과 기타와 더불어 있으면서 생활이 없는 게 집에 혼자 있으면서 생활이 없는 것보다는 나았지만.

아, 물론 생활이 **있는** 게 두 경우보다 더 낫다는 생각이 떠오르기는 했다.

나의 한심한 사회적 처지를 생각하며 침울해지려고 하는 순간, 엘리베이터 가까이에서 '**후하**' 하는 소리가 울려 퍼졌다. 잠시 뒤 솔 할아버지가 방 안으로 들어왔고, 재미가 시작되었다.

"이야, 이게 누구야? 미스터 음, 강제로 일하는 자원 봉사자! 새해 복 많이 받아라. 나를 아무도 거들떠보지 않는 외로운 노인 신세로 만들어 놓고 멋진 한 해의 마지막 밤을 잘 보냈니?"

"들어 보세요, 솔 할아버지. 제가 뛰쳐나간 것은 미안합니다. 그리고 제가 어떻게 해서 이곳에 오게 되었는지 설명하지 않은 것도 죄송해요. 하지만 저는 할아버지가 **알고 있을 거라고** 생각했어요."

"알렉스, 알렉스. 언젠가 너도 진짜로 사과할 때는 중간에 '하지만'이라는 단어가 나오지 않는다는 것을 알게 될 거다. 아무튼 고맙다. 오늘은 나를 위해 연주 안 하니?"

"네. 하지만 아주 중요한 소식이 있어요. 몇 주 뒤에 제가 여기에서 재즈 콘서트를 열 거예요. 오고 싶은 사람은 누구나 올 수 있어요."

"**네가** 콘서트를 연다고? 누구랑 같이?"

"우리 학교에 천재 같은 아이들이 둘 있어요. 드러머인 스티븐하고 피아니스트인 아네트예요. 저는 기타를 칠 거고요. 아주 멋질 거예요."

"아주 멋질지는 잘 모르겠다만, 호흡 치료를 받으려고 여기 가만히 앉아서 수치료법에 쓰는 물에 누가 침을 뱉어 놓은 게 아닐까 하고 생각하는 것보다는 재미있을 것 같구나."

"우아, 그렇게 열렬히 환영해 주시니 고맙네요."

솔 할아버지는 완전히 비꼬는 것에는 무감각하거나, 아니면 비꼬는 것을 너무 잘 맞받아쳐서 할아버지가 나를 조롱한다는 사실을 내가 알아차리지 못했나 보다.

"뭘 그 정도 가지고, 욘석아. 하지만 공연을 여는 것이 얼마 힘든 일인지 알고나 있길 바란다."

"무슨 뜻이에요? 저는 전에도 공연을 해 본 적이 있어요. 연습을 하고, 공연에 나오고, 연주하면 그만 아닌가요? 안 그래요?"

"네가 공연 장소를 예약할 수 있다면 그럴 수도 있지. 그리고 그 행사를 계획대로 진행할 수 있도록 허가를 받는다면.

그리고 이 병원을 운영하는 구두쇠 녀석이 노인들을 행사장까지 데려가고 다시 데려오는 데 드는 비용을 낼 뜻이 있다면. 그리고 너희한테 필요한 전기, 마이크, 전선, 스피커, 조명 등이 다 있다면 말이지."

솔 할아버지가 이런 것들을 어떻게 그리 잘 아는지 물어보는 게 아마도 좋은 생각이었을 것이다. 하지만 이날 나는 좋은 생각을 이미 모두 써 버린 터였다.

"무슨 말인지 알겠어요, 할아버지. 걱정 마세요. 제가 다 알아서 할 테니까요. 저를 믿으세요."

"후, '저를 믿으세요.'라고? 우리 할머니는 늘 나한테 '니시트 아조이 기히 마흐트 지히 비 에스 트라흐트 지히.'라고 말씀하셨어."

"무슨 뜻이죠?"

"실제로 하는 것보다 말은 쉽다. 욘석아. 실제로 하는 것보다 말은 쉽다."

"좋아요. 할아버지, 오늘 드릴 말씀이 또 있어요. 저는 진짜 범죄자가 아니에요. 제가 곤경에 빠진 이유는 딱 하나, 그러니까 우리 부모님이 이혼하고, 엄마는 데이트하려고 밖에 나가시고, 그래서 저는 엄마의 차를 타고……."

"잠깐. 술 마신 건 어쩌고?"

"좋아요. 저는 술을 마셨어요. 하지만……."

"거 봐라, 알렉스. 또 '하지만'이라고 하지? 하지만, 하지만, 하지만. 늘 하지만 타령이야. 넌 범죄자가 아니야. 어쩌면 착한 아이일지도 몰라. 하지만 너는 나쁜 일을 했고 체포되었어. 그러면 충분해. 나머지는 모두 변명일 따름이야."

"하지만……."

"거 봐."

"으으아아악! 할아버지는 정말 사람 기를 너무 죽여요."

"알아. 거기에다 미남이기도 하지. 하느님, 감사합니다. 내가 이 세상에서 사람들과 어울려 살 수 있을 거라고 누가 생각이나 했겠습니까?"

트렌트 판사님께

제가 자원 봉사 일에서 새로운 발전을 이루었다는 것을 전하게 되어 기쁩니다. 즐거운 마음으로 루이스 씨를 간호하게 되면서, 제가 마음만 쏟는다면 많은 일을 할 수 있음을 깨달았습니다. 이런 마음으로 저는 노인 요양원에 있는 모든 사람들을 위해 콘서트를 열기로 했습니다. 루이스 씨가 좋아하는 재즈 음악으로요. 이 콘서트가 요양원 사람들에게 즐거운 문화적 경험을 안겨 주고, 또한 최근에 건강이 나빠진 루이스 씨가 몸을 회복하는 과정에서 뭔가 기대할 만한 거리를 줄 것 같습니다.

어제 루이스 씨에게 제 계획을 말씀드렸더니 잔뜩 기대하는 눈치였습니다. 딱 한 번의 방문에서 그분은 저한테 새해 복 많이 받으라는 말을 했고, 제가 착한 아이라고 했고, 그분 말을 그대로 옮기자면 콘서트가 '재미있을 것' 같다고 했습니다. 네, 이제 판사님은 우리가 진짜 끈끈한 관계가 되었다고 생각해도 좋을 것 같습니다.

저한테 멋진 성장의 기회를 주셔서 고맙습니다.

1월 3일

알렉스 그레고리

추신

제 형량은 이제 42시간밖에 남지 않았습니다. 전에 제가 노인 요양원에서 일할 시간을 늘려 달라고 한 부탁을 생각해 보셨나요? 만약 솔 할아버지를 그만 만난다면, 솔 할아버지가 저를 많이 보고 싶어 할 것 같습니다.

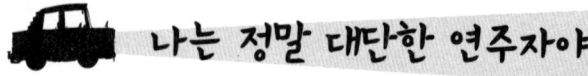

나는 정말 대단한 연주자야

스티븐과 아네트와 함께한 첫 연습 시간은 마치 질주하는 말에 이리저리 끌려 다니는 것 같았다. 더욱 기쁜 사실 하나, 로리가 연습 시간 중간에 우리를 보러 온다고 했다. 왜냐고? 내가 완전히 망신당할 가능성이 있는 경우, 맨 앞자리에 앉아서 보고 싶어 하는 사람이 로리이니까.

나는 악기를 준비하면서, 스티븐과 아네트에게 내가 연주하고 싶은 곡들을 이야기했다. 기본적으로 우리 재즈 밴드에서 이미 연주한 곡들 가운데 가장 쉬운 곡들이었다. 한편으로는 시간 여유가 별로 없었고 다른 한편으로는 스티븐과 아네트가 나보다 실력이 훨씬 뛰어났기 때문에 쉬운 곡이 좋겠다고 생각했다. 두 사람 모두 곡 목록에 동의했다. 이제 시작할 준비가 된 셈이었다. 두 사람은 나를 멀뚱히 바라보았다. 마침내 아네트가 말했다.

"알렉스, 첫 곡을 말해 봐."

"'자비, 자비, 자비'가 어떨까?"

두 사람은 악보를 꺼내 보면대(음악을 연주할 때 악보를 펼쳐서 놓고 보는 대 : 옮긴이)에 놓았다. 그러고는 다시 나한테 '넌 바보야.'라는 듯한 눈길(솔 할아버지는 언젠가 그런 눈길을 '생선 눈깔'이라고 말한 적이 있다.)을 보냈다. 유치원 선생님이 가장 굼뜬 학생에게 말할 때 내는 목소리로, 스티븐이 내게 물었다.

"시작하게 숫자를 세 줘야지."

내가 지휘를 하다니 기분이 이상했다.

"그래. 하나, 둘, 셋, 넷."

우리는 연주를 시작했다. 하지만 이내 뭔가 잘못되었나는 것을 알았다. 아네트가 연주를 멈추었다.

"너무 빨라, 알렉스. 이 곡은 깊이 있게 연주해야 해."

아, 잘났어, 정말.

"미안해. 하나, 둘, 셋, 넷."

아네트 말이 맞았다. 새 템포가 더 좋았다. 스티븐은 잔잔하게 백비트(4비트 음악에서 제2와 제4박을 강조하는 로큰롤 특유의 리듬 : 옮긴이)를 넣고 있었다. 아네트는 왼손으로는 멋진 저음 부분을, 오른손으로는 화음을 연주했다. 나는 멜로디를 연주하면서 실제로 연주를 잘하고 있다고 생각했다. 그런 다음 독주 부분으로 넘어갔다. 이때부터 온갖 끔찍한 일이 벌어졌다. 처음에 나는 화음을 연주하고, 아네트가 독주를 했다. 이건 딱히 어려울 게 없었다. 그러나 곧이어 아네트가 여기저기에서 펑키(재즈에서 흑인적인 감각이 풍부한 리듬이나 연주 : 옮긴이) 악센트를 구사하자, 나는 그만 박자를 놓치고 말았다. 이때 상황은 마치 내가 어떤 숫자를 기억하려고 하는데, 옆에서 친구가 나를 정신없게 만들려고 일부러 큰 소리로 숫자를 외치는 것과 비슷했다.

나는 아네트 때문에 정신이 없었다. 내가 완전히 박자를 놓친 것을 깨달은 아네트는 나한테 눈길을 돌리고는 말했다.

"열여덟-둘-셋-넷, 열아홉-둘-셋-넷."

그래서 우리가 몇 소절을 하고 있는지 알 수 있었다. 다섯 소절이 끝난 뒤, 이제는 스티븐이 나를 바보로 만들 차례였다. 갑자기 아네트가 다시 화음을 연주하기 시작했다. 그래서 나는 얼른 멜로디를 맡으려고 했다. 내가 막 느낌을 되살리려고 노력하는 순간, 스티븐이 탐탐(드럼 세트에서 작은북보다 작은 북 : 옮긴이)으로 기이한 엇박자 연타를 시작했다. 동시에 스티븐은 심벌즈로 빠르고 작은 오프 비트(재즈의 규칙적이고 전형적인 비트와 대조를 이루는 자유로운 악센트 : 옮긴이)를 넣었다. 나는 일정하게 쿵쾅거리는 큰북 소리에 집중함으로써 이 대혼란을 벗어나 박자를 놓치지 않으려고 애썼다. 스티븐이 결국 큰북도 오프 비트로 변칙적으로 연주하기 전까지는.

절망적이었다. 나는 폭풍이 어지러이 몰아치는 드넓은 리듬의 바다에서 조난당한 꼴이었다. 내가 완전히 헤매는 순간, 로리가 연습실로 들어왔다. 로리는 스티븐이 내 귀에 대고 뼈아프게 속삭이는 것을 보았다.

"쯧! **관둬!**"

나는 연주를 멈추었고, 스티븐과 아네트는 연주를 계속해 곡의 나머지 부분을 드럼과 피아노의 멋진 대화로 만들었다. 스티븐이 리듬을 연주하고, 아네트가 다시 리듬으로 화답하고. 아네트가 높은 음을 딸랑딸랑 종소리처럼 연주하면, 곧바로 스티븐이 심벌즈로 종소리를 내어 메아리를 만들고. 스티븐이 큰북을 미친 듯이 두드리면, 갑자기 아네트가 정신 나간 듯이 낮은 음으로 질풍처럼 맞받아치고. 나는 기타를 무릎에 괴어 놓고 그저 멍하니 앉아 있었다. 로리는 그 장면을 보고 고개를 가로저었다. 그 순간 갑자기 스티븐과 아네트가 완벽한 조화를 이루며 곡의 주제 부분을 연주했다. 곧이어 완벽한 페이드아웃과 함께 곡이 끝났다. 로리는 박수를 쳤다. 나는 로리를 쏘아보았다. 다른 사람의 눈길이 모두 나한테 쏠렸다. 나는 뭔가 말을 해야 했다.

"이 곡은 잘될 것 같다. 다음 곡은 뭐지?"

"지금 농담하니? 우리는 이 곡을 처음부터 다시 해야 해. 안 그래, 스티븐?"

"응, 그래. 하지만 지금 당장은 좀 더 쉬운 곡을 연주하는 게 좋을지 모르겠다. 다음에……."

"무슨 다음? 내가 너희들처럼 마음속 텔레파시를 개발한 다음?"

"아니. 그냥 네가 음악을 배울 때까지. 넌 평소에도 이렇게 성질이 급하니?"

로리가 목청을 돋울 수밖에 없었다.

"맞아. 알렉스는 평소에도 그래, 스티븐."

그래서 우리는 처음부터 다시 시작했다. 그리고 처음부터 다시, 그리고 또다시. 내가 나 자신을 위해 '자비, 자비, 자비'를 싹싹 빌 지경에 이를 때까지. 그러나 어찌 됐든 우리는 내가 완전히 자기 파괴적이지 않은 채 곡을 처음부터 끝까지 연주할 수 있는 수준까지 발전했다. 분명 발전이었다. 우리는 다른 두 곡도 처음부터 끝까지 연주해 보았다. 그리고 나는 어찌어찌해서 나름대로는 잘했다고 스스로를 속여 믿게 할 정도까지는 성공했다. 연습 시간이 끝나자 아네트는 집에서 혼자 연습할 때 중점을 두어야 할 것들의 목록을 나에게 주었다. 나는 이렇게 생각했다.

'우아! 아네트가 두목 행세를 하네. 스티븐은 이런 걸 어떻게 견디지?'

하지만 두 사람은 함께 있을 때 아주 행복해 보였고, 내 데이트 기록은 세상에서 완전히 버림 받은 사람 것이나 다름없었으니, 내가 뭘 잘 모르는 것이리라.

집으로 걸어가는 동안 나는 로리가 이제나저제나 내 연주 실력에 대해 퍼붓기를 기다렸다. 하지만 로리는 뭔가 깊은 생각에 잠겨 있는 듯했다. 로리가 이럴 때가 가끔 있다. 예를 들면 우리가 아홉 살 때, 로리는 나한테 자기 집 뒷마당에서 캠핑을 하자고 했다. 우리는 잠들 때까지 별에 대한 이야기를 지으며 놀았다. 또 한번은 바닷가에 같이 있는데, 로리는 유럽이나 아프리카에서 다른 두 아이가 우리처럼 바닷가에서 같은 파도가 밀려기는 것을 지켜보고 있지는 않을까 하고 궁금해했다. 로리의 오늘 밤 생각 메뉴는 행복한 결혼이었다.

"알렉스, 이 시간에 너희 부모님이 함께 계실 것 같니?"

"모르겠는데. 왜?"

"난 문득 이런 생각이 들었어. 그러니까 처음에 두 분을 갈라서게 만든 일이 또다시 두 분을 갈라서게 만들지 않을까 하는 생각."

"뭐, 상황에 따라 다르겠지. 먼저 나는 뭐가 문제였는지도 확실히 모르겠어. 하지만 지금쯤 달라지지 않았을까. 사람들은 원한다면 더 좋은 쪽으로 변화할 수 있다고 생각하지 않니?"

"잘 모르겠어. 우리 엄마는 끔찍한 아내였고 우리한테는 끔찍한 엄마였어. 하지만 지금은 새 남편과 함께 다시 노력하고 있지. 그러니 **엄마는** 자신이 변했다고 생각하시겠지."

"모든 게 너희 아빠 잘못이라고 생각하지 않으신다면, 너희 새 아빠한테 완벽한 짝이 될 수도 있겠지."

"있잖아, 알렉스. 아마도 엄마는 새 아빠한테 완벽한 짝일 거야. 두 사람 다 바보거든!"

로리는 잠시 아무 말도 하지 않았다. 그러고는 입김을 후 불어 눈을 덮은 머리카락을 치웠다.

"하지만 남자랑 여자랑 같이 행복하게 살 **수 있는** 것 같아. 그렇지? 그러니까 어떤 식으로든 어디에선가는 말이야."

"물론이지, 로리. 스티븐과 아네트를 봐. 아네트는 이것저것 어찌나 참견을 하던지, 아마 연습이 끝나고 스티븐에게 이러쿵저러쿵 지시했을 거야. 그런데도 스티븐은 아네트가 마냥 좋은가 봐."

"알렉스, 뭐 좀 물어봐도 돼?"

"물론이지."

"저기. 너, 아네트가 예쁘다고 생각하니?"

나는 이렇게 소리치고 싶었다.

'네가 훨씬 더 예뻐!'

하지만 이런 말에 로리가 어떻게 반응하는지 여러분은 모를 것이다. 로리가 대개 애용하는 방법은 '느닷없이 가라테 사용하기'다. 그래서 그냥 이렇게 말했다.

"응, 예쁜 것 같아. 밴드에 미친 애치고는 그렇다고. 그런데 왜?"

"모르겠어. 스티븐은 아네트가 달이라도 되는 듯이 바라보더라. 남자가 나를 그렇게 바라보면 기분이 참 좋겠다는 생각이 들어. 나를 위해 걱정하고 생각해 주는 사람이 있으면 평생 같이 살 수도 있을 것 같아."

"나도 그 정도는 너를 위해 걱정하고 생각해."

이런, 뱅! 내가 이런 말을 입 밖에 내다니.

"그래. 하지만 내 말은 진짜 남자 말이야."

이 말에 아마도 내 얼굴빛이 변했나 보다. 로리가 다시 덧붙인 걸 보니.

"내 말은, 넌 진짜 남자야. 잘생겼고, 나한테 잘해 주고, 웃기고…… 또…… 모르겠어. 멋지고. 하지만 넌 알렉스잖아. 무슨 말인지 알지?"

"그래, 알 것 같다."

하지만 어쨌든 나는 조금 상처를 받았다.

"내가 보기에 진짜 섹시한 애가 누군지 아니? 우리 반의 스테파니 사이먼이야."

"그 한심한 치어 리더 말이야? 진짜?"

"응, 그래. 진짜로."

"네 생각에는 걔가 약간…… 글쎄, 뭐랄까…… 약간 헤픈 것 같지 않니? 딱 달라붙는 옷도 그렇고, 이것저것 봐도."

"그렇지. 하지만 걔한테는 다른 장점이 있어."

"아, 그러셔. 웃기네. 그런데 걔 얼굴 좀 이상하지 않아?"

"스테파니 사이먼이 얼굴도 있어? 난 얼굴까지 볼 정신은 한 번도 없어서. 나만 몰랐나?"

그 순간, 일격이 날아들 것을 알았다. 하지만 멈출 수 없었다. 이게 바로 로리한테는 검은 띠가, 나한테는 검은 멍이 수많은 이유다. 하지만 이번 로리의 한 방은 진짜 셌다. 로리임을 감안하고서라도 말이다.

"으으아악!"

"내가 이렇게 하면 아프니? 하, 나만 몰랐나?"

어느덧 우리는 로리의 집 앞에 와 있었다. 로리는 집 앞길을 따라 뛰어 들어갔다. 나는 뒤에 남아, 철학적인 토론을 하다가 어떻게 몇 블록 만에 내가 얻어터지기에 이르렀는지 어리둥절해했다. 나는 로리가 집 안으로 들어갈 때까지 지켜보았다. 문을 닫기 직전, 로리는 나를 보고 혀를 쭉 내밀었다. 이상한 일이었다. 방금 무슨 일이 일어났든 간에 그 일을 먼저 시작한 사람은 로리였으니까.

트렌트 판사님께

에그버트 P. 존슨 기념 노인 요양원에서 처음으로 열리는 '겨울 재즈 ○○○'(생각나는 대로 곧 멋진 이름을 붙일 거예요.)에 머리 숙여 판사님을 초대하게 되어 무한한 영광입니다. 이 행사는 멋진 콘서트가 될 거예요. 제가 드럼을 치고, 조숙한 재즈 천재 스티븐 알퍼와 아네트 왓슨이 드럼과 피아노를 각각 맡을 거예요. 공연은 노인 요양원 1층에 있는 휴게실에서 2월 7일 6시 정각에 열릴 예정입니다.

저는 노인들을 돕는 일에 대한 새로운 열정의 힘과 진정성과 더불어 일을 꾸리는 능력과 음악 솜씨를 보여 줄 수 있는 이 기회를 아주 소중히 여기고 있습니다.

힘든 일이 아니라면, 참석 여부를 최대한 빨리 알려 주시기 바랍니다. 그래야 제가 판사님이 잘 아시는 저희 엄마와 제 벗 솔로몬 루이스 씨 사이에 판사님을 위한 자리를 예약할 수 있으니까요.

고맙습니다.

1월 26일

알렉스 그레고리

알렉스에게

너의 콘서트는 정말 멋진 행사 같구나. 그리고 관련된 모든 사람들에게도 좋은 배움의 기회가 될 것 같구나. 하지만 나는 개인적인 일이 있어서 너의 초대를 거절할 수밖에 없단다.

이 의미 있는 노력에서 네가 큰 성공을 거두었다는 소식을 기다리겠다.

1월 30일

판사 J. 트렌트

놀라운 밤

1월은 처음부터 끝까지 정신없이 보낸 강행군의 나날이었
다. 나는 일주일에 두 번 철커덩스와 연습을 하고, 나머지 날
에는 솔 할아버지를 방문했다. 주말에는 외출 금지를 당하지
않았지만, 1월 마지막 주에 있었던 중간고사 공부를 하느라
스스로 외출 금지를 해야 했다. 우리 부모님은 이제 공식적
으로 '데이트'를 하고 있었다. 이건 이상하고 낯 뜨거운 일이
라 아예 모르는 척하려고 애썼다. 하지만 아빠가 필라델피아
로 이사하는 계획을 한동안은 접어 둔 것 같다는 것쯤은 알
았다. 그리고 무엇보다도 로리와의 일은 정말이지 이상하고
어색하기 짝이 없었다. 나는 진심으로 나의 옛 친구 로리가
돌아오기를 바랐다. 같이 웃고, 에그 크림을 만들고, 쇼핑몰

식당에서 쫓겨나고, 그냥 이것저것 하며 돌아다닐 수 있게 말이다. 그러나 그 대신 내게는 기이한 새 로리, 즉 덜 웃고 나를 더 때리는, 그러면서도 계속 자기를 생각하게 만드는 로리가 생겼다. 나는 늘 피곤했고, 끔찍한 것들이 뒤죽박죽 된 꿈을 꾸곤 했다. 얼토당토않게 음이 틀린 기타 소음, 무시무시한 수학 시험, 미국 역사에 대한 근거 없는 사실들, 부모님과 로리, 솔 할아버지와 로리, 아네트와 스티븐과 로리 등등.

그나마 꿈에 로리가 가장 많이 나와서 다행이었다.

어찌어찌해서 나는 1월을 버텨 냈고, 중간고사도 무사히 치렀고, 이제 콘서트를 위한 마지막 연습을 하러 오게 되었다. 기타와 악보까지 잊지 않고 챙겨 왔다. 대견한 일이 아닐 수 없었다. 철커덩스도 모든 준비를 마치고 나를 기다리고 있었다. 하지만 평소 열성적인 철커덩스는 죄를 진 듯한 이상한 표정을 짓고 있었다. 이윽고 아네트가 폭탄을 던졌다.

"알렉스, 무엇보다도 먼저 우리는 네가 내일 노인 요양원에서 연주할 기회를 마련한 것에 대해 고맙다는 말을 하고 싶어. 사람들을 도울 기회를 갖는 것은 좋은 일이야. 그리고 너도 알다시피 우리는 연주하는 것을 아주 좋아해. 하지만……."

아네트는 말을 멈추고 음악광한테 어울리는, 사립학교 교복처럼 생긴 치마의 주름을 폈다. 믿기 어려웠지만 아네트는 초조한 기색을 보이고 있었다.

"하지만 뭐?"

"어…… 우리 생각에는 네가 내일 우리와 함께 연주할 준비가 안 된 것 같아. 스티븐은 자기가 맡은 부분을 빠삭히 알고 있어. 나도 내가 할 부분을 문제없이 해낼 것 같고. 하지만 네 연주는 아직도 필요한 수준에 이르지 못한 것 같아."

"난 그럭저럭 괜찮게 하고 있어. 우리는 콘서트를 무사히 마칠 수 있을 거야. 잘 들어 봐. 바로 지난주 화요일에 너는 내가 독주로 '지붕 위의 바이올린' 멜로디를 연주하는 게 '좋다'고 했어. 적어도 일주일 동안 박자를 놓친다거나 큰 실수를 한 적이 없어."

스티븐은 그렇지 않아도 급속히 작아지고 있는 과녁을 향해 총질을 했다. 그 과녁의 예전 이름은 바로 '나의 자존심'이었다.

"알렉스, 넌 괜찮게 하고 있어. 하지만 우리는 **괜찮은 것** 이상을 원해. 우리는 **아주 잘하기를** 원해. **훌륭하기를** 원해. 네가 처음에 생각했던 것보다 훨씬 더 열심히 노력해 왔다는 것은 알겠어. 그렇지만 너는…… 아직…… 필요한 수준에는 이르지 못했어. 미안해."

"잠깐, 아네트, 스티븐. 내 말 좀 들어 봐. 노인 요양원에 있는 분들은 모두 우리만 바라보고 있어. 그분들은 몇 주 동안 콘서트를 기다려 왔어. 살날이 얼마 안 남은 그분들한테는 자그마한 위로가 필요해. 우리가 그분들 얼굴에 웃음을 가져다줄 수 있어. 누가 알겠어? 어쩌면 우리의 작은 콘서트가 힘이 되어 누군가가…… 야, 잠깐. 너희들 왜 웃고 있는 거야?"

로리가 피아노 뒤에서 불쑥 튀어나와 큰 소리로 말했다.

"속았지롱!"

솔직히 로리의 솔 할아버지 흉내는 아주 그럴싸했다. 하지만 로리가 '알렉스 괴롭히기 무기고'에 이 새로운 무기를 보탠 것은 결코 기분 좋은 일이 아니었다.

"우아, 알렉스. 지금 잠깐 보니, 네가 진짜 다른 사람을 위해 걱정하고 생각하는 사람 같다. 겁나는데."

스티븐과 아네트는 이제 배꼽을 잡고 웃었다. 나는 늘 철 커덩스가 딱딱하고 심심한 아이들이라고 생각했다. 하지만 이제 나의 기나긴 오판 목록에 이것도 보태야 할 듯싶다.

"난 다른 사람을 위해 걱정하고 생각하는 사람이야!"

나는 정말로 그랬다. 로리 말이 일리는 있었다. 예전에는 다른 사람을 걱정하거나 생각하지 않았다. 솔 할아버지는 여전히 나를 괴롭히고, 짜증 나게 만들고, 심지어 매번 무척 열을 받게 만들었다. 그러나 나는 이 콘서트가 제대로 열리기를 바랐다.

아네트가 말했다.

"알아, 알렉스. 우리가 철커덩스라고 해서 어떤 사람이 어떤 일을 진지하게 대하는 것을 못 알아보지는 않아. 우리는 많은 연주를 할 테니 걱정 마. 우리가 어떻게 그걸 놓칠 수 있겠어? 로리가 네 친구 솔 할아버지는 이 세상에서 가장 재미있는 분이라고 하더라."

잠깐, 잠깐! 스티븐과 아네트는 내가 자기들을 '철커덩스'라고 부른다는 사실을 안단 말인가? 로리를 **죽이고** 싶은 심정이었다. 바로 그 순간 로리가 등 뒤에서 깜짝 케이크를 꺼냈다.

"축하해, 알렉스. 너는 이 일을 훌륭히 해냈어. 기억에 남을 만한 행사가 될 거야."

로리의 말이 맞았다. 로리기 이런 방법을 들고 나올 거라고는 아무도 상상할 수 없었을지라도. 콘서트는 어느 모로 보나 성공이었다. 무대가 마련되었고, 직원들은 모든 사람이 시간에 맞춰 제자리에 앉도록 했다. 노인들은 음악을 아주 좋아했다. 스티븐과 아네트는 연주를 하면서 짜릿한 흥분을 맛보았다. 우리 아빠와 엄마는 로리와 솔 할아버지와 함께 맨 앞줄에 나란히 앉았고, 어떤 식으로든 다투는 장면을 연출하지 않았다. 그리고 나는 공연 전반부에서 당황할 만한 큰 실수를 하나도 하지 않았다.

공연이 시작했을 때 약간 긴장한 점은 인정한다. 먼저 통통한 부인인 노인 요양원 책임자가 나와 몇 마디를 했다. 젊은이들이 지역 사회 일에 적극 나서는 모습이 얼마나 보기 좋은지 모르겠다느니, 이러쿵저러쿵. 그러고는 마이크를 나한테 넘겼다. 나는 음악에만 너무 신경 썼던 터라 사람들 앞에서 말을 해야 한다는 것은 한 번도 생각하지 못했다. 엄마와 아빠를 보았다. 두 분은 몸을 약간 앞으로 숙이고는 나의 빛나는 연설을 들을 준비를 했다. 솔 할아버지를 바라보았다. 솔 할아버지는 냅킨으로 입을 가리며 심하게 기침을 하느라 무대에는 전혀 신경도 쓰지 않았다. 로리에게 눈길을 돌렸다. 로리는 두 눈을 감고 나를 향해 혀를 삐죽 내밀었다. 나는 숨을 들이마셨다.

"신사 숙녀 여러분, 오늘 와 주셔서 고맙습니다. 정확히 말하면 오신 것은 아니지만요. 다들 여기에 사시니까요. 하지만…… 음, 제 말뜻을 이해하실 거예요. 어쨌든 저는 알렉스예요. 드러머는 스티븐이고요. 저기 있는 아네트가 피아노를 치고요. 지금 치고 있지 않지만, 제가 말을 마치면 곧바로 칠 거예요. 좋아요. 첫 번째 연주곡은 '자비, 자비, 자비'라는 곡이에요."

나는 자화자찬식 연설이 '올해의 연설 상'을 받을 리 없다

166

는 사실을 선선히 인정할 만큼 사나이다. 하지만 최소한 내가 어디에 걸려 넘어져 무대 밖으로 떨어져 할아버지 할머니 재즈 팬 세 명을 깔아뭉개 죽이지는 않았잖은가. 뭐, 어쨌든 이제 연주를 할 시간이었고, 우리는 연주를 시작했다. 내가 좀 더 여유 있고 편안하게 연주했다면 더 좋았겠지만, 아무튼 눈총 받을 만한 실수는 하지 않았다. 게다가 철커덩스의 실력이 사람들의 눈과 귀를 사로잡을 만큼 워낙 뛰어나서, 내가 악보를 거꾸로 보면서 잘못된 음을 연주하고, 성난 고양이 다섯 마리를 공중에 던지고 놀면서 기타에 불을 질러도 사람들이 나한테 눈길 한 번 보내지 않았을 것이다. 나는 그저 두 사람이 연주하는 데 한발 비켜서서, 화음을 연주할 때가 되면 화음을, 멜로디를 연주할 때가 되면 멜로디를 연주하고 독주 부분은 아주 간단하게 했다. 스티븐은 섬세한 폭풍이었다. 팔이 움직이는 것 같지도 않았다. 그러면서도 신기하게 무척이나 빠른 즉흥 연주를 해냈고, 언제나 **정확한** 지점에서 연주를 멈추었다. 큰북은 곡의 처음부터 끝까지 춤을 추며 아네트가 연주하는 피아노의 낮은 음들과 착착 감기었고, 음이 매끄럽게 바뀌는 느낌으로 우리 모두를 몰아쳤다. 스티븐이 이렇게 수준 높은 연주를 했다는 말을 들어 본 적이 없는 것 같았다. 그리고 아네트. 맙소사! 언젠가 스티븐에게서 아네트가 연주할 때 가장 아름답다는 말을 들은 적이 있었다. 그때는 실감하지 못했는데 지금 보니 아네트는 정말 인상적이었다. 아네트의 손가락은 스티븐의 손처럼 경쾌하게 날아다녔다. 얼굴은 평온 그 자체였다. 마치 이 일을 위해, 정확히 이 일을 위해, 완전히 이 일만을 위해 태어난 것처럼. 그리고 이따금 스티븐과 함께 텔레파시를 주고받는 듯한 악센트를 구사할 때면, 지켜보는 내가 하마터면 얼굴이 빨개질 정도로 스티븐에게 눈길을 고정했다. 하지만 나는 얼굴이 빨개지는 대신, 눈길을 돌려 로리를 바라보았다.

좋다. 나는 실제보다 더 꿈처럼 들리게 이야기를 하고 있다. 한 가지, 나는 공연 내내 국제 베이컨 축제에 있는 돼지처럼 땀을 뻘뻘 흘렸다. 또 한 가지, 두 번이나 픽을 떨어뜨렸고, 한 번은 무대 밖으로 악보를 떨어뜨렸다. 바로 그때 솔 할아버지가 공연을 보고 있다고 100퍼센트 확신할 수 있는 순간이었다. 떨어진 악보를 주우려고 미친 듯이 팔을 뻗었을 때 솔 할아버지가 터져 나오는 웃음을 가리려고 헛기침하는 소리가 들렸기 때문이다. 그리고 노인 요양원 아니랄까 봐, 우리가 조용한 부분을 연주할 때마다 객석에서 기침 소리가 끊임없이 이어졌다.

그러나 중간 휴식을 위해 무대를 걸어 내려갈 때 나는 무척 기분이 좋았다. 휴식 직전에 재치 있는 공고를 하나 하기도 했다.

"우리는…… 어…… 이제 잠깐 쉴 겁니다. 그런 다음…… 음…… 몇 곡 더 연주할 참입니다. 여러분이 그때까지 여기 계신다면요."

로리는 나한테 정말 멋진 말이었다고 했고, 요양원 책임자는 나를 향해 엄지손가락을 치켜들었고, 부모님은 웃으면서 내 쪽으로 걸어왔다. 하지만 솔 할아버지가 한발 앞서 내 팔을 붙잡았다.

"알렉스, 나를 위해서 네가 해야 할 일이 하나 있다."

"저는 지금 바쁜데요, 솔 할아버지. 몇 분 뒤에 다시 연주를 해야 돼요. 공연 재미있어요?"

"그럼, 재미있지. 너 정말 대단하더라, 알렉스. 하지만 내 방으로 뛰어가서 안경 좀 가져다주겠니?"

"지금 끼고 있는 안경에 무슨 이상 있어요?"

"안경이 살갗에 자꾸 쓸려서 제대로 볼 수가 없어. 야간 당직 간호사가 '시메케게(엉터리)'가 아니어서 어젯밤에 내 방에 있는 물건을 모조리 옮기지만 않았어도 이런 일은 생기지 않았을 텐데. 얘야, 가서 좀 가져올래?"

이제 전국에 있는 모든 사람들이 나를 지켜보는 듯한 느낌이 들었다. 노인에게 안경도 가져다주려고 하지 않는 인정머리 없는 아이라고.

"좋아요. 어디를 찾아봐야 하지요?"

"어디에 있는지 알면 처음부터 그 안경을 쓰고 왔겠지. 몰라. 하지만 내 방에는 그 안경밖에 없어. 너처럼 재능 많은 젊은이한테는 어려운 일이 아니겠지?"

나는 솔 할아버지 방에 갔다가 곧 돌아올 것이라는 말을 하려고 스티븐과 아네트를 찾아보았다. 하지만 두 사람은 화장실이든 어디든 뛰어갔나 보다. 로리가 나를 보고 말했다.

"걱정 마, 알렉스. 철커덩스한테는 내가 말해 줄게."

내가 발걸음을 돌리는 순간, 아무것도 모르는 아빠가 로리한테 물었다.

"철커덩스가 뭐냐?"

모두 1층에 있었기 때문에 솔 할아버지의 방이 있는 복도는 으스스한 느낌이 들 만큼 적막했다. 학교에 갔는데 복도에 아무도 없는 꿈과 비슷한 느낌이었다. 사방은 점점 더 어두워지고, 비명을 지르면서 도망치려고 기를 써 보지만, 이미 늦었다. 왜냐하면 어디선가 손이 쑥 나와서…….

어쨌든 약간 오싹한 기분을 느꼈다. 방을 휘 둘러보았지만 안경 비슷하게 생긴 것도 보이지 않았다. 재빨리 서랍장의 서랍을 하나하나 열어 보았다. 하지만 안경은 어디에도 없었다. 이때쯤 되자 가면을 쓴 살인자가 금방이라도 나를 덮칠 것만 같은 기분이 들었다. 그래서 더 부지런히 안경을 찾아보았다. 맨 아래 서랍을 열어 보니 솔 할아버지의 속옷이 한 가득 들어 있었다. 사각팬티들이었다. 안경이 속옷 더미 속에 있을 수도 있다는 생각이 들었다. 하지만 사각팬티를 만지려니 꺼림칙했다. 서랍장 위에서 아직 쓰지 않은, 혀를 누를 때 쓰는 나무 막대를 찾았다. 포장을 뜯고 나무 막대로 속옷을 이리저리 뒤척이니 뭔가 딱딱한 것이 느껴졌다. 어쩔수 없이 손을 뻗어 만져 보았다. 안경집이었다! 나는 안경집을 꺼내 작은 빗장 장치를 밀어 뚜껑을 열었다.

하지만 그 안에 안경은 없었다. 커다랗고 낡은 열쇠만 하나 있었다.

'안경은 어디에 있지? 안경이 있기는 한 건가? 이게 혹…… 혹…… 혹시 속임수? 맙소사! 솔 할아버지가 뭔가를 꾸민 거야. 나는 왜 이렇게 바보처럼 잘 속아 넘어가지?'

나는 안경집을 들고 방문 밖으로 나와 계단을 걸어 내려왔다. 계단통을 막 벗어났을 때 두려움은 현실이 되었다. 살인자에 대한 두려움 말고 속임수에 대한 두려움 말이다. 스티븐이 드럼으로 빠른 라틴 곡을 연주하는 소리가 들렸다. 아네트도 끼어들어 연주를 시작하자, 나는 그 곡이 스티븐이 아주 좋아하는 티토 푸엔테의 '룸바를 추는 사람들을 위하여(Para Los Rumberos)'임을 알 수 있었다. 도대체 둘이서 무엇을 하고 있단 말인가?

곧이어 내가 아끼는 텔리가 연주에 동참했다. 그런데 내가 한 번도 연주해 본 적이 없는 소리였다. 기타 소리는 폭포처럼 쏟아져 나왔으며, 내가 컨디션이 가장 좋은 날 연주할 수 있는 것보다 더 빨랐고, 내가 홀딱 반할 정도로 정확한 박자였다. 모퉁이를 돌아 휴게실로 들어선 순간, 나는 비명을 지르며 평생 잊지 못할 극적인 장면을 보았다. 간호사들이 자리에서 일어나 몸을 흔들고 있었다. 직원들은 막 자리에 앉고 있었다. 심지어 많은 거주자들이 일어서서 멀쩡한 엉덩이 관절을 가진 사람처럼 덩실덩실 춤을 추고 있었다. 그리고 파티 기운이 느껴지는 이 광란의 온상 앞에, 한 사람이 내 기타를 들고 기가 막힌 연주를 하고 있었다.

안경이 살갗에 쏠린다고 했던 바로 그 사람.

솔 할아버지는 눈길을 돌려 방 맨 뒤쪽에 있는 나를 보았다. 그리고 내가 의심할 나위 없이 기대하고 있던 말을 입 모양으로 말했다.

"속았지롱!"

내가 무엇을 할 수 있었겠는가? 나는 앞으로 걸어가서 엄마와 로리 사이에 있는 솔 할아버지 자리에 섰다. 로리는 싱글벙글하며 나에게 속삭였다.

"알렉스, 정말 깜짝 놀랐어! 네가 어떻게 했는지 모르겠지만, 아무튼 네가 루이스 씨에게 새 생명을 준 것 같아!"

그래, 멋지다. 로리야 쉽게 그런 말이 나오겠지. 나처럼 솔 할아버지가 악마와도 같이 기타를 빼앗는 데 성공한 다음 뒤이어 무대에 올라가서 그 기타로 연주하지 않아도 되니까.

노래가 끝나자 우레와 같은 박수가 터졌다. 나는 주변을 둘러보았다. 골드파브 부인은 시쳇말로 뿅 가 있었다. 솔 할아버지가 연주를 계속한다면 옷가지에 자기 전화번호를 적어 던지기라도 할 것 같았다. 일이 점점 더 비현실적으로 진행되고 있었다. 나는 그 자리에서 곧바로 결심했다. 만약 음악 채널 관계자들이 촬영을 하고 있다면 당장 창문 밖으로 뛰어내리겠다고.

솔 할아버지는 스티븐, 아네트와 함께 몇 곡을 더 연주했다. 솔 할아버지는 자기 식대로 연주한 '지붕 위의 바이올린' 멜로디로 모든 사람을 꿈속을 거닐게 만들고는 고개 숙여 인사했다. 그러고는 마이크 앞으로 걸어갔다. 앗, 이런. 로리가 팔을 뻗어 내 손을 꼭 잡았다. 나는 확신했다. 내 비참한 우거지상과 땀에 젖은 손바닥이 로리를 흥분시켰으리라고. 그런데 어찌 된 영문인지 로리는 내 팔을 비트는 대신 내게 진한 키스를 했다. 번개에 맞기라도 한 듯 당황한 채, 나는 이날 하루가 얼마나 더 나빠질 수 있을지 가늠할 수 없었다.

"신사 숙녀 여러분, 여러분의 열렬한 환호에 감사드립니다. 이제 저는 이 모든 것을 가능하게 만들어 준 젊은이, 오늘 공연의 진정한 스타를 무대로 다시 초대하겠습니다. 여러분, 알렉스 '음' 그레고리입니다!"

모두 박수를 쳤다. 하지만 아빠는 어리둥절한 표정으로 엄마에게 속삭였다.

"'음'이 뭐지?"

솔 할아버지가 이어 말했다.

"자리를 뜨기 전에 잊지 말고 여러분의 웨이터, 웨이트리스, 바텐더 들에게 팁을 주세요. 농담이에요, 골드파브 부인. 조금 웃는다고 죽지는 않겠지요? 아, 그리고 참, 여러분, 무슨 일이 있더라도 집에 가실 때 알렉스에게 운전을 맡기지는 마십시오."

몇몇 사람은 웃음을 터뜨렸고 몇몇 사람은 어리둥절한 표정을 지었다. 무대 쪽으로 내 평생 가장 긴 열 발짝을 걸어갔을 때, 솔 할아버지는 나에게 기묘한 웃음을 지어 보였다. 뿌듯하면서도 화가 난 듯한 미소. 그런 다음 나에게 기타를 건넸다. 나는 스티븐과 아네트와 함께 초조한 밀담을 나누었다 (흠, 초조한 사람은 나였고, 스티븐과 아네트는 솔 할아버지와 함께 연주한 흥분에 아직까지 젖어 있었다.). 이어 나는 마이크 쪽으로 걸어갔다.

"우리는 마지막으로 '올 블루스'라는 짧은 곡을 연주하고 싶습니다. 마일스 데이비스라는 사람의 곡으로, 어······ 솔로몬 루이스 씨 바로 다음에 기타를 연주하는 사람의 마음을 아주 잘 표현한 곡입니다."

'올 블루스'는 내가 알고 있는 한 가장 단순한 재즈 곡이었다. 따라서 내가 새로운 상처를 입지 않고도 이날 밤의 악몽에서 벗어날 수 있도록 도와줄 수 있는 곡이었다. 아네트가 피아노에 자리를 잡고, 이어 스티븐이 드럼 스틱 대신 솔을 들고 정말로 멋들어진 잔잔한 블루스 패턴을 연주하기 시작했다. 이윽고 내가 그것과 어울리는 미끄러지는 듯한, '라' 음을 으뜸음으로 하는 단음계 멜로디와 화음 마디로 연주를 하기 시작했다. 아름다운 선율이 점차 내 뼛속까지 스며들었다. 나는 관객도, 솔 할아버지의 연주도, 그 밖에 모든 것도 잊고 오직 기타 위를 이리저리 움직이는 손가락에만 집중했다. 이어 아네트가 첫 번째 독주를 했다. 너무나 훌륭한 독주라 하마터면 내가 연주를 계속해야 한다는 사실마저 잊을 뻔했다. 잠시 뒤 아네트가 나를 보며 고개를 끄덕였고, 그날 밤 공연의 마지막 독주를 시작했다. 나는 고개를 들어 솔 할아버지를 바라보았다. 할아버지의 얼굴에 어린 슬픔이 내가 연주하는 선율에 맞춰 씻겨 가는 게 보였다. 로리의 두 눈도 내 음악에 맞춰 반짝반짝 빛났다. 우리 부모님은 꽉 잡은 두 손을 하모니에 맞춰 움직이고 있었다. 그리고 몇 마디에 걸쳐 반음 낮춘 5도 음정인 불협화음을 연주하는 사이, 나의 분노도 씻겨 나갔다. 마음의 모든 불편함을 다시 멜로디에 담았을 때, 나는 더 이상 화가 나지 않았다. 그렇다. 솔 할아버지 덕분에 나는 인생에서 가장 중요한 사람들이 포함된 관객 앞에 서게 되었다. 그리고 지금 그 사람들이 나를 위해 박수갈채를 보내고 있었다. 만약 솔 할아버지가 안경 이야기만 꺼내지 않았다면 금상첨화였겠지만.

그리고 사하라 사막에 바람이 불고 비가 왔다면 그곳 이름은 '사하라 야자수 휴양지'로 바뀌었겠지만.

연주를 마치자 사람들은 환호했다. 우리는 짐을 꾸렸다. 아네트와 나는 자기 엄마 차에 드럼을 싣는 스티븐을 도와주었다. 그사이 솔 할아버지를 뺀 모든 거주자들은 잠을 자러 각자의 방으로 돌아갔다. 마지막으로 내 기타와 앰프를 실은 뒤 철커덩스가 우리 부모님, 로리, 솔 할아버지와 함께 이야기를 나누고 있는 곳으로 걸어갔다.

아네트가 말했다.

"우아, 루이스 할아버지, 할아버지가 기타를 치신다고 알렉스가 한 번도 말 안 했어요."

"나는 기타 안 쳐. 27년하고도 석 달 동안 기타를 치지 않았어. 그 전에는 기타를 쳤지만."

솔 할아버지의 말이 점차 짧아지는 느낌이었다. 숨이 가빠오는 게 분명했다.

"하지만 할아버지 솜씨 진짜 끝내 주던데요. 그런데 어떻게 갑자기 기타를 그만두게 되었죠?"

"애야, 인생에는 솜씨보다 더 중요한 게 있단다. 넌 무척 젊어. 언젠가 내 말뜻을 알게 될 거야."

"하지만 할아버지는 진짜 대단하던데요."

"고맙다."

솔 할아버지는 창백했고 몸을 약간 떨고 있는 듯했다. 그리고 그게 뭐든 간에 자기 비밀에 대해 말하고 싶어 하지 않는 눈치였다. 할아버지는 나에게 눈길을 돌리고는 화제를 바꾸었다.

"미스터 음! 내 안경 찾았니?"

"아니요, 못 찾았어요. 할아버지한테는 다른 안경이 없잖아요."

솔 할아버지는 잠시 생각에 잠기는 척하며 숨을 내쉬었다.

"아, 흠, 어차피 얼굴도 하난데, 뭐. 안경이 두 개씩이나 필요하겠어?"

"하지만 다른 것을 찾았어요."

나는 열쇠를 꺼내 불빛에 비추었다.

"어디에 쓰는 열쇠인지 아시겠어요?"

"언젠가 너한테 보여 줄지도 모르겠다. 지금 당장은 그 열쇠를 네가 안전하게 보관하고 있어라."

이 말을 끝으로 솔 할아버지는 엄청난 기침을 토해 내고 가장 가까이 있는 의자에 털썩 주저앉았다. 그러고는 얼굴이 빨개지면서 가슴을 움켜쥐었다. 내가 처음 보는 간호사 한 명이 어디에선가 불쑥 나타나 산소를 가져오라고 소리쳤다. 수송 담당 직원이 황급히 산소 탱크가 달려 있는 휠체어를 가져와서는 솔 할아버지를 앉히고 코에 호스를 연결했다. 다들 무슨 말을 해야 할지, 무슨 행동을 해야 할지 모른 채 서 있는 짧은 시간 동안, 할아버지의 얼굴빛은 정상으로 돌아왔다. 할아버지는 휠체어에 등을 기대고는 나와 휠체어를 가져온 남자를 보며 말했다.

"나를 2층으로 데려다 주겠니? 예술가는 미를 위해 휴식이 필요한 법이야. 누군 뭐 태어날 때부터 이렇게 멋진 줄 아니?"

나는 부모님과 로리에게 작별 인사를 했다. 스티븐은 나에게 하이파이브를 하자고 손을 들며 말했다.

"괜찮은 공연이었어, 그렇지?"

그렇다. 괜찮은 공연이었다. 어떤 식으로든 괜찮은 공연이었다. 아네트는 두 손으로 내 손을 꼭 잡고 흔들었다. 그리고 나한테만 들리도록 작은 목소리로 말했다.

"너 연주 잘했어. 그리고 마일스 데이비스 곡은 정말 멋졌어. 네…… 네 친구 분은 괜찮으시겠지?"

나는 대충 얼버무리며 긍정적인 대답을 했다. 하지만 솔 할아버지의 휠체어를 따라 엘리베이터 쪽으로 걸어가면서, 아네트가 두 가지 면에서 모두 틀렸다는 생각을 떨쳐 버릴 수 없었다. 정확히 말해 솔 할아버지는 내 친구가 아니었다. 그리고 솔 할아버지는 결코 괜찮아지지 않을 것이다.

어두움

솔 할아버지가 플란넬로 만든 체크무늬 노인 잠옷을 입고 침대에 누울 때까지 나는 곁에 있었다. 할아버지는 산소를 마시자 괜찮아진 것 같았다. 하지만 기타를 친 노동이 어떤 영향을 미쳤는지 생각하지 않을 수 없었다. 할아버지는 내 쪽으로 몸을 돌렸지만 눈을 딱 마주치지 않고 말했다.

"욘석아, 형편없는 콘서트는 아니었다. 네 친구들은 정말 재능이 많더구나. 그리고 넌 아주 열심히 연주를 했어."

아, 이 노인은 어쩜 이렇게 순식간에 나를 화나게 만들 수 있을까?

"그러니까 걔들은 재능이 있고 저는 열심히 연주를 했다, 이거죠? 고맙네요, 할아버지. 할아버지도 열심히 하셨어요.

특히 나를 속여 콘서트장을 떠나게 하고, 내 자리를 차지해서 나를 '실레마젤'처럼 보이게 한 게 아주 마음에 들었어요."

"이봐, 진정해, 알렉스. 적어도 나 덕분에 이디시 어 몇 마디는 배우고 있잖아. 안 그래? 그리고 난 너를 '실레마젤'처럼 보이게 한 적 없다. 그냥 너보다 내가 기타를 더 잘 칠 뿐이지."

"그래요. 할아버지가 저보다 기타 더 잘 쳐요. 그게 다죠. 다만 할아버지가 기타를 친다고 나한테 한 번도 이야기를 안 한 것 빼고는요. 덕분에 나는 몇 달 동안 할아버지 앞에서 기타를 치는 바보가 되었고요. 할아버지는 제 앞에서 저를 비웃으면서 좋아하셨고요! 왜 저한테 말씀 안 하셨죠?"

"네가 언제 물어봤어? 넌 가을에 여기 처음 왔는데, 그 뒤로 한 번도 나에 대해서 뭐 하나 물어본 게 없어. 누구는 태어날 때부터 얼굴에 호스를 달고 다닌 줄 아니?"

솔 할아버지는 코에 연결된 관을 툭 치고는 한숨을 한 번 짓고 나를 계속 다그쳤다.

"너희 젊은이들은 환갑이 넘은 사람들은 아무것도 할 수 없다고 생각하지. 내가 한 가지 말해 주지, 미스터 음, 미스터 그 잘난 음주 교통사고 양반. **나는 산전수전 다 겪은 사람이야!**"

솔 할아버지는 다시 한 번 숨을 몰아쉬었다. 나는 앞니 사이로 짜디짠 피가 배어 나올 정도로 입술을 꽉 깨물었다.

"복도 저쪽에 있는 골드파브 부인 알지? 그분은 32년 동안 너희 고등학교 교장 선생님이었어. 320호에 있는 모란 씨 있지? 그 양반은 동생 알버트와 함께 은행을 경영했어. 40년 동안 두 사람은 그 사업을 꾸려 왔다고. 그런 다음 몇백만 달러에 은행을 팔았지. 3개월 뒤에 자식들이 두 사람을 이곳에 처박아 넣어 버렸지. 알버트는 겨울이 오기 전에 죽었어. 하지만 모란 씨는 못되먹은 자식들보다 더 오래 살겠다고 맹세했어. 실제로 그렇게 오래 살지도 몰라."

솔 할아버지는 웃음과 헐떡거림이 고속도로에서 정면충돌했을 때 날 법한 소리를 토해 냈다. 그러고는 침대 옆 탁자에 있는 컵을 들어 물을 한 모금 마시고 다시 말을 이었다.

"그리고 너는 거기에 앉아 나를 영원히 버리고 갈 순간까지 시간이 얼마나 남았나, 세고 있겠지. 그러나 나는 계속 이곳에 있을 거야, 욘석아. 내가 이곳을 떠날 때는 두 발로 걸어 나갈 거야. 그러니 나한테 '왜 저한테 말씀 안 하셨죠?', '왜 저한테 말씀 안 하셨죠?' 하고 앵앵거리지 마. 네가 이미 모든 것을 빠삭하게 알고 있는데 내가 왜 말을 해 줘야 해?"

솔 할아버지는 말문을 닫고, 물을 한 모금 마시고, 몸을 눕혔다. 숨소리가 다시 거칠어졌다. 그래서 할아버지가 숨을 가다듬기 전에 나한테 잠시 맞받아 고함칠 기회가 있었다.

"좋아요. 그럼 제가 묻지요. 왜 더 이상 기타를 연주하시지 않죠? 왜 그만두셨어요?"

솔 할아버지는 두 눈을 감았다. 하도 오랫동안 솔 할아버지가 말을 하지 않아서 나는 잠이 들었다고 생각했다. 그때 솔 할아버지의 입술이 움직였다. 나는 솔 할아버지의 목소리를 듣기 위해 몸을 죽 뻗어 침대로 숙여야 했다.

"알렉스, 알렉스. 나는 돈을 벌기 위해 기타를 쳤어. 30년 동안 일주일에 엿새 밤을 말이야. 뉴욕, 마이애미, 캘리포니아. 카지노, 유람선, 포코노 주립 공원(미국 펜실베이니아 주에 있는 포코노 산맥을 중심으로 한 공원 : 옮긴이), 캐스킬 산(미국 뉴욕 주에 있는 산 : 옮긴이). 어디 아무 데나 이름을 대봐. 그럼 그곳에서 루 솔로몬이 연주를 했을 테니 말이야. 당시 내 이름은 루 솔로몬이었어. 이유는 잘 모르겠어. 내 매니저가 그 이름이 조금 덜 유대인 이름처럼 들린다고 생각한 것 같아. 관객들이 내 얼굴에 있는 이 거대한 '시노즈(코)'를 보면 당장 내가 유대인이라는 것을 알아차릴 텐데 말이야."

잠깐 멈춤, 숨 쉬기, 물 한 모금.

"얘기가 어쩌다 이리로 샜지? 아, 기타. 그때는 나한테도 아내가 있었지. 이름이 '에설'이었어. 아주 예쁜 여자였어. 나도 에설이 그렇게 매력적인 이름이 아니라는 것은 알아.

하지만 나의 에설은 멋졌어. 작은 새처럼 조그맣고 영리했지. 너의 로리를 보면 아내 생각이 나."

내가 끼어들었다.

"로리는 사실……."

"지금 내가 말하고 있잖아. 가만 좀 있을래? 아무튼 우리한테는 딸이 하나 있었어. '주디'라고. 귀엽고 말을 아주 잘했어. 늘 말을 아주 잘했지. 나는 빌어먹을 기타를 치느라 바빴지만, 그래도 주디가 앞으로 **큰사람**이 되리라는 것을 알 정도로는 집에 있었지. 뭐, 남부럽지 않은 삶이었어. 이곳저곳을 여행했고 위대한 사람들을 모두 만났지. 몽크, 디지, 버디 리치. 심지어 '하프 노트' 카페(뉴욕에 있는, 재즈 라이브 연주로 유명한 카페 : 옮긴이)에서 마일스하고 같은 자리에 앉기도 했어. 하지만 시간이 어느 정도 지나니 그것도 시들해지더라. 무슨 말인지 너도 알지? 갯가재 같다고나 할까. 가끔 먹으면 진미인데, 매일같이 먹으면 곧 그저 버터 소스를 뿌린, 발톱 달린 거대한 곤충처럼 느껴질 뿐이지. 그리고 그때 주디는 고등학생이었고, 에설은 직장으로 돌아가고 싶어 했어. 에설은 도서관 사서였어. 내가 밤일을 하는 게 딸과 아내한테는 힘든 일이었지.

기침, 숨 쉬기, 물 한 모금.

"그래서 어떻게 됐어요? 은퇴하셔서 가족들과 함께 보냈나요? 제 생각에는 그건 정말로……."

"아니. 나는 은퇴를 하지 않았어. 지금 생각해 보면 그랬어야 하는데, 늘 더 큰 연주회가 열렸어. 너도 알 거야. 하루는 에설이 내가 연주하는 것을 보려고 차를 몰고 포코노 산맥에 있는 로렐 산으로 왔어. 아내한테는 자주 있는 일이 아니었지. 주디는 친구 집에서 자고 있었어. 아마도 외로워서 그랬겠지. 어쨌든 로렐 산은 재즈를 연주하기에 아주 좋은 곳은 아니었지만, 보통은 되는 연주회였지. 한 달에 세 번 연주회를 열면 주택 대출금을 낼 수 있는 정도였으니까. 아무튼 연주회가 한창 열리고 있는 와중에 호텔에서 전화를 받으라는 전갈을 받았어. 주디가 열이 아주 많이 나서 응급실에 있다는 전화였어. 에설은 나한테 당장 연주회를 그만두고 함께 차를 타고 응급실로 가자고 했어. 그런데 나는 이렇게 말했지. 성말로 이렇게 밀이야. '에설, 니는 연주회를 펑크 낸 적이 한 번도 없어요. 단 한 번도. 사람들은 루 솔로몬이 나온다고 하면 100퍼센트 무조건 나온다는 것을 알아요. 별일 없을 테니 당신 혼자 가 봐요. 그냥 열이 좀 나는 것뿐이에요.'

우리는 크게 말다툼을 벌였어. 아내는 나한테 해서는 안 될 말을 내뱉었지. 나도 마찬가지로 그런 말을 내뱉었고. 하지만 나라고 별수 있었겠니? 연주회 도중 그냥 빠져나갈 수는 없는 노릇이잖아. 에설은 지갑을 들고 마지막으로 나한테 눈길을 한 번 보내고는(아내한테서 받은 눈길 가운데 최악이었지.) 연주회장을 걸어 나갔어. 밴드의 대장이 나한테 아내를 뒤쫓아 가 보라고 했지. 하지만 어디에도 아내는 보이지 않았어. 심지어 여자 가수를 시켜서 여자 화장실에도 가 보라고 했어. 하지만 끝내 에설을 찾지 못했어. 곧장 차를 몰고 떠나 버렸던 모양이야. 나는 다시 무대 위로 올라갈 수밖에 없었고, 그렇게 했어. 모르겠어. 밖으로 뛰쳐나가서 밴드 트럭에 뛰어올라 아내를 뒤쫓아 갔어야 했는지도 모르지. 하지만 무슨 일이 일어나리라는 것을 내가 어떻게 알았겠어? 그리고 루 솔로몬은 절대로 공연을 펑크 내는 사람이 아닌데. 그래서 나는 다시 무대에 올랐어."

숨, 물 한 모금, 울음. 울음? 분명 솔 할아버지의 어깨가 떨렸고 뺨에 눈물이 주르륵 흐르고 있었다.

"할아버지, 저한테 꼭 말씀하시지 않아도 돼요. 만약……."

"네가 물어서 말하고 있잖아. 괜찮아. 너도 이건 알아야 할 것 같아. 에설은 집에 가지 못했어, 알렉스. 어떤 운전사가 술에 취한 채 큰 트럭을 몰고 가다 펜실베이니아 고속도로에서 깜빡 잠이 들었고, 에설의 차를 들이받아서 길 밖으로 밀어 버렸어. 절벽으로 말이야. 꽝! 고속도로 순찰차 사람들 말에 따르면, 아내는 마주 오는 트럭을 보지 못했을 테니 고통을 느끼지 않았을 거라고 하더라. 고통이 없다고? 하! 그 뒤로 나는 기타를 연주하지 않았어. 오늘 밤까지 말이야. 대신 페인트칠 일을 했지. 나는 그 일을 잘했고, 밤에 주디와 함께 있을 수 있었지. 주디는 2년 동안 우리 집에 있었고, 그다음 다른 지방에 있는 대학교에 들어가자마자 이사를 갔어. 이제 나는 혼자야. 주디는 아주 잘나가는 판사야. 그래서 하누카 꽃을 받으러 한 번 오지도 못해."

나는 이게 잘하는 행동인지 확신이 서지 않았지만, 그리고 내가 평소에 그다지 남을 잘 위로하는 사람은 아니었지만, 아무튼 솔 할아버지의 팔에 손을 얹었다. 우리는 아주 오랫동안 그렇게 있었다. 할아버지가 잠들고 내 오른쪽 다리가 저릴 때까지. 이제 할아버지가 왜 나의 사소한 잔디 도깨비 사건에 대해 그렇게 노발대발했는지 이해할 수 있었다. 담요를 당겨 할아버지를 덮어 주고, 침대 밑에 있는 전등을 끄고 살금살금 방을 빠져나왔다. 문간에 이르지미지 할아버지가 몸을 뒤척이며 중얼거리는 소리가 들렸다.

"'올 블루스' 마음에 들더라, 애야. 그 열쇠 잘 간수해라."

나는 버스에서 주머니 속에 있는 열쇠를 꼭 움켜쥔 채 꾸벅꾸벅 졸며 집으로 갔다. 기나긴 하루였다.

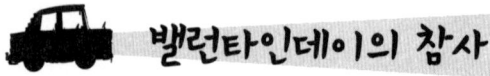 밸런타인데이의 참사

누군가 혹시 내가 편안하거나 만족스러운 기분에 빠져 있다고 생각한 것일까? 우리 학교에서 밸런타인데이에 '세이디 호킨스 댄스파티'를 열기로 했다. 중세 시대 식의 고문인 이 행사를 아직 겪어 보지 못한 사람들을 위해 말하자면, 세이디 호킨스 댄스파티는 보통의 댄스파티와는 달리 여자가 남자를 파트너로 정해 춤을 추러 가자고 하는 파티다. 어차피 남녀 문제에는 잼병인 나는 여느 밸런타인데이라면 조금 우울한 평화로움 속에서 집에 머무르기만 하면 되었다. 내가 여성에게 데이트를 하자고 해서 어떤 식으로든 성공할 확률은 시카고 커브스(미국 프로 야구팀 이름 : 옮긴이)가 월드시리즈(미국 프로 야구 챔피언 결정전 : 옮긴이)에서 이길 확률

과 같았기 때문이다. 아니, 그보다 더 낮았다. 커브스가 슈퍼볼(미국 프로 미식축구 챔피언 결정전 : 옮긴이)에서 이길 확률 정도라고나 할까. 그러나 이번 세이디 호킨스 댄스파티의 경우 내가 그저 포기하고 부루퉁해 있을 수만은 없을 것 같았다. 언제 어느 순간 어느 여자 아이가 나를 파트너로 지목할지도 모를 일이었기 때문이다. 물론 범죄 경력이 있는 얼치기 밴드광에게 파트너가 되어 달라고 부탁할 여자 아이들의 대기자 명단이 있을 리 없었지만, 그래도 일말의 희망이라도 있는 한, 그저 넋놓고 있을 수만도 없었다.

물론 로리가 나를 선택할 가능성, 끔찍하지만 약간 설레기도 하는 가능성도 있었다. 그래서 로리와 함께 있을 때마다 나의 고뇌에 그 가능성도 새로 보태야 했다. 날마다 점심시간에 로리 맞은편에 앉아 학교 식당의 이상하게 얼린 피자를 꾸역꾸역 먹으면서, 늘 즐기는 샐러드를 먹는 로리를 지켜보면서, 혹시 댄스파티에 대해 말을 꺼내지 않을까 하고 기다렸다. 물론 적어도 남자 아이 세 명이 한 명씩 우리 식탁에 들러 로리에게 말을 걸었고, 그때마다 나는 로리가 바로 내 앞에서 그 아이들한테 불쑥 댄스파티 이야기를 꺼낼까 봐 진땀을 흘렸다. 심각하게 나는 땀을 흘리며 기도했다.

'제발 바로 내 앞에서는 그러지 말길. 신이시여, 제발 바로 내 앞에서는 그러지 말길.'

그러다 남자 아이들이 떠나고 나면, 나는 다음 구혼자가 나타나지 않을까 기다리며 땀에 흠뻑 젖은 손바닥을 괜스레 말리려고 애썼다.

하지만 아무 일도 일어나지 않았다. 그리고 아무 일도 일어나지 않았다. 그리고 아무 일도 일어나지 않았다. 마치 세상에서 가장 뛰어난 구원 투수를 보고 있는 것 같았다. 세 명 등장, 세 명 아웃. 점심시간마다 세 명 등장, 세 명 아웃.

그러던 어느 날 '새라'라는 여자 아이가 내게 걸어왔다. 새라는 조용하고 소심한 트롬본 연주자였다. 이 아이의 가장 두드러진 특징은, 구슬로 양치질하는 듯한 목소리를 나게 하는 어마어마하게 큰 치아 교정기하고, 끔찍한 연애시를 끝도 없이 써서 날마다 영어 수업 시간에 읽을 수 있는 능력이었다. 새라가 셰익스피어를 읽을 때 받은 인상을 적어 보면 이렇다.

"오미오, 아 오미오, 그개는 어기에 있나요, 오미오?"

새라가 엘리자베스 배릿 브라운 브아우딩(미안, 브라우닝)의 시를 읽으면 또 이렇다.

"내가 그개응 엉마나 사앙하나요?

제가 세어 봉게요."

새라는 로리 바로 앞에서 나한테 세이디 호킨스 댄스파티에 가자며 이렇게 말했다.

"안녕, 오이. 안녕, 아엑스, 나앙 함께 세이지 호킨스 갠스파티에 갈래?"

나는 그 자리에 가만히 앉아 땀을 뻘뻘 흘리며 안절부절못했다. 이런 상황에서는 뭐라고 말해야 할까? 어떤 식으로든 아무런 지침이 없었다. 이런 일은 오직 **나**한테만 일어나니까. 견딜 수 없는 침묵이 잠시 흐른 뒤—내가 침묵을 지켰다는 것이지, 식당 전체가 조용했다는 것은 아니다. 그나마 그게 작은 축복이었다.—로리는 턱자 밑으로 나에게 발길질을 했다. 내가 송판이고 로리는 우승 트로피를 타려고 마음먹은 것처럼 말이다. 나한테 고통스러운 멍을 안겨 주는 것 말고는 로리가 무슨 뜻으로 그렇게 했는지 나로서는 정확히 알 수 없었지만, 어쨌든 로리는 내가 행동에 나서게 하는 데 성공했다.

"물론이지, 새라. 기꺼이 그렇게 하겠어."

새라와 내가 구체적인 계획 이야기를 나누고, 내가 너무 빤히 처량하게 보이지 않으면서 정강이를 열심히 문지르는 사이, 로리는 어느새 식당을 나가 버렸다. 내가 뜨거운 새 데이트 상대에게 애정 어린 작별 인사를 하고 절뚝거리며 복도로 나갔을 때, 로리는 이미 오래전에 사라지고 없었다.

내가 이 멋진 계획을 세우고 있는 사이, 부모님은 밸런타인데이를 위한 자신들만의 엽기적인 계획을 꾸미고 있었다. 두 분은 함께 '부부 상담'을 받기로 했다. 아빠 말을 빌리자면 두 분은 "새 출발을 하고 싶고, 지난번과 같은 실수를 되풀이하지 않고 싶어 했다." 두 분이 만약 바로 나한테 왔더라면 시간당 75달러를 절약할 수 있었을 것이다. 특별한 비책이랄 게 없었다. 아빠한테 나의 담임 선생님이었던 분을 그만 만나라고 말하면 그만이니까. 아무튼 부모님의 심리 치료사는 두 사람이 밸런타인데이에 완벽하고 기억에 남을 만한 성대한 '첫 데이트'를 갖는 게 좋겠다는 멋진 생각을 해냈다. 그래서 엄마와 아빠는 공을 들여 멋진 옷, 꽃, 저녁, 춤 그리고 신만이 아는 것 등으로 멋진 시나리오를 만들었다. 내가 아빠 집에 갈 때마다(이제 나는 일주일에 두 번쯤은 마지못해 아빠 집에 갔다.) 아빠는 나를 붙잡고 엄마가 어떤 옷을 입을지를 물었다. 그리고 내가 집에 도착하면 엄마는 나를 붙잡고 그날 저녁 아빠가 어떤 양복을 입고 나올 것 같은지를 캐물었다 마치, 가)내가 관심이라도 있는 것처럼, 나) 내가 엄마와 아빠 입술이 움직일 때 주의를 기울여 듣기라도 하는 것처럼.

나는 두 분 사이의 일이 잘 풀리기를 바랐다. 아니, 적어도 대부분의 일에서는 그랬다. 그러나 두 분 사이의 일에 끼어들고 싶지는 않았다. 부모님은 벌써 잊었을지 모르지만, 나는 두 분의 복숭아 같은 로맨스가 처음에 어떻게 결판났는지 똑똑히 기억하고 있었다. 아무튼 이 일이 이상하게 꼬인 또 하나의 엽기적인 밸런타인데이 이야기였다.

로리와 처음으로 재앙에 가까운 점심을 먹은 다음 날, 나는 또 다른 즐거움을 누렸다. 나는 과장된 몸짓으로 절뚝거리며 탁자로 갔다. 로리는 자신의 사악한 발길질 때문에 내가 평생 절름발이가 되었다고 생각했을 법했다.

내가 말했다.

"안녕. 오늘도 샐러드니? 참 용감하기도 한 선택이지."

로리는 곧바로 반격했다.

"발음도 못하는 여자와 밴드광의 데이트? 참 용감하기도 한 선택이지."

"도대체 뭐가 문젠데? 걔가 나한테 왔잖아. 그리고 파트너가 되어 달라고 했고. 내가 곧바로 자리를 박차고 일어나서 걔한테 입맞춤을 하지 않는다고 네가 식탁 아래로 나를 걷어찼고. 그래서 나는 네가 원하는 대로 '그래.'라고 대답했고."

"네가 '그래.'라고 대답하길 바라지 않았어. '아니.'라고 대답하길 원했지."

"이런. 네가 나한테 '발목 걸어차기 모르스 암호 번역 도구'를 주지 않아 유감이네. 그랬다면 내가 무슨 뜻인지 알아차렸을 텐데. 내가 좀 둔해서 '그래' 발길질하고 '아니' 발길질하고 제대로 구분하지 못한 것 같다. 그나저나 왜 내가 '아니.'라고 대답하길 바랐는데?"

"네가 새라를 좋아하지 않으니까. 적어도 네가 개 얘기를 한 적은 한 번도 없었잖아. 네가 개를 꼬이는 건 좀 잔인한 일인 것 같아서. 걔는 틀림없이 마음속으로 너를 짝사랑하고 있었을 거야. 몸은 야위어 가고, 슬픔에 가득 찬 눈물이 얼굴을 타고 흘러 깜찍한 치아 교정기를 녹슬게 만들고 있었겠지."

"내가 잔인하다고? 치아 교정기 가지고 비아냥거리는 게 누군데, 내가 잔인한 사람이라고? 내가 만약 '아니.'라고 대답하면 뭐가 어떻게 되는데? 그러면 나는 비참하게 집에 틀어박혀 있을 텐데. 새라도 마찬가지이고."

로리는 순간 입술을 깨물었다.

"알렉스, 네가 밸런타인데이 때 집에 틀어박혀 있을 거라고?"

"무슨 뜻이야?"

"어, 그냥 내 생각에는……."

로리가 말을 끝맺기 전에 커다란 그림자 하나가 우리를 덮쳤다. 고개를 들어 보니 우리 학교 미식축구 팀의 전방 공격수인 브래드 헌터의 탱크 같은 몸집이 보였다. 녀석은 중무장한 장갑차처럼 위협적인 태도로 탁자 앞에 떡하니 버티고 서 있었다. 하지만 중무장한 장갑차와 달리 녀석은 로리에게 말을 하기 시작했다.

"들어 봐, 로리. 이게 여자가 남자를 파트너로 정하는 일이라는 건 나도 알아. 하지만 내 생각에 너는 아주 특별하니까, 너를 댄스파티에 데려가고 싶어. 너한테 별다른 계획이 없다면 말이야."

로리는 나한테 치명적이고 정확한 발길질을 한 번 더 하고는 녀석을 향해 상냥하게 웃으며 말했다.

"그래, 별다른 계획 없어."

여자들이란! 여자들이랑은 함께 살 수도, 걸을 수도 없다.

댄스파티가 열리는 날 밤, 나는 만반의 준비를 했다. 엄마는 자비롭게도 나를 집 안에 가두지 않았다. 아마도 그래야 아빠가 차를 태우러 왔을 때 엄마 혼자 집에 있을 수 있기 때문이리라. 나는 멋진 검은색 바지와 짙은 녹색 스웨터를 입었다. 로리가 '내 눈을 돋보이게' 한다며 사 준 스웨터였다.

면도도 했다. 좋다. 엄밀하게 말하면, 내 얼굴에 면도를 할
만큼 수염이 많다고는 할 수 없었다. 하지만 면도를 하면 스
킨로션을 바를 수 있지 않은가! 양치도 두 번이나 했다. 그리
고 입이 상큼한 민트 향이 나는 정원처럼 될 때까지 구강 세
척제로 입 안을 헹구었다. 머리도 단정히 빗었다. 그래서 평
소의 '갈색 머리 Q-팁(미국 랩 가수이자 힙합 프로듀서 : 옮
긴이)' 머리하고는 거리가 멀었다. 학교에서 한 블록밖에 떨
어지지 않은 새라의 집까지 걸어가려고 막 집을 나서려는 순
간, 전화가 울렸다.

엄마는 옆으로 2미터는 훌쩍 뛰어, 벽에 붙어 있는 전화기
를 뽑을 듯이 수화기를 집어 들었다. 엄마가 긴장한 건 아니
겠지? 물론 나는 통화 내용 가운데 엄마 목소리만 들을 수
있었다. 그런데 엄마의 목소리가 좋지 않았다.

"여보세요. 네, 접니다. 그 사람이 **어쨌다고요**? 그럴 리가
요? 언제 그 일이 일어났죠? 그 사람 지금 어디에 있어요?
그 사람이 부탁하길……? 좋아요. 제가 할 수 있는 일이 있
나 볼게요. 고맙습니다."

엄마는 내 쪽으로 몸을 돌렸다. 나는 아빠가 느닷없이 우
리 체육 선생님하고 외국으로 도망갔다는 식의 이야기를 들
을 준비가 되어 있었다. 하지만 나는 예측하는 데에는 큰 재
주가 없었다.

"알렉스, 나쁜 소식이 있다. 루이스 씨가…… 솔 할아버지가…… 병원에 계셔. 폐렴이래. 시기가 안 좋은 건 안다만, 솔 할아버지가 너를 보고 싶어 하신대."

이런, 젠장.

"좋아요. 내일 아침에 가 볼게요. 이제 학교에 가도 되죠?"

"알렉스, 네가 이해를 잘 못하는 것 같구나. 솔 할아버지는 폐렴에 걸렸어. 노인들은 폐렴에 걸리면 죽을 수도 있어. 특히 폐기종이 있는 사람들은. 내일 아침이면…… 그분이…… 여기 안 계실지도 몰라."

나는 재빨리 생각했다.

"엄마, 지금 차 좀 태워 줄 수 있어요? 새라 집에 들러서 무슨 일이지 말해 줘야 할 것 같아요."

엄마는 한숨을 지었다. 이건 엄마가 오늘 저녁을 위해 그려 오던 모습이 아니었다.

"좋아. 외투 입어라. 아빠한테는 차에서 전화하자."

새라 집에 도착해 초인종을 눌렀다. 새라 엄마나 아빠가 문을 열어, 데이트를 앞두고 벌이는 스페인의 기괴한 이단 심문 의례를 하기를 기대했다. 하지만 새라가 부모님보다 한 걸음 더 빨랐다.

새라는 정말로, 정말로 예뻐 보였다. 그 전에는 청바지에 티셔츠 차림인 새라 말고는 본 적이 없었다. 이때는 실크로 보이는 녹색 드레스를 입고 있었는데 썩 잘 어울렸다. 새라의 눈은 내 눈처럼 녹색이었는데, 예전에는 그것을 한 번도 눈여겨보지 않았다. 그 밖에도 달라진 점이 또 있는 듯했지만 그게 뭔지 미처 알아차리기 전에 새라가 소리쳤다.

"안녕, 엄마. 안녕, 아빠. 자정까지는 돌아올 거예요. 필요하면 제 휴대 전화로 연락하세요."

새라가 나를 보고 수줍게 웃음 지었을 때, 두 눈으로 똑똑히 확인할 수 있었다. 새라는 댄스파티를 위해 치아 교정기를 뺐다. 새라는 이제 제대로 말을 할 수 있다! 그러니 이제 나는 한마디로 공주로 변한 데이트 상대와 함께하게 되었다. 하지만 우리의 축제 무도회는 이미 침대 옆에서 올리는 철야 기도로 변해 있었다. 나는 사실대로 고백해야 했다. 차로 가는 길에 발걸음을 멈추고 새라에게 사정을 털어놓았다.

"새라, 나쁜 소식이 있어. 나는 노인 요양원에서 자원 봉사를 하는데……."

"그 할아버지 말이지, 솔 할아버지. 그렇지? 나도 다 알고 있어. 넌 음주운전으로 사고를 쳤고 노인 요양원에서 일하는 벌을 받았잖아. 그런데 그 뒤 너는 그 할아버지와 끈끈한 관계를 맺었고, 스티븐하고 아네트랑 함께 콘서트도 열었잖아. 그 할아버지가 기타를 연주하고. 맞지? 도움이 필요한 노인을 도운 건 정말 영웅적인 행동이라고 생각해!"

새라가 어떻게 이 모든 사실을 알고 있을까? 나는 묻지 않을 수 없었다.

"어떻게 그걸 다 알아?"

"브라이언 길슨이 너한테 말하지 않았니? 개가 너에 대해 다 말해 줬어. 난 너를 재즈 밴드에서 처음 봤어. 그리고 네가 귀엽다고 생각했는데……."

신이시여, 우리 엄마가 차 유리창 너머로 이 이야기를 들었다면 코웃음 쳤을 것이다.

"그런데 브라이언이 네가 얼마나 생각이 깊고 다정다감한지 말해 줬어. 그래도 난 너한테 파트너가 되어 달라고 하지 않을 참이었어. 알잖아, 너하고 로리의 관계 때문에. 그런데 브라이언이 그래도 괜찮을 거라고 하더라. 로리는 자기 팀 동료랑 갈 거라면서 말이야. 그래서 기쁘게도 지금 이 자리에 내가 있게 되었지. 미안해. 아까 네가 무슨 말 하다 말았지?"

"음, 이렇게 됐어. 솔 할아버지, 그 할아버지가 병원에 계시대. 방금 전에 전화를 받았어. 진짜로 많이 편찮으셔. 그런데 솔 할아버지가 나를 보고 싶어 하셔. 이게 어쩌면 임종이 될지도 몰라. 그래서 지금 당장 솔 할아버지를 만나러 가야 해. 원한다면 너도 같이 가도 돼. 아니면 우리 엄마가 너를 댄스파티장에 내려 주고, 나중에 내가 그곳으로 가서 너를 볼 수도 있고……"

새라는 내 팔뚝에 손을 얹어 내 말을 끊었다. 새라의 손은 따뜻하고 보송보송했다. 그러고는 이상하게 눈을 부릅뜨고 나를 바라보았다.

"알렉스, 너와 함께 네 친구를 보러 가게 되어 영광이야. 우리 거기로 가자."

그래서 우리는 엄마 차에 올라탔고, 새라 말대로 했다. 엄마가 우리를 내려 주었을 때, 나는 엄마한테 데이트를 하러 가라고 했다. 엄마는 내게 20달러를 주며 병원에서 파티장으로 갈 준비가 되면 택시를 타고 가라고 했다. 병원 안내 데스크로 걸어가는 내내 새라는 내 손을 꼭 잡았다. 두말할 필요 없이 이상한 밤이었다. 나는 브라이언한테 고마워해야 할지, 아니면 그를 죽여야 할지 마음을 정할 수 없었다.

솔 할아버지의 병실은 '반특실'이었다. 특실이 아님을 병원식 암호로 말한 것이다. 창가 침대에 한 남자가 여기저기에 튜브와 전선을 연결한 채 누워 있었다. 솔 할아버지는 문쪽 침대에서 베개 몇 개에 몸을 반쯤 기대고 누워 있었다. 팔에는 점적 장치의 주삿바늘이 꽂혀 있었고 콧구멍에는 관이 연결되어 있었다. 솔 할아버지는 안경을 쓰고 있지 않아서 코가 더 커 보이는 동시에 홀쭉해 보이기도 했다. 입술은 파랬다.

아, 솔 할아버지의 입술은 파랬다. 나는 의사가 아니다. 그리고 1학년 때 생물 시험에서 91점을 받았다고 해서 병을 진단하는 전문가가 될 수는 없다. 하지만 파란 입술이 좋은 건강을 알려 주는 열 가지 신호 가운데 하나가 아니라는 것쯤은 분명히 알았다. 내가 "안녕하세요."라고 인사하자 솔 할아버지는 목소리가 나는 쪽으로 몸을 돌렸다.

"알렉스, 온석아, 너냐? 네가 올 줄 알았다."

솔 할아버지의 목소리는 커피 가루를 입 안 가득 넣은 채 말하려고 애쓰는 것처럼 들렸다. **끓고 있는** 커피 가루. 나는 곧장 다가가 솔 할아버지의 어깨 위에 손을 얹었다. 점적 장치의 주삿바늘이 꽂혀 있는 파랗게 질린 할아버지의 손을 보자 조금 섬뜩했다. 솔 할아버지가 좀 전의 긴 연설 끝에 숨을 가다듬고 있는 사이, 새라가 다가와 내 옆에 섰다.

"솔 할아버지, 이 아이는……."

"누군지 나도 안다. 뭐, 감기 조금 걸리고 안경을 벗었다고 나를 졸지에 완전한 '시메케게' 취급 하는 거냐? 다시 보게 돼서 반갑다, 로리."

이런. 새라는 순간 몸이 굳는 듯하더니 내게서 손을 뗐다.

솔 할아버지가 새라의 손을 붙잡았다.

"좀 더 가까이에서 보고 싶구나, 애야."

솔 할아버지는 끊어질 듯 끊어질 듯 숨을 내뱉으며, 실눈을 뜨고는 한참(명왕성에서의 1년이라고 해야 하는지 모르겠다.) 새라를 바라보았다.

"알렉스, 녀석! 로리가 오늘 밤 완전히 쫙 차려입었구나. 그래, 음, 부인, 남편이 오늘 저녁에 어디로 데려갈 참이신가?"

새라는 뭐라고 대답해야 할지 몰랐다. 나도 마찬가지였다. 하지만 솔 할아버지가 우리 둘 사이에 오가는 표정을 보았던 모양이다.

"아, 알아. 알다마다. 두 사람은 **아직** 결혼 안 했지. 하지만 나는 내일 죽을지도 모르니 그냥 미래 시제 대신…… **후하**, 미안…… 현재 시제를 쓰는 거야."

"할아버지, 애는……."

"아, 다 알아. 이런 얘길 큰 소리로 떠드는 게 불편하다, 그거 아니야. 안 그래, 로리? 걱정 마라. 아무튼 우리 모두 이 자리에서 뭔 일이 벌어지고 있는지는 다 아니까. 안 그래?"

이때쯤에는 새라의 두 눈에서 위험 신호가 반짝이고 있었다. 하지만 나는 갈수록 구덩이를 깊게 파고 있는 솔 할아버지를 멈추게 할 방법이 없었다. 하지만 최소한 내가 노력했다는 것만큼은 여러분도 인정해야 한다.

"할아버지, 제 말 좀 들어 보세요. 애는……."

"아, 나도 이게 내 마지막이라고 생각하지 않아. 내 기분을 북돋우려고 노력할 필요 없어, 알렉스. 그리고 울 필요도 없고, 로리. 난 꿋꿋하게 이겨 낼 거야. 여기 의사들은 아주 훌륭해. 내 생각에는 간호사가 날 좋아하는 것 같아. 한번은 나한테 윙크를 하더라고. 그래서 내가 나이가 너무 많지 않냐고 했지. 그런데도 여기 여자들은 '투쿠스'를 드러내놓고…… 미안하다, 로리…… '투쿠스'를 옷 밖으로 이렇게 드러내 놓고 있는 남자를 보면 사족을 못 쓰나 봐."

나는 솔 할아버지의 오해를 풀기 위한 노력을 포기했다. 달리 말하면 새라가 이번 방문을 끝마칠 때까지 퉁퉁 부어 있고 툴툴거리게 되었다는 뜻이다. 솔 할아버지와 나는 15분 정도 더 이야기를 나누었다. 그러자 간호사 한 명이 들어와 면회 시간이 끝났다고 했다. 우리가 가려고 자리에서 일어나자마자 솔 할아버지는 내가 한 번도 들어 보지 못한, 아주 길고 심한 기침 발작을 했다. 솔 할아버지한테도 이번 기침은 아주 예외적인 경우였다. 헛기침, '후하' 하는 소리, 콜록거리는 기침 소리가 계속 이어졌다. 그 와중에 느닷없이 침대 옆 탁자에 놓여 있는 컵을 움켜잡고 그 속에 침을 뱉었을 때, 할아버지는 한 1초 동안 숨을 제대로 쉬었다.

"로리, 예쁜아, 간호사 대기실에 가서 물 한 잔 갖다주겠니? 내가 물을 마시는 컵에 오물을 뱉은 것 같구나."

새라가 병실 문을 빠져나가자 나한테 기회가 찾아왔다.

"할아버지, 저 아이는 로리가 아니에요. 쟤 이름은 새라예요. 우리 학교 재즈 밴드에서 트롬본을 연주하고요, 오늘 밤 댄스파티에서 제 파트너예요."

솔 할아버지는 내가 몸을 잡아 흔들고 싶은 기분이 들 만큼 완벽한 무표정으로 나를 바라보았다.

"당연히 쟤는 로리가 아니지. 폐렴에 걸리면 눈도 안 보인다고 누가 그러더냐? 너희 학교 이름이 뭐라고?"

"어, 제 말은, 할아버지가 말씀하시길…… 쟤는…… 할아버지는 안경을 안 쓰셨잖아요. 그래서 제 생각에는……."

"욘석아, 넌 콘택트렌즈라는 것도 못 들어 봤냐? 넌 정말 세상 물정 좀 알아야겠다."

"그럼 할아버지는 알고 있었다는 거예요, 이 모든……?"

솔 할아버지의 심술궂은, 하지만 반짝이는 웃음이 내가 궁금해하는 것을 모두 말해 주었다.

"속았지롱!"

그 순간 새라가 물을 가지고 들어왔고, 솔 할아버지는 몸을 구부리고는 다시 기침 발작을 시작했다. 하지만 내 귀에는 콜록거리는 소리에 키득거리는 소리가 조금 섞여 있는 것처럼 들렸다. 아래층으로 내려가는 동안 새라에게 몹시 미안하다는 말을 했다. 택시를 기다리는 동안에도, 또 택시를 타고 가는 동안에도. 그리고 댄스파티장으로 걸어가는 동안에도 내내. 새라는 계속 괜찮다고, 괜찮다고 하면서 다 이해하니 어쩌니 했다. 하지만 내가 새라와 함께 어딘가를 갈 가능성은 솔 할아버지가 간호사와 함께 아루바 섬(베네수엘라에 있는 섬 : 옮긴이)으로 도망칠 가능성보다 낮다는 것은 딱히 천재가 아니라도 알 수 있었다.

그리고 그 확률은 댄스파티장 안에 들어가서도 나아지지 않았다. 우리가 플로어로 나가는 길에 처음으로 맞부딪친 사람은 로리와 쇠고기 한 덩어리, 즉 브래드였다. 로리는—아, 내 눈을 믿을 수 없었다.—몸에 꼭 맞는 소방차 같은 빨간색 드레스를 입고 있었다. 디자이너가 작업 도중 옷감이 떨어지는 바람에 일을 마무리하기 위해 페인트를 뿌리기로 마음을 바꾼 듯한 옷이었다. 브래드는 운동선수답게 헐렁한 잿빛 바지에 잿빛 셔츠, 잿빛 스웨터를 입었다. 나는 이 친구를 욕보이고 싶지 않지만 이 말만은 꼭 해야겠다. 만약 여러분이 물속에 사는 아프리카 짐승에게 습격당해서 사파리 경찰이 코뿔소 네 마리와 브래드를 나란히 세운다면, 브래드를 혐의자 자격이 없다고 하기는 꽤나 어려우리라는 점이다.

브래드는 로리에 비해 터무니없을 만큼 덩치가 컸다. 멀리서 두 사람 쪽으로 다가가며 바라보면, 다섯 살쯤에 아주 좋아했던 《작은 빨간 등대와 거대한 회색 다리》라는 그림책이 생각났다. 하지만 브래드와 로리의 이야기는 그 그림책보다

휠씬 더 재미없었다. 그리고 브래드의 중력 마당으로 빨려 들어갈지도 모른다는 걱정이 일 정도로 우리가 가까워졌을 때, 이야기까지 나누어야 했다.

"안녕, 로리. 안녕, 브래드."

"안녕, 알렉스. 안녕, 새라. 너희들은 우아하게도 늦게 왔네."

(그래. 그리고 네 파트너는 우아하게도 직사각형 모양이다. 그래서 뭐?)

"조그만 문제가 생겨서 말이야."

음속 이하일 정도로 느릿한 브래드의 목소리가 대화 속으로 육중하게 들어왔다.

"오, 잔디 도깨비 같은 거?"

나는 생각했다.

'우아, 우리가 늦기는 진짜 늦었나 보네. 로리가 브래드에게 **말하는 법**을 가르칠 시간이 있었다니!'

하지만 이 생각을 입 밖에 내지 않았다. 그럴 정도로 유치한 사람은 아니니까. 아, 그리고 브래드는 바위 같은 손가락 하나를 쭉 내밀어 나를 얇은 밀가루 반죽처럼 짓이길 수 있으니까. 그래서 그냥 낄낄 웃기만 했다.

"재미있다, 브래드. 아니. 사실은 오는 길에 병원에 들러야 했어."

나는 말을 끊고 내 말뜻이 충분히 전달되기를 기다렸다. 내가 4음절짜리 단어를 아무 거리낌 없이 쓰는 것에 브래드가 아직도 적잖이 당황하고 있을 사이, 로리가 물었다.

"병원? 왜? 무슨 일 있어?"

"솔 할아버지가 폐렴에 걸렸어."

"이런! 좀 어때? 말은 할 수 있어? 의식은 있고? 가서 솔 할아버지를 봐야겠어."

새라가 끼어들 기회를 찾았다.

"걱정 마, 로리. 솔 할아버지는 이미 네가 왔다고 생각하니까."

로리는 눈썹을 치켜세우고는 내 팔을 잡았다. 아마도 새라는 손가방에서 최루 가스를 꺼내 내게 뿌릴 준비가 되어 있었으리라. 이것은 그냥 내 상상일 수도 있었지만 브래드는 실제로 나를 덮칠 것만 같았다. 로리가 특유의 '다른 사람들은 뭐라고 생각하든 상관없다.'는 식의 태도로 말했다.

"알렉스, 나를 병원에 데려다 줘."

완전히 다른 배경과 완전히 다른 감정과 감수성을 가진 세 사람이 동시에 같은 말을 할 줄을 누가 알았겠는가?

"하지만······."

"하지만 타령 그만. 미안해. 하지만 이건 목숨이 달린 문제야. 유치한 고등학교 댄스파티가 문제가 아니라고. 이봐, 새

라. 알렉스와 데이트가 잘 풀리고 있니?"

"뭐······."

"거봐. 그리고 브래드, 너는 우리가 오늘 밤 영원히 지속될 숭고한 영혼 대 영혼의 연결 관계를 만들고 있다고 생각하니?"

"어?"

"거봐. 브래드, 새라를 만나. 새라는 아주 재능 있는 연주자야. 그리고 새라, 브래드를 만나. 브래드처럼 대단한 히말라야 산맥 같은 인상을 주는 아이는 없어! 알렉스, 외투를 다시 입고 아이스 캔디 가판대 같은 이곳을 뜨자."

20분 뒤 우리는 직원용 엘리베이터를 타고 솔 할아버지 병실이 있는 층으로 몰래 가고 있었다. 그러다 간호사 한 명한테 들켰다. 하지만 로리가 아카데미상을 받을 만한 연기로 잔뜩 흥분한 솔 할아버지의 손녀 행세를 해서, 면회 시간 규정 면제를 받아 냈다. 로리가 어떤 면에서는 초인적인 영웅에 가깝다는 사실을 인정할 수밖에 없는 때가 더러 있다. 지금 입고 있는 멋진 드레스 속에 슈퍼맨 같은 이상한 복장을 하고 있을 것 같지 않지만 말이다. 솔 할아버지는 단박에 옷차림을 알아보았다

"로리, 이렇게 금방 다시 너를 보니 참 좋구나. 옷 갈아입었네. 이게 훨씬 더 예쁜데. 알렉스도 그렇게 말했길 바란

다."

나는 얼굴을 붉히며 입술을 깨물었다.

로리는 솔 할아버지의 건강 상태에 대해 하나하나 캐물었다. 그사이 나는 몸에 딱 달라붙는 로리의 드레스에 대해 하나하나 살피지 않으려고 애쓰고 있었다. 솔 할아버지는 괜찮을 거라며 로리를 안심시켰다. 아닌 게 아니라 낯빛은 한 시간 반 전보다 눈에 띄게 더 좋아 보였다. 잠시 뒤 솔 할아버지는 나하고 남자 대 남자로 단둘이 이야기하고 싶다며 로리에게 자리를 비켜 줄 수 있는지 물었다. 로리는 눈썹을 치켜세웠지만 한마디 투덜거리지도 않고 솔 할아버지에게 작별 키스를 하고는 복도로 걸어 나갔다. 솔 할아버지는 침대 모서리를 탁탁 쳤고 나는 거기에 앉았다.

"욘석아."

솔 할아버지는 사나이가 다른 사나이에게 조언을 할 때 넬 법한 목소리로 말했다.

"저 애가 네 여자야. 쟤가 네 춤 파트너야. 나팔이나 삑삑 부는 생쥐가 아니라."

"솔 할아버지, 새라는 트롬본을 연주해요."

"아무렴 어때. 너 하고 싶은 대로 해라. 가서 나팔수와 데이트하고 싶으면 해. 늙은 내가 뭘 알겠어? 하지만 네가 모든 걸 엉망으로 만들어 놓았을 때, 로리가 여전히 너를 기다리고 있길 바란다. 저 빨간 드레스를 입은 모습으로 보건대, 그럴 가능성은 별로 없어 보인다만."

이상한 하루였고, 그래서 어쩌면 내 방어 자세가 평소보다 조금 느슨했는지 모르겠다.

"솔 할아버지, 저는 로리랑 데이트하는 거 싫지 않아요. 하지만 **로리가** 그런 식으로 **나를** 보지 않아요."

"알렉스, 넌 어떤 때 보면 진짜 '메시게너'야. 저 아이는 어디든 널 따라다녀. 늘 네 걱정을 하고. 심지어 너의 심술쟁이 노인 친구와도 잘 어울려 놀잖아. 개는 널 제대로 보고 있어. 그리고 네가 개를 보고 있다는 것도 보고 있어. 개가 너를 보고 있다는 것을 네가 못 볼 뿐이지. 아, 이 얘기를 하니 머리가 지끈거리려고 한다. 하지만 요점은 이거야. 시간은 소중해. 그리고 로리 같은 여자 애는 소중해. 이제 둘 다 낭비하는 일은 그만둬. 난 잠 좀 잘 테니. 아, 더 좋은 생각. 그 아리따운 간호사 좀 이리 들어오라고 해서 내가 기침약을 먹을 시간인지 알아보라고 해. 난 그 약이 진짜 좋아!"

로리와 내가 떠나려는 순간, 솔 할아버지는 또다시 심한 기침 발작을 일으켰다. 나한테 조언하느라 집중해서 기침을 잠시 미루어 두었던 듯이. 엘리베이터에서 로리가 내 어깨에 머리를 기댔을 때, 나는 진심으로 할아버지의 충고가 올바른 것이기를 바랐다.

로리가 물었다.

"이제 어디로 가야 하지? 내 생각에는 새라와 브래드가 댄스파티에서 우리를 다시 보면 좋아할 것 같지 않은데. 안 그래?"

"그래. 난 오늘 밤 너랑 있고 싶어. 내 말은 밤새 내내. 내 말은……."

로리는 손가락 하나를 내 입술에 얹었다. 이로 물어뜯은 로리의 짧은 손톱이 옷과 어울리게 빨간색으로 칠해져 있었다.

"쉿."

로리가 속삭이며 머리를 내게 숙였다. 내가 키스해 주기를 바라는 걸까? 아, 얼마나 어색하고 이상할까? 열정이니 뭐 그런 걸 가지고 하는 진짜 키스여야 할까? 아니면 좀 더 실험적으로 마시못해 하는 식으로 해야 하나? 그런데 왜 이 엘리베이터에서는 한 달은 된 것 같은 시금털털한 양배추 냄새가 날까?

심오한 생각들을 옆으로 치워 놓고 나는 몸을 움직였다. 부드럽게, 단 한 번의 재빠른 몸놀림으로, 로리 뒤로 손을 뻗어 엘리베이터 계기판에 있는 빨간색 '정지' 버튼을 눌렀다. 그러자 뼈가 으스러지는 듯한 요란한 소리를 내며 경보음이 울렸다. 로리가 화들짝 놀라며 내 어깨에 기대는 바람에 우리는 서로 이를 부딪쳤다. 내가 '정지' 버튼을 원래대로 되돌려 놓으려고 미친 듯이 계기판을 탁탁 치고 있는 사이, 로리는 지쳐 가기 시작했다. 나의 얼굴이 빨개지는 반사 신경은 이날 하루 정말 너무도 많은 운동을 하고 있었다. 내가 '정지' 버튼을 다시 튀어나오게 하자 충격적인 침묵이 흘렀다. 로리는 너털웃음을 꾹 참으며, 내 입술을 빤히 바라보면서 킬킬거리는 웃음을 토해 냈다. 2초에 한 번꼴로.

"알렉스, 너 피난다! 내가…… 킬킬…… 도와줄게."

로리는 손가방에서 수상해 보이는 티슈 한 장을 꺼내 내 얼굴을 가볍게 톡톡 두드렸다. 그러면서 내 얼굴을 더 가까이에서 보려고 몸을 숙였다. 이제 2라운드가 시작되는 것 같았다. 그때 엘리베이터가 1층에 도착했다. 문이 열리자 사람들로 북적대는 로비가 보였고, 나이가 지긋한 경비원 두 명이 앞에 떡하니 서 있었다.

"괜찮니, 애들아? 경보음이 났는데."

"네. 죄송해요. 제가…… 어…… 잠시 엘리베이터를 세울 필요가 있었어요. 왜냐하면……."

"그래. 왜 그런지 내 두 눈으로 볼 수 있겠구나. 야, 너 잔디 도깨비 소년 아니냐?"

"어, 사즈 씨? 사즈 씨 아니세요?"

사즈 씨는 오랫동안 나를 쏘아보았다. 그러더니 이를 드러

내며 히죽 웃었다.

"그래. 밤에 부업으로 여기에서 일해. 이봐, 나한테는 대학생인 딸이 둘이나 있어. 넌 전에 두어 번 봤을 때보다 훨씬 보기 좋구나. 네 담당 판사님한테 물어봤는데, 네가 얌전하게 잘 지내고 있다고 하시더구나. 어쨌든 말썽 피우지 말고 계속 잘해라."

로리와 나는 사람들을 헤치며 걸었다. 뒤에서 사즈 씨와 동료가 말하는 소리가 들렸다.

"우아, 저 여자 애가 저 녀석 바라보는 거 봤어? 저 녀석이 오늘 말썽을 부리지 않는다면, 그건 기적이겠는걸."

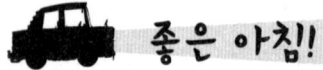
좋은 아침!

댄스파티 다음 날은 흥미로웠다. 밸런타인데이가 공교롭게도 일요일이었는데, 바보 멍청이들만 가득한 우리 학교 학생회에서 댄스파티를 그대로 2월 14일에 열었기 때문이다. 월요일 아침, 학생들은 모두 걸음도 제대로 걷지 못할 만큼 피곤했다. 나는 교실 의자에 쓰러지듯이 털썩 앉으며, 그 자리에서 그냥 퍼질러져 있다가 정신이 번쩍 나게 할 엄청난 양의 카푸치노를 벌컥벌컥 들이켜기를 바랄 뿐이었다. 하지만 브라이언 길슨은 신진대사가 훨씬 더 활발한 모양이었다. 녀석은 완전히 빠릿빠릿해서는 남을 골릴 만반의 준비가 되어 있었으니 말이다.

"그래, 어젯밤에 새라랑 재미 좀 봤냐? 어이, 너 나한테 한

턱내야 한다. 매일같이 로리 앞에서 몸이 구석구석 젖도록 침을 질질 흘리는 너를 보다 못해 누군가는 나서서 너한테 여자를 소개해 줄 수밖에 없었어. 그리고 결국 용기를 내어 파트너가 되어 달라고 부탁하는 너의 불쌍한 엉덩이를 고생스럽게 거부하는 로리를 누군가는 나서서 막아 줘야 했고. 그래서 내가 친구 브래드를 시켜서 로리한테 파트너가 되어 달라고 했어. 그러니 이제 너하고 그 닌자 고수 사이의 문제는 모두 해결되고 보통의 친구 사이가 된 거지. 안 그래?"

로리가 미끄러지듯이 걸어 들어와 브라이언을 지나쳐 나에게 몸을 숙였다. 그러고는 뒤에서 목을 감싸 안고는 내 정수리에 입을 맞추었다.

"음, 프렌치 바닐라 냄새가 나는걸. 아주 조금밖에 못 잤을 텐데. 잘 잤어, 자기?"

나는 잠이 확 달아났다. 우리가 병원을 나선 뒤 우리 집 현관 앞에 앉아 우리 엄마가 돌아오기를 기다리면서 세 시간 동안 일상적이고 맹맹한 대화를 나눈 것 말고는 아무 일도 일어나지 않은 것을 생각하면, 지금 로리의 말은 나한테는 뉴스였다. 그러나 브라이언은 싸움으로 단련된 로리의 손가락들이 내 배를 쿡쿡 찌르는 것을 보지 못했지만, 나는 느낄 수 있었다. 곧바로 그 행동의 의미를 알아차렸다.

"푹 잤어, 자기야. 바-암-새 자기 꿈 꿨어."

"음…… 그건 꿈이 아니야, 내 사랑. 텔레파시가 통한 거지."

여러분은 혹시 고양이 앞에서 탁구를 쳐 본 적이 있는가? 고양이들은 네트에 최대한 가까이 웅크리고 앉아서는 왔다 갔다 하는 공을 감탄하며 지켜본다. 탁구공을 받아칠 때마다 고양이들은 더욱더 감탄하는 표정을 짓는다. 속이 텅 빈 둥근 플라스틱 물체가 바로 눈앞에서 일정한 패턴으로 **다시** 날아가는 게 감탄하지 않을 수 없는 일이라도 되는 듯이. 오고 가는 대화를 이해하기 위해 애쓰는 브라이언의 표정이 바로 그 고양이 같았다.

종이 울리자 로리는 내 위팔을 꼬집고 엉덩이로 나를 툭 치고 윙크를 하고 난 뒤 미끄러지듯이 브라이언을 돌아서 교실 문밖으로 나갔다. 브라이언과 나는 함께 복도로 걸어 나갔다. 브라이언은 신음 소리를 나지막이 토해 냈다.

"뭐어? 으윽. 로-너-나…… 어? 으윽."

"그래. 네가 정말로 내 문제를 해결해 줬어. 고마워, 친구. 그나저나 네가 이제 나를 너무 어려워하지 말고 마음속에 있는 원시인을 말로 제대로 표현해 주면 좋겠는데."

바로 그때 그림자 하나가 덮쳤다. 브래드였다! 기가 막혔다. 브래드 옆에 서니 브라이언마저도 작아 보였다. 나는 예전부터 우주 비행사들이 어두운 달을 돌아 지구가 하늘 전체를 차지하는 모습을 보면 어떤 느낌일지 궁금했다. 이제 알 것 같았다. 브래드가 손으로 내 어깨를 짚었다. 로리의 구애로 무릎이 이미 힘이 빠진 상태가 아니었다면, 아마 브래드의 무지막지한 힘에 눌려 후들거렸을 것이다. 브래드의 어마어마한 머리통이 바로 내 머리에서 10센티미터도 떨어져 있지 않았다. 그리고 얼굴은 온통 찡그린 우거지상이었다.

"야, 그레고리!"

'드디어 오늘 아침의 죽이는 순간이 왔구나.'

그 순간 이상한 생각이 번쩍 들었다. 브래드의 잔뜩 찌푸린 인상은 미식축구 전방 공격수들이 웃으려고 할 때 일어나는 현상이라는 사실이었다.

브래드는 우레 같은 목소리로 말했다.

"고마워!"

아메리가삼나무 같은 브래드의 팔 아래에 길색 머리의 아주 작은 형체가 구겨져 있는 모습이 눈에 들어왔다.

브래드의 새 여자 친구의 목소리가 그의 오른쪽 겨드랑이 밑에서 새어 나왔다.

"그래, 아엑스, 고바워!"

그날 오후 학교를 마치고 집으로 가는 길에 로리는 들떠 있었다.

"내가 브라이언 속이는 거 봤지? 걔는 어젯밤에 우리 둘 사이에 뭔 일이 있는 걸로 알고 있어."

당연하다. 로리의 연기가 어찌나 대단했던지 나 자신마저도 어젯밤에 그런 일이 일어났기를 바라는 마음과 실제로 그런 일이 일어났다고 믿는 마음이 반반일 정도였다. 하지만 로리가 아무렇지 않게 나온다면 나도 아무렇지 않게 나갈 수 있는 사람이다. 아니, 더 심하게 아무렇지 않게.

"그래, 우리는 멋진 팀이야. 우리는 비밀 첩보원이 되어야 해. 너는 격투기로 무장한 치명적인 암살자가 될 수도 있고……."

"멋지다! 나는 첩보원이 입는, 몸에 딱 붙는 검은색 방탄복이 아주 마음에 들어."

"그래, 나도. 그리고 난 뭐가 될 수 있을까…… 음……."

"약간 맛이 간 전과자? 엘리베이터 파괴자? 술 취해 운전하는 도망자? 잔디 도깨비 터미네이터?"

나처럼 즐거운 인생을 사는 사람한테 카페인이 무엇 때문에 필요하겠는가?

트렌트 판사님께

문득 제가 노인 요양원에서 열린 대형 콘서트의 결과에 대해 판사님께 알리지 않았다는 것을 깨달았습니다. 참석자들은 모두 멋진 시간을 보냈습니다. 그리고 몇몇 사람들은 기타 연주가 뛰어났다고 평하기도 했습니다.

제 기타 연주에 대한 평은 아니었지만 말입니다. 그날 밤 가장 놀랄 만한 일은 제 친구 솔로몬 루이스 씨가 예전에 전문 기타리스트였다는 사실입니다. 그분은 오래전에 기타를 끊기로 다짐했답니다. 자기 때문에 그분의 부인이 음주 운전 교통사고를 당해 죽었다고 생각했기 때문입니다. 정말 슬픈 일이에요. 그리고 저는 루이스 씨가 이따금 왜 비통해하는지 이제 이해할 수 있습니다. 루이스 씨한테는 어디에선가 판사로 일하는 다 큰 딸이 하나 있습니다. 그런데 그 딸은 루이스 씨하고는 아예 말도 하지 않는답니다. 정말 끔찍한 일이에요. 루이스 씨 부인이 사고를 당했을 때 루이스 씨는 그 차에 있지도 않았으니까요. 그런데도 어찌 된 영문인지 그 일은 루이스 씨의 잘못이 되어 버렸지요. 루이스 씨랑 같이 살면 저도 퉁명스러워질 것 같긴 하지만요.

아무튼 우리는 루이스 씨한테 콘서트에서 연주할 기회를 주었습니다. 루이스 씨가 그렇게 긍정적인 방식으로 사람들을 즐겁게 해 줄 수 있는 기회를 가져서 기분이 좋습니다. 더구나 그분은 지금 폐렴으로 병원에 계시잖아요. 이것이 그분이 관객들 앞에서 기타를 연주하는 마지막 기회가 되는지도 모릅니다. 그런 기회를 제가 마련해 주어 마음이 뿌듯합니다.

알렉스에게

공연을 잘 마쳤다니 기쁘구나. 네가 맡은 분에게 그런 비극적인 과거가 있었다는 게 놀랍구나. 네가 어떤 잘못을 저질렀는지 따져 보면, 어쩌면 네가 루이스 씨를 맡게 된 것은 의도적이고 세심한 배려가 있었던 게 아닌가 싶다. 두 사람 다 뭔가를 배울 수 있게 말이다.

따지고 보면, 그게 바로 '완벽한 원 프로그램'의 취지이기도 하지.

지금처럼 계속 잘하길 바란다. 그리고 발전하는 네 모습에 대해 계속 알려 주기 바란다.

2월 19일

판사 J. 트렌트

임무

그 주 후반에 솔 할아버지는 나를 도울 계획 하나를 내놓았다. 솔 할아버지는 노인 요양원으로 돌아왔고, 폐렴을 앓은 뒤에 에너지가 충만한 상태였다.

"이봐, 알렉스. 네가 나를 위해 기타를 친 게 오래전 일이 됐다."

"솔 할아버지, 꿈도 꾸지 마세요. 할아버지 앞에서는 기타 안 쳐요. 할아버지가 무대에서 저를 묵사발로 만드셨잖아요. 그건 정말 어리석은 행동이었어요."

"어리석든 어수룩하든, 뭐. 너 진짜 어리석은 게 뭔 줄 아냐? 좋은 일이 잘 풀리고 있는데 그만두는 거야."

"저는 그만둔 적 없어요. 단지 여기서는 연주 안 한다는 거지. 그리고 잘 풀리고 있는 좋은 일도 없어요. 그냥 보통 일이 그냥저냥 풀리고 있지. 할아버지가 좋은 일이 잘 풀렸었지요. 그러고 보니 그만두신 건 할아버지네요."

"그런 소리나 들으려고 내가 병원에서 돌아왔단 말이냐? 욘석아, 나는 지금 너랑 싸우려는 게 아니라 너를 도우려고 해. 너에게 제안을 하고, 네 인생에 의미와 목적을 주려는 거야. 그러니 '시메케게'처럼 술이나 퍼마시고 차나 훔치면서 건들건들 돌아다니지 말란 말이다. 다른 건달 짓거리를 했는지 또 누가 알겠어."

"우아, 할아버지가 저랑 싸우려고 하지 않아서 정말 기뻐요. 그런데 도움 부분은 언제 나오죠?"

"자, 여기 도움 부분이 있다, 미스터 잘난 똥고집. 다음번에 여기에 올 때 기타를 가져와라. 그럼 네가 알아야 할 것을 몇 가지 가르쳐 주겠다. 그런 다음 너는 배운 것을 연습하고 다시 와서 다른 레슨을 받는 거야. 네가 정말로 이 일에 마음을 쏟는다면, 그리고 빨간색 드레스를 입은 것은 뭐든지 쫓아다니느라 마음을 분산시키지 않는다면, 너는 6주 안에 다음 콘서트를 열 준비가 되어 있을 게다."

"다음 콘서트라니요?"

"내가 4월에 열기로 마련한 콘서트야."

"4월이오? 4월에 다른 연주자들이 연주를 할 수 있는지도 전 몰라요."

"스티븐하고 아네트 말이냐? 지난번에 넌 걔들을 놓쳤어. 네가 떠난 뒤에 걔들이 찾아왔더라. 그래서 내가 다시 연주할 수 있는 날짜를 정했지. 너를 다른 사람과 비교하고 싶지 않다만, 아네트는 맛있는 생과일 케이크를 사 왔더구나. 너는 나한테 '붑케스(땅콩)' 하나 안 가져왔지."

"할아버지 말 못 믿겠어요!"

"뭐? 사실이야. 마지막으로 네가 간식을 사 온 게 언제더라? 너한테 많은 것을 기대하지 않지만, 가끔 맛있는 빵을 사 오는 것도 나쁘진 않겠지."

"생과일 케이크 얘기가 아니에요. 할아버지가 저한테 물어보지도 않고 이 일을 정했다는 걸 못 믿겠다는 말이에요."

"내가 물었잖아, 물었어. 아, 물론 다음번에 올 때 쿠키를 사 올 건지도 물었지. 어때, 기대해도 되겠지?"

"할아버지는 저한테 묻고 있는 게 아니에요. 그냥 말을 하는 거지. 그리고 제 대답은 '싫어요.' 예요. 저는 두 번 다시 창피를 당하고 싶지 않아요."

"있잖아, 미스터 과민 반응, 내가 한창 기타로 크고 있던 시절에는 말이야, 누군가가 무대에서 눈에 띄잖아, 그러면 그 사람은 죽어라 연습을 해야 했어. 집에 가서도 연습을 해. 그리고 또 연습을 해. 그러고는 또 연습을 해. 그런 다음 그 사람은 다시 무대에 올라. 그리고 잘하면, 정말 아주 잘하면 테스트 받을 두 번째 기회를 따 냈어. 자, 이제 넌 어떻게 할 거야? 영원히 구석에서 질질 짜고 있을 참이냐, 아니면 남자답게 공짜 기타 레슨을 받을 테냐?"

"있잖아요, 할아버지, 콘서트에서 연주를 하겠어요."

솔 할아버지의 주름진 볼에 서서히 웃음이 번졌다.

"할아버지께서 저와 함께 연주를 한다면 말이에요. 자, 어때요, 미스터 화려한 컴백? 저와 함께 하시겠어요?"

솔 할아버지는 중간 정도로 심한 기침 발작을 하면서 내 제안을 곰곰이 생각해 보았다. 이어 침을 뱉고, 물을 마시고, 아주 천천히 숨을 몇 번 쉰 다음 답을 주었다.

"있잖아, 욘석아, 이틀 뒤에 보자. 기타하고 악보를 가져와라. 빈 종이도 몇 장 가져오면 좋고. 그리고 오는 길에 파이 몇 개 사 들고 오는 건 죽어도 못하겠니?"

집으로 돌아와 보니 아빠가 부엌에서 앞치마를 두르고 엄마를 위해 요리를 하고 있었다. 아빠에게 정식으로 집에 다시 들어왔냐고 물었다. 아빠는 웃으며 대답했다.

"모르겠다, 애야. 너도 알다시피 우리는 이 일을 천천히, 무리하지 않으면서 진행하려고 노력 중이야. 하지만 이제는 다시 한 지붕 아래에서 살 때가 된 것 같구나. 자, 이거 한번

먹어 봐."

"이게 뭐예요?"

"'알프레도'라는 거다. 치즈 크림소스야."

"아빠가 언제부터 '치즈 크림소스'는 둘째치고 **어떤 음식 이든 간에** 만드는 법을 아셨지요?"

"알렉스, 너무 다그치지 마라. 사람은 변하는 거야. 안 그래? 자, 어서 맛을 보렴."

"잘 모르겠어요, 아빠. 전 예전부터 열이 확 나더라고요."

"화난 것을 은유적으로 표현한 거냐?"

"아니요. 매운 음식을 먹을 때 가끔 입천장에서 일어나는 일에 대해 사실대로 말했을 뿐이에요."

나는 아빠가 내민 나무 숟가락에 묻어 있는 것을 몸을 사리며 살짝 맛보았다.

"이야, 나쁘지 않은데요. 역시 사람은 평생 배우나 봬요."

"최소한 새 요리법은. 이제 치즈를 조금 더 넣고 불을 좀 더 높이고……."

바로 그때 2층에서 요란한 소리와 함께 뭔가 부딪치는 소리가 났다. 이어 엄마의 날카로운 비명 소리가 들렸다. 나는 아빠를 따라 허겁지겁 계단을 올라갔다. 아빠는 여전히 오른손에 숟가락을 들고 있었다. 당장 행동에 나설 준비가 되어 있었던 셈이다. 요리사 스타일로.

"무슨 일이에요, 재닛?"

엄마는 박살이 난 사진틀을 바라보면서 엄지손가락을 빨고 있었다.

"사이먼, 이것 좀 봐요! 우리 결혼식 사진을 다시 걸려던 참이었어요. 그러기에 좋은 때라고 생각했거든. 그런데 망치로 손가락을 찍어서 다 떨어뜨려 버렸어요. 사진틀은 부서졌고, 어쩌면 사진에 흠집이 났을지도 모르겠네. 보기도 겁나. 당신이 봐 줄래요?"

아빠는 숟가락을 나한테 건넨 뒤 무릎을 꿇고 두 손을 짚고는 널브러져 있는 유리 파편 사이를 기어갔다. 사진은 뒤집어진 채 엄마 맨발에 기대어 있었다. 아빠는 아주 조심스럽게 사진을 들었다. 내가 보기에 사진은 괜찮은 것 같았다. 그런데 엄마 발에는 보기에 끔찍할 정도로 깊게 벤 자리가 있었다. 간호사인 엄마는 피가 나는 상처를 보자 곧바로 조치를 했다.

"사이먼, 나를 안아요. 아니, 팔 아래로 해서. 자, 이제 나를 침대로 데려가요. 알렉스, 가만히 서 있지만 말고 가서 진공청소기하고 쓰레기통을 가져와서 깨진 유리를 치워. 좋아요, 사이먼. 침대보 조심하고요. 어, 수건 두 장하고 거즈가 필요해요."

아빠와 내가 '부활절 달걀 찾기(부활절에 색칠한 달걀을 야

외 여기저기에 숨겨 놓고 찾는 행사 : 옮긴이)'를 하는 것처럼 사방팔방을 뒤지고 있는 사이, 엄마는 침대 위에서 등을 둥글게 구부리고 피가 철철 나오는 상처에 티슈 한 뭉치를 대고 꼭 누르고 있었다.

"꿰매야 할 것 같은데요. 사이먼, 미안해요. 우리 사진을 부숴 버리고 멋진 저녁 계획을 망쳐 버려서."

아빠는 방으로 허겁지겁 돌아가 다정하게 —아, 어찌나 다정하던지.—엄마 발을 거즈로 감쌌다.

"괜찮아요, 재닛. 깨진 것은 고칠 수 있어요. 그리고 내가 당신 곁에 있어서 참 다행이야."

아, 소름 끼치도록 낭만적이다. 피투성이지만 소름 끼치도록 낭만적이다.

3분 뒤, 앞치마 사나이와 절름발이 부인은 병원으로 갔다. 나는 문득 허기를 느껴 부엌으로 갔다. 고약한 냄새가 났다. 뚜껑을 열지 아빠 삭품에서 매캐한 갈색 연기가 얼굴을 덮쳤다. 소스는 새까맣게 탄 얇은 숯덩이로 변해 있었다.

여기 내가 트렌트 판사에게 말할 만한, 배울 가치가 있는 교훈이 있다. 어떤 사람들은 낭만을 누리고, 어떤 사람들은 저녁으로 숯덩이를 먹는다.

성자의 행진

"아니야, 아니야, 알렉스! 재즈에는 율동감이 있어야 해.
언제나 율동감이 있어야 한다고."

"하지만 이건 슬픈 곡인데요."

"그럴수록 더 율동감이 있어야 해. 잘 들어 봐. 너는 재즈
가 어떻게 시작되었는지 아니? 장송곡으로 시작했어. 뉴올
리언스에서는 사람이 죽으면 사람들이 모두 묘지까지 걸어
서 행진해. 옆에서는 밴드가 슬픈 노래를 연주하고 말이야.
하지만 묘지에서 돌아오는 길에는 사람들이 춤을 춰. 밴드는
빠르고 경쾌하게 연주를 하지. 재즈는 슬픔 속에서도 춤을
담고 있는 것처럼 들려야 해. 너 '성자의 행진'이라는 곡 들
어 봤니?"

"못 들어 봤는데요."

솔 할아버지는 내 기타 쪽으로 손을 뻗었다. 나는 기타를 건넸다. 그렇지 않아도 쉬려던 참이었다. 이날은 우리의 첫 정식 연습 시간이었고, 솔 할아버지는 나에게 새로운 음계 패턴을 보여 주었다. 내가 그것을 20분 정도 연습한 뒤에 할아버지는 손가락 연습법 몇 가지와 새로운 코드 몇 개를 시범으로 보여 주더니, 이제 막 새로운 노래를 들고 나온 것이다. 나는 손가락이 오그라들어 마비될 것만 같았다. 그런데도 여태 뭐 하나 제대로 하는 게 없었다.

기타를 받아 든 솔 할아버지는 간단하고 짧은 멜로디를 연주했다. 처음에는 그냥 특별한 기교를 부리지 않고 멜로디만 연주했다. 이런 식으로 말이다.

딩-딩-딩-딩

내가 지금껏 들은 가운데 가장 평범하고 심심한 연주였다. 마치 미스터 로저스(미국 어린이들에게 가장 친근한 텔레비전 프로그램인 '미스터 로저스의 이웃'의 진행자로, 온화하고 차분한 말투가 특징 : 옮긴이)가 기타를 연주하면 꼭 이런 식일 것 같을 정도로 말이다. 그런 다음 솔 할아버지는 다시 멜로디를 연주했다. 이번에는 율동감을 넣었다.

딩-가-딩-가-딩-딩

이것은 좀 더 세련되게 들렸다. 그다음 솔 할아버지는 저
음 줄로는 코드를 연주하면서 동시에 고음 줄로 멜로디를 연
주했다. 갑자기 너무나 활기찬 음을 들으니 가만히 앉아 있
을 수가 없었다. 솔 할아버지는 다시 한 번 연주를 하면서
'주거니 받거니 형식(노래를 주거니 받거니 하는 것이 특징인
흑인 영가에서 발전한 형식으로, 재즈에서 악기 사이에 또는 한
악기로 연주를 주고받는 기법 : 옮긴이)'을 더하자, 나도 모르
는 사이에 웃으면서 음에 맞춰 발을 구르고 있었다.

딩가-딩가-딩-딩 (딩가-딩가-딩-딩)

마지막으로 솔 할아버지는 코드를 연주하면서 가사를 불
렀다. 그리고 고음 줄로 '주거니 받거니 형식'에서 '받거니'
부분을 연주했다.

오, 성자들이 (딩가-딩가-딩-딩)
행진을 할 때 (딩가-딩가-딩-딩)
오, 성자들이 행진을 할 때 (딥-딥-딥-두비-두-와)
오, 나도 저 행렬에 낄 수 있다면

성자들이 행진을 할 때

솔 할아버지는 연주를 멈추며 몹시 숨을 가빠 했다. 클로델 간호사가 문간에 서서 박수를 쳤다. 하지만 솔 할아버지는 산소를 들이마시느라 정신이 없어 그것도 알아차리지 못했다. 클로델 간호사가 나한테 소곤소곤 말했다.

"소리로 봐서는 괜찮으신 것 같구나. 하지만 갈수록 더 힘들어 하실 거야. 네가 잘 지켜봐라. 솔 할아버지가 너무 무리하지 않도록 네가 조심해야 해. 안 그러면 저분은 곧 '그 행렬에 끼게 될' 테니까."

세 번째인가 네 번째인가 레슨을 받으러 가는 길에, 진즉 생각했어야 할 문제가 이제야 문득 생각났다. 기타리스트는 두 명인데, 우리한테는 기타가 하나밖에 없었다. 콘서트에서 우리가 어떻게 둘 다 연주를 한단 말인가? 한 가지 좋은 계획이 떠올라 곧바로 솔 할아버지에게 말했다.

"할아버지, 들어 보세요. 우리한테 약간의 문제가 있어요. 하지만 제가 다 해결한 것 같아요."

"**네**가 다 해결했다고? **그건** 한번 들어 봐야겠네."

"하하. 들어 보세요. 우리는 둘인데, 기타는 하나밖에 없어요. 콘서트 프로그램에 듀엣 연주를 넣는 것은 무리예요."

"그러니까 난 연주 안 할 거야. 괜찮아, 욘석아. 그렇지 않아도 최근에 무척 피곤했어."

그 말은 사실이었다.

"아니요. 할아버지도 연주해요. 이렇게 하면 돼요. 제가 의무적으로 해야 하는 사회봉사 시간이 거의 끝나 가요. 의무 시간이 끝나고 제가 이곳에 오면 시간당 5달러를 벌게 돼요. 그 돈을 모아 차를 살 계획이었어요. 하지만 모두 알다시피 저의 걸출한 행동 덕분에 운전을 하려면 몇 년 기다려야 해요. 그래서 방금 시간표를 만들어 봤어요. 만약 제가 아네트와 스티븐에게 가끔 여기로 와서 연습을 하게 한다면, 저는 몇 주 안에 300달러를 벌 수 있을 것 같아요. 그럼 값싼 중고 재즈 기타를 하나 살 거예요. 저는 그 기타로 연주하고 할아버지는 제 텔레캐스터 기타를 가지면 돼요. 그리고 음, 할아버지는 그 돈을 갚지 않아도 좋아요. 이 훌륭한 레슨의 대가로 생각하세요. 제 평생 이렇게 빨리 실력이 는 적은 없었으니까요."

"잠깐, 미스터 음. 지금 네 말은, 낡고 먼지가 가득 낀 중고 기타를 네가 연주하고 나한테 너의 아름다운 텔리를 쓰라는 거냐? 확실해?"

"솔 할아버지, 확실해요. 왜요?"

"잠깐, 잠깐. 확실하다는 거 **확실해**? 네가 중고품을 쓰고, 나는 텔리를 연주하고, 더구나 돈도 네가 낸다고?"

"**네**. 제 말이 바로 그거예요."

"흠. 너 아직도 그 열쇠 가지고 있니?"

"네. 제 열쇠고리에 있어요."

나는 열쇠를 꺼냈다.

"여기 있지요?"

"좋아, 알렉스. 난 호흡 치료를 받아야 할 시간이야. 네가 복도 끝에 있는 사물함까지 좀 걸어갈래? 그건 내 사물함 열쇠야. 344번. 방 번호하고 똑같아. 어쨌든 그 속에 들어 있는 것을 가져와라."

"그 속에 물건이 딱 하나 있나요? 아니라면 제가 무엇을 찾아야 하죠?"

호흡 치료사가 솔 할아버지의 머리에 작은 마스크를 채울 때 솔 할아버지가 말했다.

"가서 보면 알 거야, 은식아. 날 믿어. 보면 알 거야."

나는 병실을 나와 복도를 따라가다 모퉁이를 돌아 간호사들과 이야기를 나누고, 막대 사탕을 하나 사고, 골드파브 부인과 노닥거렸다. 사물함 속에 뭐가 들어 있을지 불안한 마음에 시간을 죽인 것이었다. 하지만 호흡 치료사가 솔 할아버지 방에서 나오자, 그것을 신호로 받아들였다. 나는 긴 복도를 걸어 사물함으로 갔다. 그 속에 무엇이 있을지 도무지 종잡을 수 없었다. 내 머리 위로 쏟아지도록 농간을 부려 놓은 물병? 스프링으로 파이를 발사하는 장치? 나는 다가오고 있는 '속았지롱' 순간을 똑똑히 느낄 수 있었다. 하지만 이번에는 솔 할아버지의 얼굴에서 평소에 볼 수 있는 흡족해하는 억지웃음을 못 본 것 같았다. 사물함에 열쇠를 쑤셔 넣고 숨을 한 번 크게 들이마신 뒤 열쇠를 돌렸다. 삐걱거리는 소리가 났다. 오랫동안 아무도 사물함을 열지 않았다는 것을 알 수 있었다. 좋다. 파이 발사기는 실현 가능성이 있는 위협이 아니라는 뜻이었으니까. 문을 여니 커다란 상자 몇 개 말고는 볼 만한 게 없었다. 상자에는 각각 '음반 모음', '가족사진', '음악 사진', '주디'라는 라벨이 붙어 있었다. 그런데 맨 위에 있는 상자를 옆으로 조금 밀자, 상자 더미 뒤에 처박혀 있는 검은색 물건이 보였다. 내가 잘 알고 있는 물건이었다. 바로 먼지가 아주 많이 낀 기타 케이스였다. 먼지 때문에 기침을 하면서 기타 케이스를 상자 위로 꺼내고는 다른 물건들을 원래대로 정리해 두었다. 사물함 문을 닫고 솔 할아버지 방으로 가면서 케이스 안에 어떤 기타가 들어 있는지 보고 싶어 죽을 지경이었다. 또한 갑작스러운 먼지 알레르기 때문에도 죽을 지경이었다. 그래서 간호사 대기실에 들러 후아니타 간호사한테 물티슈를 받아 케이스를 싹싹 닦았다. 만약 솔 할아버지가 먼지 때문에 쓰러져 돌아가신다면, 이 깜짝 쇼는 안 한 것만 못할 테니까.

솔 할아버지는 늘 앉는 모습으로 침대에 앉아 있었다. 하지만 자세가 뭔가 좀 달랐다. 키가 더 크고, 더 꼿꼿해 보였고, 좀 더 정신을 바짝 차리고 있는 듯했다. 케이스 속에 들어 있는 기타가 할아버지가 정말로 보고 싶어 하는 물건임을 알 수 있었다. 나는 걸쇠가 솔 할아버지 쪽으로 놓이도록 케이스를 침대 위에 내려놓았다. 솔 할아버지는 케이스를 내 쪽으로 돌렸다.

"네가 열어라, 욘석아. 나는 그 속에 뭐가 있는지 아니까."

딸깍. 첫 번째 걸쇠. 딸깍. 두 번째 걸쇠. 딸깍. 세 번째. 나는 뚜껑을 확 열어젖히려고 했다. 이런! 이 케이스는 바닥에 걸쇠가 하나 더 있는 구식이었다. 딸깍. 나는 깊은 숨을, 솔 할아버지는 얕은 숨을 들이마셨다. 천천히 다시 뚜껑을 열었다. 그 물건을 너무 빨리 보지 않으려고 눈을 약간 치켜뜨듯이 했다. 하지만 실핏 보아도 아주 특별한 악기임을 알 수 있었다. 몸통은 반짝이는 금빛 나무로 되어 있었고, 모서리와 f 자 모양으로 난 구멍 주위에는 크림색 줄이 둘러져 있었다. 금속 부속들은 금색이었고, 줄을 거는 고리는 옛날 영화에 나오는 기타에서나 볼 수 있는 아름다운 하프 모양이었다. 목('네크', 기타에서 긴 나무 막대처럼 생긴 부분으로 연주할 때 실제로 줄을 누르는 부분 : 옮긴이)은 말 그대로 예술 작품으로, 멋들어지게 경사가 져 있었고 첫 번째, 세 번째, 다섯 번째, 일곱 번째 프렛(기타에서 손가락판의 표면을 나누는 금속 돌기 : 옮긴이)에 진주 상감으로 평행한 구역을 나누고 있었다. 머리('헤드', 나사로 줄을 조이거나 푸는 부분 : 옮긴이) 부분은 정교한 아르 데코(1920~1930년대에 프랑스를 중심으로 유럽과 미국에서 크게 유행한 화려한 장식 양식 : 옮긴이) 디자인이었고, 그 위에 아름답고 유려한 글씨체로 '디안젤리코(최고급 기타를 만든 사람의 이름이자 상품 이름 : 옮긴이)'라는 단어가 쓰여 있었다. 그리고 열두 번째 프렛에 눈부신 진주층(조개껍데기 안에 있는 진주 광택이 나는 얇은 층 : 옮긴이)으로 한 단어가 아로새겨져 있었다. '속았지롱!'이라고.

내 목소리가 떨렸다.

"솔 할아버지, 이게 제가 생각하고 있는 바로 그것이에요?"

"내가 뭐 독심술 하는 사람이냐? 만약 토스터라고 생각하고 있다면 넌 틀렸어. 하지만 이게 아주 가치 있는, 맞춤 상감이 있는 1954년 디안젤리코 뉴요커 재즈 기타라고 생각한다면, 넌 보기보다는 영리한 거야."

"그러니까 제가 이것을 **연주**한단 말이에요?"

"이건 이제 네 거야. 이것을 발에 차고 스키를 타고 싶으면 그렇게 해도 좋아. 그건 낭비라고 생각한다마는."

"왜 저예요?"

"네가 나한테 네 텔레캐스터를 줬으니까. 다음 달에 무대에 올라가서 네가 빨래판을 들고 연주할 순 없잖아. 이제 넌 진짜 재즈 기타를 갖게 된 거야."

"하지만 저는 진짜 재즈 기타리스트가 아닌걸요."

"그러니 앞으로 진짜 재즈 기타리스트가 되어야지. 아니면 내가 죽을 때까지 기다렸다가 그것을 팔아서 대학 등록금 12년 치로 쓰든지. 자, 이제 그걸 들고 연주해 보자."

맙소사, 맙소사, 완전…… **맙소사**!

두 손이 떨리기 시작했다. 하지만 나는 디안젤리코를 집어 들고는 큰 의자에 앉아 조율을 했다. 수십 년의 세월이 지난 기타 줄이었지만, 이 악기는 마치 하늘나라 천사들의 합창 같은 소리를 냈다. 글쎄, 좋다. 최소한 내가 조율을 마칠 때까지는 하늘나라 음치 천사들의 합창 같은 소리를 냈다. 조율을 마치고 난 뒤 코드 몇 개를 연주해 보았다. 그리고 다시 코드 몇 개를 더 연주했다. 그다음 기타 한 줄만 누르면서 치는 연주법을 해 보았다. 그러고는 솔 할아버지가 아까 시범을 보였던 '주거니 받거니 기법'을 조금 시도해 보았다. 나는 고개를 들었다. 솔 할아버지는 입이 귀에 걸리도록 함박웃음을 짓고 있었다. 하지만 눈에는 눈물이 맺혀 있었다. 솔 할아버지가 으르렁거리듯 말했다.

"소리 죽이는 나무통 아니냐? 어? 그걸 다룰 수 있을 것 같니?"

"그래야겠지요."

"좋아. 지난번에 배운 코드 치환(일정한 규칙성을 가지고 한 코드를 다른 코드로 대체하는 기법 : 옮긴이) 연습을 어떻게 하는지 한번 보자. 오른쪽 팔목에 힘 빼는 것 잊지 마. 만약 네가 율동감을 잃는다면 다이아몬드가 박힌 순금 기타를 연주해도 아무 소용 없으니 말이야. 그건 모두에게 불행이야. 좋아. 그럼 하나, 둘, 셋, 넷!"

숨 쉬는 일

다음번에는 선물을 가지고 솔 할아버지를 만나러 갔다. 하지만 할아버지는 방에 없었다. 레오노라 사회 복지사가 지나가다가 나를 보고 다가왔다.

"안녕, 알렉스. 한동안 너를 못 봤구나. 하지만 너와 루이스 씨가 악기를 맞바꿨다는 얘기는 들었다. 솔 할아버지가 자기 물건을 다른 사람과 함께 썼다는 얘기를 석 달 전에 들었다면, 그 말을 안 믿었을 거야. 너하고 그분은 정말 특별한 관계야. 너한테 존경을 보낸다."

"고마워요. 할아버지는 어디에 계시지요?"

"진찰실에서 몇 가지 검사를 받고 있어. 있잖아, 솔 할아버지의 CHF 치료가 점점 더 어려워지고 있어. 그래서 이곳 의

료진이 병원의 심장 전문의들한테 계속 많은 자문을 받고 있어."

"CHF요?"

"울혈성 심부전. 솔 할아버지는 폐활량이 아주 작아진 사람치고는 놀랄 만큼 잘 버티고 있어. 그렇긴 해도 그분의 폐기종은 이미 말기야."

갑자기 목에 덩어리가 컥 걸렸다. 누군가가 앙심을 품고 닭 뼈와 초강력 접착제를 내 목에 쑤셔 넣는 듯한 느낌이었다.

"네, 할아버지의 상태가 좋지 않다는 건 저도 알고 있어요. 솔로몬 할아버지가…… 언제…… 언제 방으로 돌아오실까요?"

"적어도 한 시간은 기다려야 할 거야. 솔 할아버지 방에 가서 잠시 기타를 치지 그러니? 그래서 할아버지가 돌아오셨을 때 놀래 주면 되잖아. 그분은 너랑 함께 있는 시간을 참 좋아해."

"네. 고마워요, 레오노라 사회 복지사님."

레오노라 사회 복지사는 누구 기죽일 일이라도 있는 듯이 성큼성큼 걸어갔다. 나는 솔 할아버지의 사물함으로 가서 기타를 꺼냈다. 아직도 내 기타라는 생각은 들지 않았다. 그런데 케이스 손잡이를 잡으려고 하다가 그만 놓쳐 버렸다. 상자들이 우르르 바닥으로 떨어졌지만 기타 케이스가 땅에 닿기 전에 멋지게 몸을 날려 낚아챘다. 자욱한 먼지구름 속에서 나는 숨을 헐떡거리고 기침을 하며 몇 분을 보냈다. 천 번쯤 빠르게 눈을 깜빡거리고 나서야 다시 제대로 볼 수 있었다. 나는 뒤죽박죽이 된 사진 더미 한가운데 서 있었다. 기타 연습은 물 건너갔다는 것을 금방 알 수 있었다. '주디'라는 라벨이 붙은, 거꾸로 뒤집어진 상자에 사진을 다시 집어넣는 일은 시간이 많이 걸릴 게 분명했으니까. 알레르기를 일으키는 물질이 있는 공기로부터 천식 공격을 받지 않는다고 해도 말이다. 나는 작은 2차 버섯구름을 일으키며 바닥에 앉아, 솔로몬 루이스 할아버지에게 커다란 실망을 안겨준 딸의 사진들을 정리하기 시작했다.

한 시간 뒤, 나는 솔 할아버지 방에서 슬프고 짧은 블루스 가운데 아무 곡이나 하나 골라 내 텔레케스터로 연주하고 있었다. 축 처지고 너저분한 블루스를 솔 할아버지의 디안젤리코로 연주한다는 것은 신성 모독과 다를 바 없을 듯했다. 모나리자에 수채 물감으로 그림을 그리는 것처럼 말이다. 그러면서 '주디 상자'에서 본 것을 곱씹고 있었다. 나로서는 솔 할아버지가 평생 겪은 고통을 상상하기도 힘들었다. 그리고 그 고통은 완전히 끝나기 전까지 앞으로도 더욱 악화될 것이었다.

솔 할아버지가 휠체어를 타고 들어왔다. 피부가 오트밀의 잿빛 색조를 띠었고 가슴이 잔뜩 부풀어 보였다. 할아버지는 나를 보고 싱긋 웃었다. 하지만 희미한 웃음이었다. 웃는 것마저도 어느 정도 애를 써야 하는 상태임을 한눈에 알 수 있었다. 목소리는 까칠했으며 동시에 가쁜 숨소리가 섞여 있다.

"그래 욘석아, 웬 블루스냐? 예전의 못된 미스터 음이 다시 못된 짓이라도 하고 있다는 뜻이냐?"

"아니요. 그냥 뭐 좀 생각하느라고요. 좀 어떠세요? 피곤해 보이시는데."

"글쎄다. 너도 알다시피 나한테는 좋은 시절도 있었고…… 썩 좋지 않은 시절도 있었지. 지금이 '좋은 시절 톱텐'에 든다고 할 수는 없겠지."

"할아버지, 제가 할아버지 드리려고 뭘 좀 가져왔어요."

나는 의자 아래 두었던, 검은색과 흰색으로 된 커다란 제과점 과자 두 개를 꺼냈다. 하지만 솔 할아버지는 과자에 눈길도 주지 않았다.

"거기 놔둬라. 나중에…… 배가…… 고파질 수도 있겠지."

"그럴게요, 할아버지. 오늘은 저하고 뭘 연습하고 싶으세요?"

할아버지는 다시 침대에 누웠다. 할아버지가 내 질문에 대해 생각하고 있는 사이, 공기가 가르랑거리고 휘파람 소리를 내며 폐로 드나드는 소리를 들을 수 있었다. 할아버지는 자신의 천재 제자가 과자를 내놓는 사이 숨을 헐떡이고 있었다.

"네 말마따나 지금 난 피곤해. 그냥…… 아무거나 좋은 곡으로 연주해 봐. 알았지?"

그래서 나는 계속 연주를 했다. 곡 전체, 곡 절반, 코드 묶음 등 손가락이 가는 대로 이것저것 연주했다. 솔 할아버지의 숨소리는 1분 정도 요란한 소리를 내다가 조용해지곤 했다. 숨소리가 조용해질 때면, 혹시 내 연주가 할아버지를 다음 세상으로 데려간 것은 아닌지 확인하려고 연주를 멈추고 맥박을 재 보고 싶은 마음이 들 정도였다. 어느 틈엔가 클로델 간호사가 방에 들어와 내 옆에 서 있었다. 클로델 간호사는 한 손을 내 어깨에 얹고는 다른 손으로 문을 가리키며 속삭였다.

"나가자, 얘야. 네 친구는 지금 휴식이 필요해."

복도로 나오자마자 나는 곧바로 물었다.

"가슴에서 왜 그렇게 요란한 소리가 나죠? 그리고 가슴이 왜 그렇게 부풀어 보이지요?"

클로델 간호사는 한숨을 짓고 대답했다.

"숨 쉬는 일 때문이지. 의사들은 '숨 쉬는 일'이라는 표현을 써. 너나 나는 폐가 제대로 일을 해. 그래서 숨 쉬는 게 힘들지 않지. 하지만 솔 할아버지 같은 사람은 폐 속이 상처투성이고 부어 있어. 그래서 산소를 마시려면 '일'을 해야만 해."

"매번요? 숨을 한 번 쉴 때마다요? 왜 지금 갑자기 그러는 거죠?"

"알렉스, 저 안에 있는 네 친구는 늙었지만 강인한 전사야. 하지만 얼마나 힘든지 너도 봐서 알 거다. 그리고 아무도 영원히 싸울 수는 없어. 아무도."

나는 병원을 떠나야만 했다. 로리가 필요했다. 그래서 로리 집으로 갔다. 로리 아빠가 문을 열어 주더니 내게 경고의 말을 했다.

"우리 공주는 침소에 들었다. 지금 기분이 심각해, 알렉스. 오늘 엄마한테서 초음파 사진을 받았거든. 그걸 가리가리 찢어 흑백 색종이 조각을 만들어 버렸어. 네가 원한다면 올라가 봐도 좋다마는, 나라면 한동안 로리 근처에는 얼씬도 하지 않을 거다. 글쎄, 로리가 서른 살쯤 될 때까지. 아까부터 계속 판자 쪼개지는 소리가 나더구나."

"글쎄요, 제 생각에는 가라테 송판을 깨는 것은 공격성을 표출하는 건강한 방법 같은데요."

"동감이야, 알렉스. 다만 이 집에는 가라테 송판이 없다는 것이 문제지."

"흠. 제가 지금 한번 올라가 봐야겠어요."

"좋다, 얘야. 위에서 일이 잘…… 안 풀릴 경우 다음에는 기회가 없을까 봐 말하는데, 네가 정말 대단한 아이였다고 생각한다. 아니, 정말 대단한 아이라고."

아, 웃어야 할지, 울어야 할지. 농담도 참 심하시지.

나는 로리의 방문 앞에서 몇 분 동안 귀를 기울여 보았다. 뚜렷하게 위험한 소리는 들리지 않아서 문을 두드렸다. 로리는 뭐라고 투덜대고 있었다. 나는 그것을 초대로 받아들이고 '분노와 슬픔의 방'으로 들어갔다. 방은 두말할 필요 없이 난장판이었지만 나는 파편들을 무시했다. 아니, 적어도 인간이 아닌 파편들은. 로리는 한 손에 티슈 한 뭉치를 들고 다른 손에 접힌 종이를 한 장 든 채 침대에 웅크리고 앉아 있었다. 엉엉 울지는 않았지만 코를 훌쩍이며 '울음 뒤끝' 단계에 있었다. 나는 축축하게 젖은 티슈 뭉치를 침대에서 바닥으로 쓸어 버리고는 로리 무릎 옆에 앉았다. 영화에서 구닥다리 시골 의사들이 끔찍한 소식을 전할 때 하는 식으로 어색하기 짝이 없게 로리를 다독거려 주었다. 빨갛게 충혈된 로리의 시선이 나한테 꽂혔다.

"엄마는 정말로 아기를 낳을 건가 봐, 알렉스. 정말로 자식을 펑펑 낳을 작정인가 봐. 이것 봐!"

로리는 접힌 종이를 펴서 내 얼굴 앞에 흔들었다. 로리 아빠가 말한 초음파 사진이었다.

"야, 너희 아빠는 네가 그것을 가리가리 찢어 버렸다고 하시더라."

"아빠는 뻥튀기 선수야. 아마 내가 여기에서 물건을 깨부수고 있다고도 말씀하셨을걸. 맞지?"

나는 내팽개쳐진 서랍들을 둘러보았다. 화장품이 사방에 흩어져 있었고, 침대 머리판에는 비스듬하게 큼지막한 금이 있었다. 나는 눈썹을 치켜세웠다.

"어쨌든 아빠는 이 멍청한 사진에 대해서는 과장을 했잖아. 나는 봉투하고 엄마가 보낸 짜증 나는 귀여운 카드를 찢었을 뿐이야."

나는 초음파 사진을 받아 들었다. 그 사진은 얼핏 보면 우주 외계인의 레이더처럼 보였다. 이상하기 짝이 없는 사진 속 존재는 머리가 엄청나게 크고 몸은 조그맣고 작은 팔은 흐느적거리고 발은 오그리고 있었다. 좀 더 자세히 보자 꼬리가 달린 것처럼 보였다.

"우아! 원숭이 도시!"

내가 소리쳤다.

"아빠 쪽 피를 받았나 보지."

나는 로리 뒤쪽으로 눈길을 돌려 등을 살펴보았다.

"그래. 넌 꼬리가 없는 것 같다."

"알아봐 줘서 고맙다."

갑자기 나는 침대 위에 계속 있을 수 없어서 방 안을 서성이기 시작했다. 길이가 1미터 80센티미터쯤 되고 바닥에 잡다한 물건들이 다양한 높이로 널브러져 있는 방에서는 쉬운 일이 아니었다.

"그러니까 넌 화가 많이 났지. 그런데 왜 지금 이러는 건데? 이런 일이 있으리라는 걸 전부터 알았잖아."

"알아. 그냥…… 사진하고 카드를 보니까 실감이 나잖아. 새 아이가 정말로 태어날 것 같고, 그래서 나의 반쪽 동생이 되고, 우리 엄마의 온전한 딸이 되고, 그래서 나는 엄마의 반쪽 딸밖에 안 되고."

"로르(로리의 애칭 : 옮긴이), 진학 적성 예비 시험에서 내가 너보다 수학 시험 잘 본 것 기억하지? 내 생각에는 논리가 너의 취약한 부분인 것 같아."

"알렉스, 우리가 열한 살이었을 때, 네가 폭죽으로 개밋둑을 날려 버리려고 했다가 개미들이 죄다 너를 덮쳐 사방을 물어뜯은 것 기억하지? 넌 3일 동안이나 병원에 있었잖아. 나한테 논리 얘기 꺼내지도 마, 녀석아!"

"좋아. 만약 개미 잡는 약이 제시간에만 터졌다면 잘 됐을 거야. 아무튼 내가 말하고 싶은 것은, 너는 여전히 너희 엄마

의 온전한 딸이라는 거야. 봐, 엄마가 올여름에 함께 지내자
고 초대했지. 안 그래? 그게 너한테 뭔가를 말해 주지 않
니?"

"그래. 그건 엄마가 신데렐라를 찾고 있다는 걸 말해 줘.
그리고 엄마는 신데렐라를 보면 값싼 노동력을 생각하시지.
어쩌면 난 아예 안 갈지도 몰라."

"모르겠다, 로르. 내가 보기에는 엄마가 너를 보고 싶어서
그러는 것 같은데. 만약 네가 안 가면, 엄마와의 인연을 완전
히 끊는 게 될 수도 있다고 생각하지 않니?"

"어쩌면 난 엄마와의 인연을 완전히 끊고 싶은지도 몰라.
그것 한 방으로 엄마가 이런 식으로 계속 나를 당혹스럽게
만드는 것을 막을 수 있을 거야!"

로리는 자신의 주장을 강조하기 위해 좀 더 세게 침대 머
리판을 걸어찼다. 그리고 나무판에 나 있는 거대한 금을 강
조하는 데에도 성공했다. 나는 로리에게 성큼성큼 다가갔다.
그 방의 여건에서는 최대한 성큼성큼 말이다. 그러고는 로리
의 어깨에 손을 얹었다. 로리의 두 눈에 작은 프리즘이 생기
고 있었다. 눈물이 글썽였지만 아직 주르륵 흐를 정도는 아
니었다. 우리는 오랫동안 아무 말도 하지 않았다. 마침내 나
는 긴 침묵에 초조해지기 시작했다.

"있잖아, 나는 부모 자식 사이에 서로 얘기를 해야 한다고

생각해. 그게 다야."

로리는 그저 나를 물끄러미 바라보기만 했다. 내가 나서서 다시 대화의 틈을 메워야 했다.

"오늘 솔 할아버지한테 갔어. 그런데 솔 할아버지가……안 계시더라. 그래서 사물함으로 갔어. 내가 사물함에서 기타를 꺼내는 거 너도 알지? 기타를 다시 꺼내서 연주를 할 생각이었거든. 그러다 그만 물건들을 쓰러뜨려 버렸어. 기타는 잡았는데, 한 상자에 들어 있던 사진들이 다 쏟아졌어. 그 사진들을 다시 주워 담았는데, 솔 할아버지의 딸 주디의 사진이었어. 주디라는 분은 솔 할아버지하고는 아예 말도 안 한대. 영원히 말이야. 하지만 솔 할아버지는 그 상자에 딸에 대한 모든 것을 가지고 있더라. 젖니, 초등학교 2학년 성적표, 심지어 딸이 어른이 된 다음의 뉴스 기사까지 말이야. 솔 할아버지가 딸을 얼마나 사랑하는지 너도 알 수 있을 거야. 그런데…… 솔 할아버지는……"

갑자기 방 안에 눈물을 글썽이는 눈동자가 네 개가 되었다. 로리가 물었다.

"할아버지는 어떠셔? 뭐가 잘못됐어?"

나는 레오노라 사회 복지사와 클로델 간호사가 한 이야기, 할아버지 폐에서 나는 끔찍한 소리, 그리고 내 팔을 비틀다시피 해서 가져오라고 성화였던 과자를 할아버지가 먹고 싶어 하지 않았던 일 등을 이야기해 주었다. 이야기를 마쳤을 때 나는 엉엉 울고 있었다. 로리도 마찬가지였다. 우리는 방금 쓴 티슈의 바다에서 헤엄치고 있는 꼴이나 다름없었다. 그런 다음 함께 침대 위에 있었다. 내 팔이 로리를 감쌌다. 로리의 팔이 나를 감쌌다. 오랜 시간에 걸쳐 우리 두 사람의 눈길이 점점 가까워졌다. 결국 우리는 진짜로 서로에게 기대기 시작했다. 이제 곧 커다란 키스로 이어지리라는 것을 나는 알았다. 너무도 슬프고 동시에 너무도 기뻤기 때문이다. 눈을 지그시 감고 기다렸다. 부드러운 로리의 입술이 내 입술에……

바로 그 순간, 엄청나게 큰 소리가 울렸다. 총소리 같았다. 작디작은 22구경 같은 게 아니라 초강력 전쟁 영화에서 볼 수 있는, 대포처럼 무지막지한 권총에서 나는 소리 같았다. 로리와 나는 서로에게 쓰러졌고, 우리는 또다시 이를 부딪쳤다.

우리는 여전히 매트리스 위에 있었다. 하지만 매트리스는 방바닥에 있었다. 로리가 걷어찼던 곳이 반으로 쪼개져 침대 뼈대 전체가 두 동강 났던 것이다. 먼저 정신을 차린 사람은 나였던 것 같다.

"우아, 로리, 네 가라테 끝내 준다!"

로리는 벌어진 두 입술 사이로 아름다운 이를 드러내며 히

죽 웃었다.

"우아, 알렉스. 동작 한번 끝내 주게 빠른데!"

나는 언젠가 이 이야기를 자세히 써야 할 것이다. 그러나 솔직히 말해 푸른 지구에 사는 어떤 인간이 내 말을 믿으려고 할까?

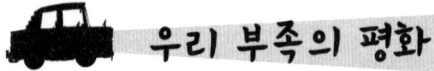# 우리 부족의 평화

로리의 집에서 우리 집으로 돌아오는 길에, 나는 두 가지에 대해 생각했다. 퉁퉁 부어올라 화끈거리는 내 윗입술 그리고 부모님과 나의 관계. 내가 솔 할아버지가 딸에게서 버림받은 것을 두고 울 수 있다면, 그리고 로리에게 엄마한테 겨눈 손도끼를 거두라고 말할 수 있다면, 나도 엄마와 아빠한테 뭔가를 말해야 할 것 같았다. 나 자신이 지상 최고의 위선자임을 알면서 나대고 다닐 수는 없지 않은가.

부모님은 식탁에 앉아 밤늦은 허브 차를 마시고 있었다. 너무 일상적인 장면으로 보였다. 그래서 부모님이 마지막으로 함께 차를 마시는 것을 본 뒤 1년 반 동안 그 터무니없는 모든 일이 어떻게 일어나게 되었는지 이해가 되지 않을 정도였다. 나는 엄마와 아빠 어깨에 손을 하나씩 얹었다.

"엄마 아빠, 드릴 말씀이 있어요."

아빠는 걱정스러운 표정을 지었다. 그래서 얼른 덧붙였다.

"안심하세요. 이번에는 누구 차도 들이받지 않았으니까요. 어떤 과목에서 낙제 점수를 받은 것도 아니고요, 누구를 임신시킨 것도 아니에요. 검은돈을 만들려고 기타를 전당포에 맡기지도 않았고, 또……."

엄마는 설핏 웃음을 머금고는 내 손을 꼭 잡았다.

"뭔 말인지 알겠다, 알렉스. 그래서 우리한테 하고 싶다는 말이 뭐니?"

"음, 오늘 저녁에 솔 할아버지한테 들렀어요. 상태가 좋지 않아요. 저는 할아버지 딸의 옛날 사진과 물건이 들어 있는 상자를 발견했어요. 어…… 솔 할아버지의 딸 주디 말이에요. 그래서 저는 솔 할아버지가 딸한테 얼마나 잘해 주었는지, 그리고 딸이 그것을 얼마나 고맙게 여기지 않았는지를 생각했어요. 그리고 저는…… 어…… 이혼 문제가 저한테 쉬운 일이 아니었다는 것을 알아요. 엄마와 아빠도 보셔서 아실 거예요."

엄마는 그 문제를 꺼내는 것을 그냥 지나치지 않을 태세였다.

"그래서 잔디 도깨비 사건이 일종의, 그러니까 일종의 분노의 표출이었다는 거지?"

아빠도 한 방 날렸다.

"그리고 '몇 달 동안 아빠한테 말하지 않기'도 더 큰 행동 방식의 일부였다는 거지?"

"보세요. 두 분은 정말 짜증 나는 유머의 온상이에요. 네? 그래요. 두 분 모두 제가 얼마나 화가 났는지 잘 아실 거예요. 그리고 이제 두 분이 다시 합치는 것이 저한테는 얼마나 이상하기 짝이 없는 일인지도요. 한 번에 완전히 다시 합치지는 않지만요. 게다가 두 분이 다시 결혼하든 어쩌든 간에 그것이 영원히 지속되리라는 것을 제가 어떻게 확신할 수 있겠어요?"

엄마와 아빠는 이 말을 듣고 아주 어색한 눈빛을 나누었다. 하지만 나는 내처 말했다.

"그렇지만 두 분이 저를 사랑한다는 것을 알아요. 그리고 저는 두 분을 사랑해요. 만약 제가 골칫거리였다면 미안해요. 이게 제가 하고 싶은 말이에요."

"골칫거리? 저 애가 골칫거리였어요, 여보?"

아빠가 묻자 엄마가 대답했다.

"아니. 골칫거리 아니지. 어떤 문제나 상황을 안겨 준 적은 있을지 몰라도, 정확히 골칫거리는 아니었지요."

엄마는 자리에서 일어나 나를 안았다. 아빠는 두 팔로 엄마와 나를 얼싸안았다. 어색했다. 우리는 예전에 딱히 포옹을 즐기는 가족이 아니었으니까. 하지만 한편으로는 느낌이 좋았다. 그다음 엄마가 분위기를 깼다.

"좋아요, 남자들. 우리 가운데 한 사람은 내일 12시간 교대 근무를 해야 해요. 저는 가서 자야겠어요."

아빠는 나한테 차를 한잔 마시고 싶은지 물었다. 나는 그렇다고 대답했다. 속으로 허브 차는 세균이 들끓는 설거지물 냄새가 난다고 생각했지만. 이런저런 부엌일을 끝마친 뒤 우리가 식탁에 나란히 앉았을 때, 아빠는 마음속에 있는 말을 털어놓았다.

"알렉스, 전에 너한테 내가 엄마를 버리고 나간 게 아니라 엄마가 나한테 떠나라고 했다고 한 말 기억하지?"

나는 미지근하게 식은 맛없는 차를 길게 한 모금 마셨다.

"아무래도 엄마와 아빠 사이에 작년에 일어났던 일을 너한테 얘기하는 게 좋을 것 같구나."

나는 다시 차를 한 모금 마시면서, 그사이 속으로 이 말을 생각해 냈다.

"있잖아요, 아빠. 별로 알고 싶지 않아요. 12월 달에 충분한 답을 주셨어요."

"정말? 내가 뭐라고 했지?"

"이렇게 말씀하셨죠. '사정이 그리 간단하지 않단다. 사람이란 복잡하고 모순적이야.' 아빠 말이 맞아요. 그리고 그게 제가 알고 싶은 것 다예요. 정말로요."

아빠는 마음이 놓이는 눈치였다.

"음, 좋아. 네가 진짜로 괜찮다면 말이야."

"전 괜찮아요, 아빠. 정말로요."

아빠가 식탁에서 일어나려고 하는 순간, 나한테 다른 질문이 퍼뜩 떠올랐다.

"잠깐만요. 아빠가 말하라고 하니 궁금한 게 한 가지 더 있어요."

"좋아, 말해 봐."

"왜 시몬센 부인과 헤어졌지요?"

"모르겠다, 얘야. 난 그저 분필 냄새가 나는 여자하고 남은 생애를 보낼 수 있을 것 같지 않더구나."

그렇다, 친구들이여. 맞다. 분필 가루 덕분에 살아난 또 하나의 결혼.

:

트렌트 판사님께

이 편지는 두 가지 목적이 있습니다. 하나는 제가 보호 관찰의 요구 조건을 거의 다 충족시킨 것 같다는 사실을 판사님께 알리는 겁니다. 이제 저는 에그버트 P. 존슨 기념 노인 요양원에서 100시간 넘게 일했습니다. 그리고 더욱 중요한 것은, 제가 삶의 교훈을 얻었고 그것을 실천하고 있다는 사실입니다.

저는 한 노인과 꽃병과 오래된 기념품 상자로부터 배웠습니다. 전에 보낸 편지에서 솔로몬 루이스 씨한테 딸이 하나 있는데, 그 딸은 솔 할아버지와 말도 하지 않는다고 했던 것 기억하시나요? 솔 할아버지는 해마다 하누카 때가 되면 딸에게 주려고 꽃을 한 아름 놔둔답니다. 하지만 딸은 그 꽃을 받으러한 번도 오지 않았지요. 게다가 솔 할아버지는 노인 요양원에 사물함을 가지고 있습니다. 저는 '주디'라는 라벨이 붙은, 사진과 물건이 들어 있는 상자 하나를 우연히 보게 되었습니다. 물론 그 속에는 성적표와 젖니 같은, 딸의 어린 시절 물건이 들어 있었습니다. 그 상자 속에는 두 사람의 관계가 서먹해진 뒤에도 여러 해에 걸쳐 모아 둔, 성인이 된 딸에 대한 뉴스 기사나 다른 것들이 잔뜩 있었습니다. 모든 역경에도 불구하고, 치명적인 병을 앓고 있는 가운데에서도 솔 할아버지는 딸의 소식을 계속 추적했지요. 만약 솔 할아버지의 딸이 지금이라도 나타난다면, 그는 딸을 다시 받아들일 마음의 준비가 되어 있는 것 같습니다. 그래서 솔 할아버지가 저한테 가르쳐 준 교훈은 이것입니다.

'대부분의 부모는 자기 자식을 사랑한다. 자식이 얼마나 화가 났든, 자식이 어떤 말을, 어떤 행동을 하든 상관없이 대부분의 부모는 자기 자식을 사랑한다. 따라서 누구나 행복을 위한 두 번째 기회를 가질 자격이 있다.'

그래서 저는 엄마와의 관계가 엉망이 된 단짝 친구에게 딸로서 다시 한 번 노력해 보라고 말했습니다. 그런 다음 집으로 가서 제 생각을 실천에 옮겼습니다. 저는 결혼 문제와 관련해서 우리 부모님을 용서했습니다. 우아. 제가 비행 청소년 선행상이라도 받아야 하지 않나요?

이 편지를 쓰는 다른 목적은 어쩌면 솔 할아버지의 마지막 콘서트가 될지도 모르는 행사에 판사님을 초대하는 것입니다. 폐기종이 악화되었지만 솔 할아버지는 무슨 일이 있어도 노인 요양원에서 다시 한 번 재즈 공연을 해낼 작정이십니다. 이번 주 토요일 오후 3시, 노인 요양원 휴게실입니다. 정말로 특별한 공연이 될 것입니다. 최근에 솔 할아버지가 저한테 절묘한 소리가 나는 아주 값비싼 재즈 기타를 주었기 때문입니다. 이번 공연은 제가 새 기타를 치는 첫 연주회가 될 것입니다. 게다가 솔 할아버지는 6주 동안 저에게 기타 레슨을 해 주었습니다. 솔 할아버지는 정말 대단한 선생님입니다. 게다가 솔 할아버지와 지난번 콘서트에 나온 연주자 두 명은 하나같이 빼어난 연주자들입니다. 따라서 이번 연주회는 음악적으로 훌륭한 행사가 될 게 틀림없습니다.

판사님이 첫 번째 콘서트에 참석하지 않았기 때문에 이번 행사에 판사님을 초대하지 말까 하고 생각했습니다. 하지만 솔 할아버지가 저한테 가르쳐 준 것처럼 우리는 누구나 두 번째 기회를 가질 자격이 있습니다.

콘서트에서 판사님을 뵙기를 기대합니다.

4월 3일
알렉스 그레고리

알렉스에게

콘서트에 갈게.

4월 6일
판사 J. 트렌트

 **피날레**

　한번 상상해 보라. 여러분은 연주자다. 형편없는 연주자는 아니지만, 그렇다고 빼어나게 뛰어난 연주자도 아니다. 그런데 200명이나 되는 사람들이 지켜보는 무대에 서 있다. 대부분은 개인적으로 아는 사람들이다. 그리고 그 가운데 한 명은 이론적으로는 연주가 너무 끔찍하면 여러분을 감옥으로 보낼 수도 있는 사람이다. 여러분은 무대를 휘 둘러보고 동료 연주자들을 하나하나 살펴본다. 10대 드럼 마법사는 카키색 바지에 흰색 셔츠를 입고서 차분하면서도 금방이라도 폭발할 듯한 표정을 짓고 있다. 고등학생 피아노 여자 사제는 매끈한 드레스를 차려입고 '똑, 똑' 소리를 내며 손가락 관절을 풀고 있다. 이 아이가 그런 동작을 하면 어찌 된 영문인지

무척 여성스러워 보인다. 그리고 기타라면 뭐든지 도사인 노인이 있다. 고속도로 진입로처럼 옷깃이 접혀 있는 아주 오래된 체크무늬 황갈색 블레이저코트(운동선수의 제복으로 많이 쓰이는 웃옷 : 옮긴이)를 차려입은 말쑥한 모습이다. 여러분은 긴장감과 함께 머릿속에 떠오르는 잡생각을 떨쳐 버리려고 애쓴다. 무대 위에서 여러분이 의심할 나위 없이 가장 보잘것없는 연주자라는 사실, 다른 어떤 일에 비할 수 없을 만큼 이 일에 많은 노력을 기울였는데도 사람들 가운데 누구라도 여러분이 '비밥(재즈 음악의 한 종류 : 옮긴이)'이라는 말을 마치기도 전에 무대 밖으로 날려 버릴 수 있다는 사실, 게다가 그런 사람이 세 명이나 된다는 사실까지.

여러분은 사람들이 모두 앞에 모여들어 여러분의 움직임 하나하나를 지켜보는 이 무대에 오르지 않았어도 되는 시간으로 거슬러 간다. 더 난순했던 시간, 더 조용했던 시간. 25분 전, 무대 뒤에 있는 작은 방에 둘러앉아 밴드 멤버들과 이야기를 나누던 시간으로.

"얘들아, 긴장된다."

"왜?"

스티븐과 손을 잡고 앉아 있던 아네트가 물었다.

"바로 두 달 전에 이런 콘서트 한 번 했잖아."

"알아. 하지만 그때만 해도 연주를 잘하는 것은 곡들을 무사히 끝내기만 하면 되는 것이라고 생각했어. 이번에는 너희들과 솔 할아버지가 나한테 자기비판의 새로운 지평을 열어 줬어."

"하지만 넌 멋진 연주를 계속해 왔잖아. 정말이야. 어젯밤에 스티븐은 네가 짧은 시간에 너무나 많이 발전했다고 말하더라."

"맞아. 내가 아네트에게 이제 네가 훨씬 더 섬세해졌다고 했어. 완전히 새로운 귀 두 개를 단 것 같다고나 할까. 지난 콘서트에서 너와 아네트가 함께 반주를 할 때, 너는 여섯 줄 모두로 엄청난 코드들을 아주 큰 소리로 연주했어. 그래서 아네트가 연주할 게 별로 없었지. 하지만 2주 전 연습 때 네가 '리듬을 타고'라는 곡을 줄 세 개만으로 화음을 넣더라. 정말 듣기 좋았어. 게다가 줄을 뜯는 손놀림도 훨씬 가볍고 경쾌해졌어. 이제 나의 비트하고 훨씬 더 잘 착착 감기고 있어."

"그게 다 솔 할아버지가 나한테 악을 고래고래 지른 덕분이야. 며칠 전에 '지붕 위의 바이올린'을 연주했는데, 솔 할아버지가 박자에 맞춰 내 머리를 쾅쾅 치셨어. 이렇게 소리를 지르면서 말이야. '그게 아니야, 윤석아. 네 연주는 악보사이를 질주하는 코끼리 떼처럼 들려!' 내가 영구적인 뇌 손상을 입지 않은 것은 솔 할아버지가 심한 기침 발작을 일으킨 덕분이야. 솔 할아버지가 기침을 멈추기 전에 의자를 침대에서 멀찌감치 옮겼거든."

아네트와 스티븐이 웃음을 지었다. 아네트가 말했다.

"너도 잘 알고 있듯이, 솔 할아버지는 너를 정말로 많이 변화시켰어."

"무슨 말이야? 공포심을 교육 수단으로 쓰는 혁신적인 방법 때문에……."

"아니. 심각하게 말하는 거야. 너는 연주자로서 더욱 섬세해졌을 뿐만 아니라 인간으로서도 더욱 섬세해졌어. 누구나 다 아는 사실이야. 예전에 우리 등 뒤에서 나와 스티븐을 비웃었던 거 생각해 봐."

"아, 그거. 그건 말이야, 다른 뜻이 있었던 건 아니고 난 그냥……."

"거봐. 넌 사과를 할 기세잖아. 일 년 전이었다면 너는 아예 오리발을 내밀었을걸. 그러고는 내가 말을 멈추기 무섭게 우리에 대한 다른 농담을 만들어 냈을 거야. 그럼 나중에 로리가 우리한테 말하겠지. 우리가 너를 잘못 알고 있다느니, 알고 보면 너도 괜찮은 아이라느니 어쩌고저쩌고. 하지만 지금 너는 글쎄, 더 착하고 더 친절하잖아."

나는 얼굴이 빨개지면서 화끈거리는 열기를 느낄 수 있었다. 바로 그 순간 그 자리에서 농담 한두 가지를 지어내 보려고 했다. 하지만 입 밖으로 나온 것은 농담이 아니었다.

"고마워, 아네트. 고마워."

바로 그때 솔 할아버지가 휠체어를 타고 방 안으로 들이닥쳤다. 직원 하나가 까르르 웃으며 휠체어를 밀고 있었다.

"밀어 줘서 고마우이, 친구. 1947년 로즈 프리드먼이 나를 자기 차 뒷자리로 데려간 뒤로 이렇게 즐거운 여행은 처음이야. 안녕, 얘들아! 다들 오늘 악기를 연주할 손가락 잊지 않고 챙겨 왔길 바란다. 왜냐하면 이 공연은 **끝내 줄** 테니까!"

솔 할아버지는 산소 탱크 두 개, 코 아래 고정되어 있는 관, 그 아래에 대롱대롱 매달려 있는 산소마스크 등으로 중무장한 모습이었다. 다른 사람이라면 이런 장비들을 죄다 얼굴에 착용하고는 '학교 종'도 연주할 수 없을 것이다. 하지만 이 사람은 솔 할아버지 아닌가. 여전히 할아버지의 얼굴빛은 끔찍했고 목소리는 거칠었다. 할아버지는 잠시 기침을 할 것처럼 보였다. 하지만 그 대신 산소마스크를 움켜쥐고 숨을 깊이 들이마셨다.

"솔 할아버지, 그건 뭐 하는 거죠? 정말로 연주해도 괜찮으시겠어요?"

솔 할아버지는 산소마스크를 잠시 옆으로 치웠다.

"뭐? 이 조그만 물건? 난 괜찮아. 미리 산소를 좀 마셔 두는 것뿐이야."

솔 할아버지는 말을 멈추고 다시 산소마스크로 숨을 크게 두 번 들이마셨다.

"내 생각은 이래. 내가 숨을 멈추잖아. 그래도 이틀은 더 살 거야. 내가 완전히 죽지 않았다면 말이야!"

스티븐과 아네트는 이 말을 어떻게 받아들여야 할지 몰랐다. 하지만 나는 이 말을 듣고 솔 할아버지가 오늘은 버틸 수 있다는 것을 알았다. 솔 할아버지는 분명 일을 할 준비가 되어 있었다.

"야, 알렉스. 기타들 조율은 해 놨어?"

"네, 할아버지. 기타는 밖에 있어요. 우리가 여기 뒤에 있는 동안 로리가 무대 전체를 지켜보고 있어요."

"좋아. 만약 골드파브 부인이 여기에 일찍 내려온다면, 악기가 가득 널려 있는 무대에 어떤 해코지를 할지 모르지. 그나저나 음 부인은 오늘 어떠냐? 빨간 드레스를 입지 않았어야 하는데. 안 그러면 네가 심장 마비를 일으켜 무대 밖으로 떨어질지도 모르잖니."

"청바지 입고 왔어요, 할아버지."

나는 내 손을 할아버지 손에 얹었다.

"할아버지는 할아버지 걱정이나 하세요. 네? 밖에서 놀랄 일을 당하고 싶지 않으니까요."

"내 걱정이나 하라고? 왜? 난 끄떡없어. 나는 연주회를

100만 번은 한 사람이야. 이제 무대에서 놀랄 일은 없어. 나는 준비 완료야. 넌 저 밖에서 나를 호심탐탐 노리는 나이 많은 여인네들이나 잘 지켜봐. 그래서 뭐든 한두 가지 배우려고 애쓰란 말이야."

25분 뒤, 나는 무대 위에 있었다. 한두 가지를 배우려고 애쓰면서. 우리는 네 곡을 연주했다. 다른 사람들은 모두 평소처럼 최고 수준의 연주를 했다. 솔 할아버지는 전에 들어 본 것에 비하면 가장 빠른 연주를 하고 있지는 않았다. 하지만 음 하나하나가 정확하게 완벽했다. 수천 년 동안 손상되지 않을 진흙 판에 멜로디를 하나하나 조각하는 듯했다. 스티븐과 아네트는 우스꽝스러웠다. 리듬과 하모니의 문어 같다고나 할까. 나로 말할 것 같으면, 대개는 한발 떨어져 있었다. 굳이 말하자면, 한발 떨어져 있는 사람치고는 꽤 많은 성과를 내는 사람으로 변하고 있었지만.

다섯 번째 곡이 중간 휴식 전의 마지막 곡이었다. 솔 할아버지가 '바이올린' 멜로디라고 부르는 곡으로, 솔 할아버지와 내가 듀엣으로 연주할 참이었다. 만약 내가 대형 사고를 친다면 바로 지금이 그 시간이었다. 나는 객석 맨 앞줄을 보았다. 로리가 의자 끝에 걸터앉아 입술을 깨물고 있었다. 이 듀엣 연주가 나한테 얼마나 중요한지 로리는 잘 알고 있었다. 몇 주 동안 로리 앞에서 내가 이 부분을 되풀이해 연주했

266

기 때문이다. 로리는 나한테 엄지손가락을 치켜세우는 신호를 보냈다. 내가 어떤 존재이든 간에 늘 격려해 주는 로리가 있다는 사실에 기분이 좋았다. 부모님이 행복에 푹 젖은 채 로리 바로 옆에 있었다. 엄마가 아빠 어깨에 머리를 기대고 있었다. 부모님이 있다는 사실, 두 분이 어떤 일이든 간에 서로에게 힘이 된다는 사실이 기뻤다. 아빠 옆으로 한참 떨어진 곳에 트렌트 판사님이 있었다. 판사님이 결국 오셨다!

행사 진행자가 건넨 마이크에 대고 솔 할아버지가 말을 했다. 나는 멍하니 허공을 바라보고 있었다.

"안녕하세요. 이번 곡은 저한테 특별한 곡입니다. 여기 제 젊은 제자 알렉스가 멜로디 부분을 연주할 것입니다. 애는 이 곡 전체를 정말 열심히 연습했습니다. 참 대견한 아이죠. 우리 두 사람은 이 곡을 앞줄에 있는 사랑스러운 여인들에게 바치고 싶습니다."

솔 할아버지는 숫자를 세어 연주 시작을 알렸고, 우리는 연주를 했다. 지금 돌이켜 보면, 솔직히 말해 내가 멜로디를 어떻게 연주했는지 기억나지 않는다. 내가 연주한 것은 분명 맞다. 어찌어찌해서 마지막 부분을 연주하고 있었으니까. 하지만 그 부분이 혼을 빼놓을 정도로 환상적이어서 다른 모든 것은 내 기억에서 지워져 버렸다.

솔 할아버지와 나는 이 가락을 무려 열다섯 번쯤 함께 연주했고, 나 혼자 집에서 연주해 본 것도 몇백 번은 되었다. 그때마다 늘 나는 '해는 뜨고 지고' 부분의 화음을 연주했고 솔 할아버지는 멜로디를 연주했다. 이번에도 나는 짧은 도입부를 끝마치고 솔 할아버지가 끼어들 시간이 되자 눈을 지그시 감고 집중했다. 하지만 솔 할아버지의 기타 소리가 들리지 않았다. 대신 할아버지의 **목소리**가 들렸다.

애가 내가 안고 다녔던 어린 여자 아이란 말인가?
애가 뛰놀던 어린 남자 아이란 말인가?
내가 나이를 먹은 기억이 없는데,
이 아이들은 언제 자랐단 말인가?

언제 이렇게 예쁘게 자랐단 말인가?
언제 이렇게 키가 훌쩍 컸단 말인가?
이 아이들이 조그마하던 게 바로 어제 아닌가?

해는 뜨고 지고, 해는 뜨고 지고,
빠르게 하루하루가 지나가네.
묘목은 밤새 해바라기로 자라고,
우리 눈앞에서 꽃을 피우네.

해는 뜨고 지고, 해는 뜨고 지고,

빠르게 한 해 한 해가 날아가네.

계절이 계절의 뒤를 따르네.

행복이 쌓이고…… 눈물이 쌓이고.

클로델 간호사가 솔 할아버지 옆에 서서 입에 마이크를 대
주고 있었다. 나는 곡의 흐름에 따라 맡은 부분을 연주했다.
모든 사람이 솔 할아버지의 목소리를 들을 수 있도록 최대한
조용하고 조심스럽게 연주하려고 애썼다. 할아버지의 목소
리가 무척 약하게 들렸다. 어느 순간, 마이크가 떨리는 것이
보였다. 클로델 간호사가 흐느끼고 있었다. 아무튼 우리는
그 곡을 끝마쳤다. 그리고 마지막 음이 천천히 잦아드는 순
간, 솔 할아버지가 곧바로 산소마스크를 움켜쥐었다. 박수
소리는 전혀 들리지 않았다. 경외심에 가득 찬 완벽한 침묵
뿐이었다.

트렌트 판사님이 두 손으로 얼굴을 가린 채 우리 쪽으로
걸어오고 있었다. 판사님도 흐느끼고 있었다. 한 발짝 정도
떨어진 거리까지 솔 할아버지에게 다가간 판사님은 솔 할아
버지에게 기대고는 한마디를 했다. 그 소리가 클로델 간호사
가 들고 있던 마이크를 통해 크고 또렷하게 들렸다.

"아빠."

솔 할아버지는 산소마스크 너머로 이상야릇한 표정을 지었다.

"주디."

코다

뚜. 뚜. 뚜.

나는 할아버지의 침대 옆에 앉아 심장 모니터 화면에 밝은 초록색 선이 위아래로 뾰족한 꼭지를 만들며 오르내리는 것을 지켜보고 있다. 이틀 전만 해도 모니터에 나타니는 작은 산들은 왼쪽에서 오른쪽으로 질서 있게 움직였다. 그러나 지금은 귀에 거슬리는 소리를 내며 미친 꼭두각시처럼 요동치고 있다.

나는 안다. 머지않아 '뚜뚜' 소리가 '뚜우' 하고 한 번 길게

---

*코다 : 한 악곡이나 악장, 또는 악곡 가운데 큰 단락의 끝에 끝맺는 느낌을 강조하기 위해 덧붙이는 악구 _옮긴이

울리고, 산들은 무너져 내려 평평한 선이 되리라는 것을. 그리고 이곳에서 내가 할 일도 끝나리라는 것을.

그럼 난 자유다.

아마도 여러분은 콘서트 후반부에 무슨 일이 일어났는지 궁금할 것이다. 솔 할아버지와 판사님이 화해를 했는지, 어떻게 해서 우리가 지금 이곳에 와 있는지. 하지만 진실을 말하자면, 그것들은 이 이야기에서 가장 중요한 부분이 아니다. 물론 솔 할아버지와 딸은 화해했고, 판사님은 2주 연속날마다 솔 할아버지를 방문했다. 그들은 몇 시간이고 이야기를 나누고, 엄청나게 많이 웃고, 또 많이 울었다. 판사님은 나하고도 많은 이야기를 나누었다. 내가 하고많은 사람 가운데 솔 할아버지를 담당하도록 하여, 엄마 나름의 '속았지롱!'을 연출하게 된 이야기도 들려주고 말이다.

하루는 나, 로리, 솔 할아버지, 판사님, 골드파브 부인이 솔 할아버지 방에 앉아 있었다. 솔 할아버지는 이제 '스타'라 골드파브 부인도 정기적으로 이 방에 들렀다. 우리는 그렇게 그냥 앉아 마냥 이야기를 나누었다. 그런데 솔 할아버지가 재채기를 했다. 그리고 다시 한 번 재채기를 했다. 그리고 작게 짖는 듯하게 기침을 한 번 했다. 솔 할아버지는 우리 모두를 휘 둘러보고는 말했다.

"폐렴이다. 간호사를 불러."

우리는 간호사를 불렀고, 폐렴으로 밝혀졌다. 솔 할아버지는 곧바로 병원으로 옮겨졌다. 하지만 이미 너무 늦었다는 것을, 이게 마지막, 최후, 마음의 준비를 할 시간임을 여러분도 알 수 있으리라. 몇 시간도 지나지 않아 솔 할아버지는 열이 펄펄 났고, 숨소리는 물속에 있는 것처럼 들렸고, 기침 말고는 아무것도 할 수 없었다. 솔 할아버지는 계속해서 산소마스크를 썼고, 점적 장치로 엄청난 양의 항생제와 진통제를 맞았다. 솔 할아버지는 너무 피곤했다. 그냥 너무 피곤했다. 나는 "아무도 영원히 싸울 수는 없어. 아무도."라는 클로델 간호사의 말을 떠올렸다. 나는 할아버지 곁에 앉아 혀로 내 눈물을 맛보면서, 밤이 되어 사람들이 나를 쫓아낼 때까지 잠자는 할아버지를 지켜보았다.

다음 사흘 동안(과거의 사흘 동안이기도 하다.) 솔 할아버지는 딱 두 번 깨어났다. 어떤 의사가 판사님과 나에게 말기 폐기종 환자는 마지막에 어김없이 혼수상태에 빠진다고 하면서 마지막을 편하게 해 주려는 자연의 배려라고 말했다. 하지만 할아버지는 늘 그렇게 편해 보이지는 않았다. 어떤 때는 그냥 누운 채 축 늘어져서 숨을 할딱거렸다. 또 어떤 때는 한순간 숨을 멎었다가 잇따라 커다랗고 거친 숨을 몰아쉬었다. 그러다 한번은 잠깐 똑바로 일어나서 판사님을 바라보며 이렇게 말했다.

"얘, 주디. 이 싸구려 숙소에서 커피 한잔 마실 수 있을까?"

그런 다음 다시 축 늘어졌다.

약 한 시간 전, 솔 할아버지는 숨을 할딱거리는 와중에 옆으로 몸을 돌려 판사님을 바라보면서 말했다.

"행복해라, 주디. 나는 네 엄마를 사랑했어. 그리고 엄마와 나는 너를 사랑했어. 나는 네가 자랑스럽다."

이어 솔 할아버지는 나와 로리에게로 눈길을 돌렸다.

"너희는 착한 아이들이야. 알렉스, 욘석아, 언젠가 넌 로리한테 키스를 할 거야. 그리고 로리는 너한테 키스할 거고. 내 말 맞지?"

솔 할아버지가 다시 누웠을 때, 우리는 할아버지가 세상을 떠났으며 이제 우리가 할 수 있는 일이라고는 앉아서 우는 것밖에 없다고 생각했다. 하지만 할아버지는 다시 눈을 떴고, 나에게 이별의 조언을 몇 마디 했다. 이 세상에서 할아버지가 마지막으로 한 말이었다.

"욘석아, 연주회가 끝나면 부드러운 천으로 기타 줄을 닦아라. 그래야 오래 쓸 수 있으니까."

그게 다였다. 그게 끝이었다.

지금 모니터가 요동치고 있다. 이제 곧 자유다. 하지만 이상하기 짝이 없는 올해—고등학교 2학년이자 내 어린 시절의 마지막 해—의 어느 때인가 나는 깨달았다. 우리는 누구나 본질적으로 자유롭다는 사실을. 누구나 누군가를 사랑할 자유가 있다. 그러니 그렇게 하면 그만이다.

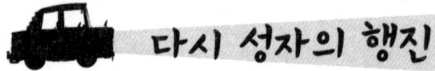

다시 성자의 행진

나는 솔로몬 루이스 할아버지를 떠나보내기 전에 마지막으로 할 일이 있다. 전에 작은 콘서트를 열었던 노인 요양원에서 장례식이 열린다. 판사님—이제는 나에게 한사코 그냥 '주디'라 부르라고 한다.—이 나한테 장례식 마지막에 기타로 '하루가 가고'라는, 영결식에 자주 쓰이는 곡을 연주해 달라고 부탁했다. 나는 일찍 장례식장으로 가서 피아노 앞에 있는 커튼을 젖히고, 필요한 장비를 설치하고, 앞줄 자리에 앉아서 다른 사람들이 오기를 기다린다. 사람들이 하나 둘 오기 시작한다. 클로델 간호사, 레오노라 사회 복지사, 후아니타 간호사. 틀니며 가발이며 잊지 않고 챙겨서 나온 골드파브 부인. 우리 부모님, 로리, 판사님, 스티븐과 아네트, 호홉 치료사. 그리고 시 대표 재즈 밴드에서 온 클라리넷 연주자까지.

모두들 자리를 잡고 앉아 두런두런 이야기를 나눈다. 무대 커튼 앞에 연단이 있다. 다양한 사람들이 연단에 오른다. 연설은 아주 좋고, 아주 적절하고, 아주 감동적일 거라고 확신한다. 또 한 가지 확신하는 것이 있다. 솔 할아버지가 이곳에 있다면 틀림없이 이렇게 말했으리라.

"웬 '카체라이' 투성이야! 내가 죽었다고 이따위를 듣고 싶겠어? 당장 여기서 나가. 가서 케이크나 먹든지!"

이윽고 로리가 치명적인 닌자 그립으로 내 손을 꽉 움켜잡는다. 그제야 사람들이 내 이름을 부르고 있다는 사실을 깨닫는다. 나는 연단 오른쪽에 덩그렇게 놓여 있는 의자로 걸어간다. 그리고 무대에서 나를 기다리고 있는 직원에게 몇 마디 속삭이고는 솔 힐아버지의—나의—디안젤리코를 편안한 자세로 든다. 그런 다음 최대한 느리게 율동감을 넣지 않고 영결식 곡을 연주한다.

하루가 가고 해가 진다.
호수에서, 산에서, 하늘에서
모든 것이 평안하니, 편히 쉬소서. 하느님 곁에서.

나는 고개를 들지 않는다. 하지만 세 사람의 발걸음이 다가와서 나를 지나쳐 뒤로 가는 소리를 들을 수 있다. 마지막음에 다다르자 진동음으로 최대한 길게 끌었다. 마음속으로 이 기법을 가르쳐 준 솔 할아버지에게 감사드리면서. 왼쪽 가운뎃손가락으로 그 소리를 계속 나게 하는 사이, 한 직원이 커튼을 열어젖힌다. 스티븐과 아네트가 각각 드럼과 피아노를 연주할 준비를 하고 그곳에 있다. 클라리넷 연주자도 마찬가지다. 클라리넷이 먼저 연주를 시작한다. 나는 클라리넷의 주음부 연주에 맞춰 '해는 뜨고 지고'의 구슬픈 화음을 연주한다. 중간에 나는 고개를 든다. 참석한 모든 사람들이 우리 음악을 들으며 눈물을 흘리고 있다. 앞에서 세 번째 줄까지는 사람들이 하나같이 엉엉 소리 내어 울고 있다. 레오노라 사회 복지사는 후아니타 간호사에게 티슈를 건네고, 후아니타 간호사는 클로델 간호사에게 몸을 기댄다. 그리고 판사님은…… 이런, 마스카라로 줄무늬가 쫙쫙 나 있다. 이제 마지막으로 바로 **그 노래**를 연주할 차례다.

내가 말한다.

"하나, 둘, 셋, 넷!"

우리는 '성자의 행진'을 힘차게 연주한다. 스티븐은 내일은 없다는 듯이 온몸을 불사르고, 아네트는 사람들이 얼굴을 붉힐 만큼 술집 분위기가 날 정도로 끈적끈적하게 피아노를 친다. 나는 줄 세 개로 화음을 연주한다. 솔 할아버지가 이 자리에 있다면 틀림없이 바랐을 식으로 말이다. 나는 못이 박인 손바닥이 내 머리 위를 탁탁 치는 듯한 느낌에 빠진다. 클라리넷 연주자가 한 번은 아주 평범하게 멜로디를 연주한다. 그런 다음 다시 처음으로 돌아가 흑인풍으로 연주한다. 다시 처음으로 돌아가, 이번에는 스티븐과 아네트가 서로 네 마디씩 번갈아 가며 연주한다. 나는 고개를 들어 둘러본다. 뉴올리언스 분위기가 강하게 일고 있는 것이 보인다. 눈물이 마르고 웃음이 번진다. 여기저기에서 몇몇 사람들이 발을 구르기도 한다. 우리는 다시 한 번 곡의 첫 부분으로 돌아간다. 스티븐은 계속 드럼을 치고, 내 기타와 아네트가 오른손으로 연주하는 피아노가 마디들을 주고받는다. 그리고 클라리넷이 우리 모두 위로 울려 퍼진다. 어쩌면 솔 할아버지의 새 집까지 울려 퍼질지도 모른다.

오, 성자들이 (오, 성자들이!)
행진을 할 때 (행진을 할 때!)
오, 성자들이 행진을 할 때
오, 나도 저 행렬에 낄 수 있다면
성자들이 행진을 할 때.

우리는 연주를 멈춘다. 박수 소리에 귀청이 떨어질 정도다. 사람들이 늘 이 표현을 쓴다는 것을 잘 알지만, 지금은 정말 말 그대로 귀청이 떨어질 정도다. 로리가 자리를 박차고 일어나고, 부모님과 판사님도 나를 향해 걸어온다. 나는 고개를 들어 천장을 보고, 천장 너머를 머릿속으로 그리며 주먹을 불끈 쥐고 의기양양하게 위로 치켜세워 흔든다. 그리고 작은 목소리로 말한다.

"속았지롱!"

판사님에게(또는 주디에게. 하지만 아직도 저에게는 어색해요.)

판사님이 직장에서 휴가 중이라는 거 압니다. 어디로 가셨든 돌아오셨을 때 판사님 앞으로 온 편지가 있다면 좋겠다는 생각이 들었어요. 그래서 몇 가지 일에 대한, 특히 저의 미래에 대한 최근 소식을 알려 드리려고요.

장례식 직후에 저는 학습 능력 적성 시험의 점수를 받았습니다. 성적이 꽤 좋았어요. 그래서 명문 대학에 입학하는 것은 그리 어렵지 않을 듯합니다. 언젠가 교육에 필요한 비용을 대려고 판사님 아버님의 기타를 팔아야 할지도 모르겠어요. 또는 어쩌면, 정말 어쩌면, 기타를 계속 가지고 있으면서 학교에

다니며 재즈 음악 연주자로 일할지도 모르겠어요. 저는 연습을 엄청나게 하고 있습니다. 기타를 칠 때면 제 친구 솔 할아버지가 옆에 있는 듯한 느낌이 들기 때문이에요. 그래서 저는 지금 자신감에 넘치고, 못할 일이 없을 것 같은 기분이에요. 심지어 스티븐과 아네트는 계속해서 저한테 음악 학교의 입학 요강을 주고 있답니다.

저희 부모님은 갈수록 다시 결혼하고 싶은가 봐요. 그렇게 되면 참 좋겠어요. 하지만 어떤 일이든 일어날 일이 일어나겠죠. 이번 달에 두 분 모두 놀랄 정도로 저를 위해 애쓰셨어요. 부모님이 저를 필요로 할 때가 되면 저도 그분들을 위해 애쓰겠어요.

로리의 엄마는 방학 바로 전주에 아이를 낳았습니다. 로리는 몇 주 동안 일을 도우러 내려가 있을 거예요. 우리는 날마다 아주 많은 이야기를 나눕니다. 로리는 그곳에서 잘 지내는 것 같아요. 로리는 의붓아버지가 예전에 가라테를 좀 했다는 사실을 알게 되었어요. 그래서 그분한테 자기랑 대련을 하자고 하나 봐요. 불쌍한 양반. 로리가 없어서 아쉬워요. 하지만 제 느낌에 우리 두 사람은 아주 오랫동안 서로의 삶 가까이에 있을 것 같습니다.

제 여름 계획에 대해 말하자면, 노인 요양원에서 하루 종일 일하기로 결정했습니다. 솔 할아버지가 없으니 예전 같지 않겠지만, 저는 다른 거주자들이나 직원들과 가까운 사이가 되었답니다. 그건 아주 보람 있는 일이었어요. 게다가 보수도 좋아요. 그래서 저의 '자동차와 대학 기금'을 모을 수 있을 겁니다.

게다가 골드파브 부인이 틀니를 잊지 않고 끼도록 잘 챙겨줄 사람이 필요하잖아요.

6월 27일
사랑을 전하며,
알렉스

옮긴이의 말

이 책의 지은이 조단 소넨블릭은 중학교 영어 선생님이다. 그는 아이들에게서 늘 새로운 것을 배우고 많은 영감을 얻을 수 있어서 가르치는 일을 좋아한다고 한다. 그리고 아이들과 함께한 경험을 바탕으로 첫 작품 《드럼, 소녀 & 위험한 파이》를 썼으며, 이 책 《마지막 재즈 콘서트》는 그의 두 번째 작품이다.

《드럼, 소녀 & 위험한 파이》는 백혈병을 앓는 동생을 둔 열세 살 소년 스티븐의 이야기이다. 《마지막 재즈 콘서트》는 무면허 음주 운전으로 사소한 교통사고를 낸 벌로 노인 요양원에서 100시간 동안 사회봉사를 하게 된 고등학생 알렉스가 주인공이다. 요양원에서 가장 괴팍한 노인의 수발을 들게 되면서 벌어지는 여러 가지 사건이 이야기의 중심을 이룬다.

두 작품을 통해 본 소넨블릭의 빛깔은 뚜렷하다. 그는 십대의 눈높이에서 바라본 십대의 문제를, 십대의 언어로 서술한다. 한마디로 '매우 십대적인 소설'이라고 할 수 있다.

그렇다면 '매우 십대적'이라는 건 대체 뭘까? 여러 가지 의견이 있겠지만 나는 '틱틱거림'이라고 답하겠다. '틱틱거리다'라는 말은 국어사전에 없지만 누구나 무슨 뜻인지 안다. 그러니 사전에 없는 단어라고 틱틱대지 말고, 주위를 한 번 둘러보기 바란다. 틱틱거리는 청소년 천지다.

아이들은 십대가 되면서 사뭇 달라진다. 자신들을 보는 사회(어른)의 시선도, 자기 자신도 예전과 다르다. 어깨가 벌어지는 것도, 가슴이 나오는 것도 낯설기만 하다. 가족보다는 친구가 편하다. 아이들은 부모의 가치와 통제로부터 벗어나기 위해 끊임없이 시도한다. 이런저런 시도를 해 보지만 그 여정은 녹록지 않다. 어리광은 약효를 잃고 기대는 커진다. 배려는 줄어들고 책임은 무거워진다. 의존하고 싶은 일에서는 독립을 강요당하고, 혼자서 하고 싶은 일은 거부당하거나 허락받지 못한다.

다시 말해 십대 청소년기는 하향 곡선을 그리는 어리광, 배